U0529939

# 每朵乌云背后都有阳光

## 朱永新自选集

朱永新 / 著

人民文学出版社

图书在版编目（CIP）数据

每朵乌云背后都有阳光：朱永新自选集／朱永新著．—北京：人民文学出版社，2021
ISBN 978-7-02-016652-7

Ⅰ.①每… Ⅱ.①朱… Ⅲ.①随笔—作品集—中国—当代 Ⅳ.①I267.1

中国版本图书馆CIP数据核字（2020）第187496号

责任编辑　王永洪
装帧设计　黄云香
责任校对　李　雪
责任印制　王重艺

出版发行　人民文学出版社
社　　址　北京市朝内大街166号
邮政编码　100705

印　　刷　三河市宏盛印务有限公司
经　　销　全国新华书店等

字　　数　295千字
开　　本　787毫米×1092毫米　1/32
印　　张　13.025　插页3
印　　数　1—5000
版　　次　2021年5月北京第1版
印　　次　2021年5月第1次印刷

书　　号　978-7-02-016652-7
定　　价　49.00元

如有印装质量问题，请与本社图书销售中心调换。电话：010-65233595

# 目 录

序言：思想的散文 …………………… 冯骥才 001
第一辑　教育是最强有力的武器 …………………… 001
　　伟大的教师曼德拉 …………………… 003
　　把整个心灵献给孩子 …………………… 008
　　想起团伊玖磨先生 …………………… 012
　　像叶圣陶那样做老师 …………………… 017
　　"大玩学家"于光远 …………………… 020
　　在中国的"太庙"见南怀瑾先生 …………………… 023
　　听星云大师说有无 …………………… 030
　　追寻那颗星 …………………… 034
　　忘年交 …………………… 037
　　先生永在 …………………… 042
　　文瑜，你深留在我心间 …………………… 046
　　学童李吉林 …………………… 051
　　思君岁岁泣秋风 …………………… 055

亦父亦师 · · · · · · · · · · · · · · · · · · · · · · · 065

灵魂不能下跪 · · · · · · · · · · · · · · · · · · · · · 069

文化部长的教育智慧 · · · · · · · · · · · · · · · · 085

教育的明亮远方 · · · · · · · · · · · · · · · · · · · 091

恩师燕国材 · · · · · · · · · · · · · · · · · · · · · · · 098

**第二辑　把生命读成传奇大书** · · · · · · · · · · · · · · · · 103

回望阅读这一路 · · · · · · · · · · · · · · · · · · · 105

阅读,让中国更有力量 · · · · · · · · · · · · · · 111

少一点儿烟酒味,多一点儿书卷气 · · · · · 114

拧紧时间的"水龙头" · · · · · · · · · · · · · · · 118

把生命读成传奇大书 · · · · · · · · · · · · · · · 121

思想不应私享 · · · · · · · · · · · · · · · · · · · · · 125

从传记到传奇 · · · · · · · · · · · · · · · · · · · · · 129

做一个幸福的阅读推广人 · · · · · · · · · · · · 132

书市的风景 · · · · · · · · · · · · · · · · · · · · · · · 135

柿红,新教育的颜色 · · · · · · · · · · · · · · · 140

那么遥远,那么近 · · · · · · · · · · · · · · · · · · 152

呼唤好老师 · · · · · · · · · · · · · · · · · · · · · · · 156

父亲是男人最重要的工作 · · · · · · · · · · · · 159

母亲是女人最神圣的天职 · · · · · · · · · · · · 163

多一些宽容,教育才能从容 · · · · · · · · · · 168

爱应该与智慧同行 · · · · · · · · · · · · · · · · · 172

国庆读书记 …… *176*

有阅读更美好 …… *186*

从书写作品到书写人生 …… *190*

第三辑 **孩童是巨人** …… *195*

孩童是巨人 …… *197*

解读儿童世界的风景 …… *202*

瑰丽明天,恢宏世界 …… *205*

种子与小鸟 …… *211*

永葆童心,便是哲人 …… *217*

有担当的文学才能走远 …… *224*

相信童话,呵护童年 …… *229*

为人为文为官的好教材 …… *234*

我们,也可以改变世界 …… *240*

朗读者,领读出时代的心声 …… *252*

方言是文化的活化石 …… *255*

有游戏才有真正的童年 …… *259*

人世真局促,伴君茶诗在 …… *264*

用"新孩子"培育新孩子 …… *269*

第四辑 **我们正在涨潮的海上** …… *277*

我们正在涨潮的海上 …… *279*

出发吧,带着使命,带着爱 …… *283*

让爱陪我们一起走 …… 288

正确的琐碎创造伟大的历史 293
做贵人，不做匠人 297
我的下一个十年 300
"龙"的教育 303
向没被污染的远方重新出发 307
高扬起信念之帆远航 311
每朵乌云背后都有阳光 314
心灵的建设 318
每一个明天都用希望铸就 322
爱教育就是爱自己 325
爱是教育的火焰 328
好学近乎知 331
学力就是创造力 334
让思考为行动导航 338
坚持是恒久的享受 341
迎接"人机共教"的新时代 345
让传播美好成为本能 350
让教育沐浴人性的光辉 354
教师的心是家国之花 357
用理想规划人生的选择 360

**第五辑　享受着教育幸福** 371
甲子共和正青春（外一首） 373

教育是一首诗 ················ *380*

新教育的种子 ················ *382*

新孩子 ···················· *384*

追梦人 ···················· *386*

教室,我的家园 ··············· *389*

享受着教育的幸福 ·············· *391*

走在教育的路上 ··············· *394*

教育的理想与理想的教育 ··········· *396*

教育需要思想的光芒 ············· *400*

追寻先贤的踪迹 ··············· *402*

聆听大师的声音 ··············· *404*

阅读的力量 ················· *406*

让爱陪教育一起走 ·············· *409*

走出教育的沼泽地 ·············· *413*

走进心灵的深处 ··············· *415*

沉默与言说 ················· *417*

小小的心眼 ················· *420*

校园里的守望者 ··············· *422*

我是教师 ·················· *424*

# 序言：思想的散文

比起作家的散文，学者的散文有什么特异与不同？说这个话题得拿出一个上好的例子——那么，读读朱永新的散文就知道了。

其实，就散文的本质说，学者们的散文并非另类。散文是性情文字，心灵诉说，审美表达。张中行、季羡林的散文莫不如是，与作家们的散文何有两样？

永新是一个真实又鲜明的人。热情饱满，精力充沛，热心公益，关切多多。由于天性中抗压能力强，脸上总带着笑容。我是在做全国文化抢救时与他相识于苏州，那时他是苏州市分管文化和教育事业的市长。然而，我对他最初的印象却很特别；尽管他是地道的江苏人，但看上去更像是个北方人，体魄壮实有力，性情开朗爽快，说话中气十足，从他身上找不到一点儿印象中江南人的温文尔雅，也找不到一点儿市长们常带在身上的自我的尊贵。官员总是习惯用一种矜持与你拉开距离，以保持自己的身份。他却放松随便，尤其是总想和你深谈，这是一种学者的气质。

而且我看得出来,他所做的有关教育和文化的工作,没夹杂着任何个人政绩的诉求,完全出于一种责任与挚爱,才尽心去扶助。进而我还发现,只要与他聊天,他就会借机"宣传"他的"新教育"的理念。他是这一理念的创建者和推动者。他有能力叫你很快信服他的理念。这不仅由于他对教育的热诚,更因为从他的思想中,我们能穿破中国当代教育的困局与僵局看到一片亮闪闪、充满魅力、有希望又无限开阔的空间。那时,他正与他的同道者一起,致力为孩子们构建这样一个幸福的学习生活的蓝图,并已经开始推行一系列生动鲜活、富于创造性和可操作的方式,来对这种全新的教育理念进行实验与实践了。

他是一个知行合一的人!

我从认识他第一天就没把他当作市长。他是我教育界、知识界的一个能够深谈的朋友。

我觉得他的想法、做法和遭遇的困难,与我当时倡导和推动的文化遗产抢救很相像,因而我非常能够感受到他身上有一种知识分子特有的纯真的理想主义,还有激情。凡是激情、感情、理想、无功利的付出过多过强的人,在社会交往中,人情世故中,事物的感触中,时时都会产生一些被触动的、有意味的、情意深长的细节与片段,并不知不觉进入了笔管。偶有题旨,转化为文字。这种文字便是散文。

读一读他这本集子中写到的先辈、家人、朋友、各色人物及其各种故事,不都是充溢着独到的发现、深刻的感悟、真情的流泻和精神的火花吗？这不就是一些人物散文的佳作？

可是，学者究竟是另一类人。他们生活在自己的专业里。他们有特定的生命的内容、目标、追求、路途；而学者们的思维又是纯理性的、逻辑的、思辨的、探究的。只要下笔为文，自然自成一体，自具特色，自有其精神、个性及思想的内涵。这思想的内涵应是学者散文最重要的价值。尽管永新的为人为文都有很感性的一面，但行文之间，还是无处不见他的思考。这些思考在他阅读时，在他推广阅读的行动中，在他像武训那样苦苦推行新教育理念的实践中，在坚如壁垒一般的教育困境面前，也在与友人们侃侃而谈中。他的思考是开阔的、雄辩的、深究的，也是执着的、坚韧的、决不放弃的。我读他的散文时常常被他字里行间这种精神所感动。我从他的散文中吸取这种精神。

永新是一个理想主义者，知识分子都是理想主义者。理想是要在未来实现的目标。理想也是要对未来负责。所以他用笔勾画出心中教育的理想国——"未来学校"。可是，要实现理想，就必须穿过近乎板结的教育的现实。我想过，以他一人之力能够成功吗？这也是身陷在文化抢救泥淖中的我常常遇到的问题。然而，不管我们的理想最终能实现多少，一个社会不能没有人去思考，前沿的思考，开拓性的思考，破冰的思考。知识分子是社会的大脑，思考是知识分子的天职，也是社会进步之原动力。

在这本书中，永新开篇就把他所推崇的曼德拉的一句话摆了出来："教育是最强有力的武器，你能用它来改变世界。"改变世界的根本在于教育吗？这是最具根本意义的话题。由此我看到永新对教育的社会功能和未来价值理解之深刻，之透彻。教育直接关系着国家乃至人类社会的文明之本，兴亡之本；也关切到每一个活生生的人成长年代心灵的幸福。正是站在这个思想的高度上，面对着太多现实困难的永新，依然是乐观的，进取的，乐此不疲地去做每一件必须做好的事。不在乎困难是一个有志者最佳的心态。

我们无法从这本散文集里，纵观他对新教育系统的思考，他已经出版许多这方面的专著。然而我们却能从这些自由自在散文的篇章中，从他有情有义的状物述人、谈文论道中，被他种种思想的片段、心灵的偶得、精神的探究所触动，所启发，跟随着他一起饶有兴趣地感知生活，咀嚼事理，思索未来。这便是这本散文集送给我们的礼物。

最美好的礼物是精神的礼物，所以我们阅读。

初读此书，偶有所感，捉笔写下，且为序言。

冯骥才

2020.8.8　心居

# 第一辑　教育是最强有力的武器

　　人生没有最高峰,风景永远在路上。教育没有终点,我们永远在追寻中。曼德拉为南非奋斗一生,如今南非的发展仍然面临着诸多问题。建立国家易,建设国家难。后者必须通过教育为武器,让刚性制度要求成为全民文化自觉,才会长治久安。勇者曼德拉离开我们,走上了另一条漫漫自由路。这个伟大的人,发动过革命,也倡导着和平,最后,他对教育的力量有着越来越深刻的认识。曼德拉说过的一句话,值得我们每一位教师为之自豪,为之自省:"教育是最强有力的武器,你能用它来改变世界。"我们,在这样做吗?

# 伟大的教师曼德拉

无论出身于哪个民族,身处于哪个国家,每一个伟大的人,都是人类共同的英雄。这样的人,职业不同,身份各异,相同的是他们用时光锻造生命,用行动把自己的人生书写为一个传奇。他们的一生就像一本活生生的人生教科书,言传身教地为人们指引出一种更有价值的活法,值得我们每个人去学习。从这个意义上说,每一个伟大的人,都是一位伟大的教师。

纳尔逊·曼德拉,就是这样一位伟大的教师。

2013年12月5日,曼德拉安然离世,享年九十五岁。这一生,他过得跌宕起伏又光芒万丈:曾因领导反种族隔离运动入狱二十七年,曾获诺贝尔和平奖,曾担任南非第一位黑人总统……不仅如此,曼德拉还对教育非常重视。自他1999年主动卸任后,就致力于两件事:在南非大力兴办学校,为南非防治艾滋病。曼德拉的所言所行,如老师一般将世事、人生向我们娓娓道来,让我们这些为人师者深受启迪。

对受过二十七年牢狱之灾的曼德拉来说,最令人震撼的或许是他对自由的诠释:"当我走出囚室迈向通往自由的监狱大门时,我已经清楚,自己若不能把痛苦与怨恨留在身后,那么其实我仍在狱中。"这是他的睿智之语,也是他的肺腑之言。他在当选总统的那天,邀请狱警参加典礼并真诚致谢,他认为自己曾经是个急性子,而且脾气暴躁,是狱中生活让他逐渐学会反思与处理痛苦,从而给了自己战胜苦难的能力。他用行动证明,他并没有让仇恨侵蚀自己的内心,而是为自己赢得了真正的自由。

其实,没有人的生活会一帆风顺,无论大小,每个人都会遭遇困境。束缚每个人的枷锁,不是周遭环境,而是自己的心魔。摆脱这样的枷锁,就能享有真正的自由。曼德拉面对困境的方式告诉我们,我们可以从痛苦中汲取积极的力量,从困境中学习超越的本领,这样强大的心灵就会无所阻碍。而且越是得知自由的可贵,我们越是要像曼德拉说的那样为了自由行动:"自由不仅仅意味着摆脱自身的枷锁,还意味着以一种尊重并增加他人自由的方式生活。"因为,永远有人无法靠自己挣脱自身枷锁。当我们为这些人的自由而奋斗,我们的心将获得更大的自由。

有了这样的心,自然就可以像曼德拉说的那样把敌人变成伙伴:"要想与敌人求和平,就需与敌人合作,然后他就会变成你的伙伴。"这句话不仅是政治家的谋略,换个角度理解,也是凡人的处世箴言。生活中99%的对立因为沟通不畅,从合作开始交流,把想法平和地说出来,互相倾诉倾听,最终消除误会双方和谐,同时收获友情与工作,才是双赢。这样,也就是更好地实现了我们生命的意义。因为只要活着,无论是否愿意,我们实质上都在影响着周围的人。我们积极一点儿,就向周围多传达一份正能量;我们消极一分,就向周围多传达一点儿负能量。正负的比例,就是我们活着的价值。曼德拉说过:"生命的意义不仅是活着,而是我们给别人的生命带来了何种不同。这决定了我们人生的意义。"这句话,对教师尤其重要,教育归根结底是人和人之间发生的影响,教师的一言一行都可能直接给学生的生命带来不同,教师的生命价值、人生意义,都在于此。

曼德拉还告诉我们:"无人生来会因肤色、背景、宗教而憎恨他人,憎恨是人们后天习得的。如果人们能学会恨,他们也能被教会去爱。因为对于人的心灵来说,爱比恨来得更加自然。"是啊,爱是教育的源泉。但在我们的现实生活中,仇恨很容易看见,渐渐地,有太多人包括我们教师,都会受此蒙蔽,以为恨就是生命的底色。可细想一下,谁不会对着刚诞生的生命,无意识地绽放微笑呢?这就是爱,最原始的爱,它来自善良的心灵。

但仅仅有善良的心灵还是不够的。曼德拉提醒我们:"精明的头脑和善良的心灵往往是个不可思议的组合。"因为,精明与善良,是很难同时存在的两个特点。精明往往导致斤斤计较,善良通常导致宽容大度。一个人的最高境界,是做事精明、细加推敲,为人善良、谦和宽厚。能这样,意味着小聪明已成大智慧,成为一个了不起的人,就是必然。

所以,面对困难与挑战,恐惧和屈服是容易的,勇敢迎接是困难的。曼德拉是人们心目中的勇者,他却坦率地指出:"勇者并非指那些不感到害怕的人,而是那些能克服自身恐惧的人。"永远不害怕的人,不是勇敢,而是莽撞。真正的勇敢必然与智慧联系在一起,因此必然能够分辨出什么是危难,并为之恐惧。真正的勇敢,是在危难关头始终咬紧牙关;真正的勇者,是为了使命,明知不可为而为之。

所以,对现实责怪、抱怨是容易的,想要超越现实的表象,对人性、对教育心怀一种持久的信任与热爱,是艰难的。但后者才是教师这一职业的真正使命所在。曼德拉是有这种信任与热爱的,因此他是一位乐观者,他始终坚持:"有许多黑暗的时刻,人道主义信仰一时经受了痛苦的考验,但是,我将不会也不可能会向悲观低头。向悲观低头就意味着失败和死亡。"

真正的信仰是最为恒久炽热的希望,能在厄运中鼓舞起勇气,激荡起乐观。信仰造就的乐观,是生命中的太阳,任何境况下的人生都会因此温暖明亮,并指引着生命中的明亮那方。还在大牢之中时,曼德拉就一直坚持用简练的线条、明快的颜色画下当时的生活。他说,他"想用乐观的色彩"记录。八十四岁那年,他将这些"牢画"做了一个画展,并感慨道:"只要我们能接受生命中的挑战,连最奇异的梦想都可实现!"我们必须明白,所有梦想,都是对现实的超越。想超越现实,必然面临挑战。绝大多数时候,我们对梦想仅仅是想想而已,很少有人真正用心去做,因为永远有着太多人用太多理由来告诉我们:不可能。其实一旦用心行动,就会发现再强的外压下永远有探索空间,不可能逐渐变成可能,最终成为现实。不徘徊犹豫的人,乐观迎接挑战的人,才可能真正拥抱梦想,实现太多常人眼中不可能实现的梦想。曼德拉用亲身经历告诉我们:"当我们没有开始做一件事时,它看起来好像是不可能的。"

当然,人生是一段旅程。曼德拉说:"我已经发现了一个秘密,那就是,在登上一座大山之后,你会发现还有更多的山要去攀登。"所谓成功,只是我们登上了一座众人眼里的大山。如果此时驻足停步,就意味着我们只欣赏过这座大山的风光,却失去了更多的风景,那也就是真正的失败。

人生没有最高峰,风景永远在路上。教育没有终点,我们永远在追寻中。曼德拉为南非奋斗一生,如今南非的发展仍然面临着诸多问题。建立国家易,建设国家难。后者必须通过教育为武器,让刚性制度要求成为全民文化自觉,才会长治久安。勇者曼德拉离开我们,走上了另一条漫漫自由路。这个伟大的人,发动过革命,也倡导着和平,最后,他对教育的力量有着越来越深刻的认识。曼德拉说过的一句话,值得我们每一位教师为之自豪,为之自省:"教育是最强有力的武器,你能用它来改变世界。"我们,在这样做吗?

# 把整个心灵献给孩子

中外教育史上,几乎很难找到第二位像苏霍姆林斯基一样,既拥有深厚的学术素养,又拥有丰富的教育实践,还以常人难以想象的勤奋与坚持,记录下自己的思考与探索的教育家。他的教育思想伴随着中国改革开放的浪潮来到中国,在中国掀起一次又一次的学习和研究热潮,很大程度地影响了中国的教育实践和理论发展,也深深影响着新教育实验。新教育实验的重要理论来源之一就是苏霍姆林斯基的教育思想。

其实,苏霍姆林斯基没有很高的学历。十七岁初中毕业后,只经过一年的师资培训班的学习,他就当起了农村小学教师。然而,他坚守理想,坚持学习,在三十五年的教育生涯里,无论是担任小学教师、中学语文教师、教导主任,还是中学校长、区教育局长,他都没有脱离过教育教学第一线,没有停止对教育科学的思考与研究。从二十九岁开始,他一直担任乌克兰农村一所十年制学校——帕夫雷什中学的校长。他的生活非常有规律:每天早晨五点至八点从事写作,白天去课堂上课、听课、当班主任,晚上整理笔记，思考一天工作中遇到的问题。丰富的实践和持续的思考，使他成为一名享誉全球的教育家。他一生中写了四十多本书，六百多篇论文，一千多篇供儿童阅读的童话、故事和短篇小说。他的著作被誉为"活的教育学""学校生活的百科全书"。

苏霍姆林斯基的教育思想非常丰富，几乎所有的教育问题他都有自己的思考与独特的见解。中国教育学会前任会长顾明远先生曾经用"丰富性、全面性、深刻性"来评价和概括苏霍姆林斯基教育思想的特点，我完全同意他的看法。顾先生评价说："苏霍姆林斯基的教育思想具有丰富性、全面性、深刻性。所谓丰富性，表现在苏霍姆林斯基不仅在理论上论述了教育的规律、原则，而且身体力行，亲身实践，有着丰富的活生生的案例。他的理论不是苍白的，而是有血有肉、五彩缤纷的。所谓全面性，他几乎论述到教育的各个方面：德育、智育、体育、美育、劳动教育都在他的视野之内，都有精辟的论述。所谓深刻性，就是他提出的每一个教育命题都有着深刻的哲理。他讲德智体美劳各育的任务不是孤立的，而是统一的，统一于培养学生的精神生活、和谐发展。他把人的价值放在教育的第一位。"

我认为，苏霍姆林斯基最了不起的地方，就是他真正地把儿童作为人来对待。他希望不论校长、教师，还是父母，在教育过程中，都要真正地尊重和理解儿童，走进他们的内心世界。他曾经说："儿童世界则是一个特殊的世界。儿童有他们自己的善恶和荣辱观念及人的尊严观念；他们有自己的审美标准，甚至有自己的时间尺度：童年时代，一天犹如一年，而一年则是无限长的。我一向认为，要进入童年这个神秘之宫，就必须在某种程度上变成一个孩子。只有这样，孩子们才不会把您当成一个偶然闯入他们那个童话世界之门的人，当成一个守卫这个世界的看守人，一个对这个世界里面发生的一切都无动于衷的看守人。"

因此，苏霍姆林斯基十分重视儿童的教育问题，他认为，童年是人生最重要的时期，它不是对未来生活的准备时期，而是"真正的、光彩夺目的一段独特的、不可再现的生活"。今天的孩子将来会成为一个什么样的人，这里起决定性作用的是他的童年如何度过，童年时期由谁携手带路，周围世界的哪些东西进入了他的头脑和心灵。

苏霍姆林斯基的教育核心理论可以归结为一句话：培养个性全面和谐发展的人。他认为，个性全面和谐发展是以全面发展为主体，把全面发展、和谐发展和个性发展三者融合一起的整体。苏霍姆林斯基的全面发展有三个层次：一是多方面发展，即通过教育使学生在身体、品德、智力、劳动和美感等方面都得到发展；二是不但身心两方面都得到发展，而且要求学生手脑并用，体脑结合；三是全面发展的深度与广度，明确了各方面需要发展到的程度。他的和谐发展要在全面发展的基础上实现和完成，是对全面发展的补充、完善和提高；它要求把已经得到发展的各个方面有机地联系起来，成为相互依赖缺一不可的统一体。他的个性发展强调，在全面和谐发展的同时，必须使人的多种才能、天资、意向、兴趣、爱好等个性特点得到充分发挥。实现学生个性全面和谐发展的关键是学生的自我教育，学生的自我教育有赖于学校千方百计从各个方面去提高学生的精神境界，即充实他们的精神力量，开拓他们的精神世界，丰富他们的精神生活，增强他们的精神活力。

今年（2020年），苏霍姆林斯基离开我们整整五十年了，虽然他只活了五十二岁，但是，他的教育思想仍然闪烁着真理的光芒。甚至，在今天的中国，追随苏霍姆林斯基的教师，从人数上已经远远超过了他的祖国乌克兰。我一直认为，苏霍姆林斯基的教育思想是真正从教育的田野里生长出来的，是他作为一个父亲、教师和校长从家庭、教室和校园里体悟出来的，对于父母亲、对于一线的老师来说，是鲜活的，生动的，可以操作的。他本身就是一部巨著，值得我们好好精读细啃。

# 想起团伊玖磨先生

今天（2007年1月19日）的天气阴沉沉的,冷风裹着细雨。

早起读《赵宦光传》,写的是苏州历史上一个著名的隐士,一个不应该被我们遗忘的苏州人的故事。然后如往常一般游泳,接着精神抖擞地开始一天的工作：九点去国际教育园北区,了解绿化、交通标志、环境卫生等工作的落实情况；十点去太湖边的苏州实验小学校外活动基地,我们准备将它改造成苏州市未成年人教育基地；下午两点参加苏州市政协第十一届五次会议,这是一年一度的两会之一,是一个城市政治生活的大事,又是本届最后一次会议,所以大家特别重视。会议后全体合影。晚六点,在竹辉饭店会见、宴请日本中国文化交流协会的常务理事佐藤纯子一行。

他们是为了纪念著名音乐家、社会活动家团伊玖磨先生而来的。明天,来自团伊先生家乡的二百名合唱团成员将在先生"终焉之地"(日语)举行纪念演出。

我在这冷雨天里,不禁想起了团伊玖磨先生。

团伊久磨先生是日本著名的音乐大师，也是中国人民熟悉的老朋友。长期以来，为发展日本的文化艺术、促进中日文化交流、增进两国人民的相互理解和友谊作出了重要贡献。先生1924年4月7日生于东京。一生中创作了七部歌剧、六部交响乐曲、十六首管弦乐、七首室内乐曲和许多首合唱、独唱乐曲，其中有不少以中国历史和文化为题材的音乐作品，如交响乐《万里长城》、歌剧《杨贵妃》、管弦乐组曲《丝绸之路》等。从日中文化交流协会创立初期开始，他就一直致力于日中友好和日中文化交流的发展。1973年任该协会常任理事，1997年开始担任会长。1993年和1995年他曾先后获得中国授予的"中日友好使者"和"人民友好使者"的称号，并于1997年获得中国文化部授予的"文化交流贡献奖"。团伊先生一生热爱中国，率领日本各种文化代表团访华五十多次。

2001年5月16日晚，我有幸与这个驰名世界的文化名人一起共进晚餐。同行的还有日本的"人间国宝"中村先生等。

我还记得团伊先生非常健谈。他告诉我，他的父亲就是中国人民的老朋友，在他家的客厅里，还挂着京剧表演艺术家梅兰芳送给他父亲的书法。他的夫人出生在苏州附近，可以说是半个苏州人。团伊先生对于中国文化非常喜爱，中国古代文人的琴棋书画，他几乎全部精通。他说，从文化的渊源来看，韩国是大哥，中国是父亲。团伊先生还介绍了日本保护文化遗产的许多做法。他说，苏州应该努力保护自己的传统文化，只有文化才是永恒的力量。

团伊先生告诉我，他长期住在太平洋的一个小岛上，没有电视、报纸、收音机，拒绝各种社会信息。差不多每年有九个月时间住在岛上，写作，作曲，剩下三个月漫游世界。所以，他经常用自己特有的眼光看这个奇怪的世界。

最后，团先生送我一本他刚刚出版不久的新书《烟斗随笔》第二十七卷。他在扉页上写下了这样的文字：

朱永新副市长殿
二〇〇一年五月十六日
团伊玖磨于南园宾馆

那是一个愉快的夜晚。与日本国宝级的大师交流，让我终生难忘。从北京专门赶来的中国人民对外友好协会的袁敏道先生告诉我，团伊先生几乎从没在送书的时候写这么多的文字。当天晚上，我是捧着《烟斗随笔》入眠的。从作者介绍中知道，这本书是团伊先生写了整整三十六年的系列作品之一，他每星期写一篇在《朝日新闻》上连载，此前已经出版了二十六卷。

当时让我非常奇怪的是，在粉红颜色的封面的左下方有这样一句话："生老病死，爱别离苦，是命中注定。亲爱的朋友们，再见了！"

万万没想到第二天凌晨两点，一阵刺耳的电话声响了起来。外办的同志告诉我，团伊先生走了！

"怎么可能?!"

昨天晚上我们还在一起谈笑风生,现在竟然是天人永隔?我马上赶到医院,为先生送行……

当天晚上,先生的家人从日本赶到,护送先生的遗体回国。也就在当晚,我一直阅读这本粉红颜色的书。全书的最后一篇文章写于2000年10月6日至18日,压题照片是他的手稿,题目就是"再见了"。最后一段文字似乎是神秘的谶语:

今年又到了真正的秋天。

秋天,是在落叶中了结一件事的季节。到了向长年与本文同在的广大读者告别的时候了。

再见了!

我不会再回来。老人是要离开的。人们能够看到的,只是他渐渐远去的背影。

老人哼着久远久远的旋律走远了。

大寺香袅袅,

升空化雨云。

老人的烟斗再也冒不出烟了。

一个月以后的2001年6月21日下午,团伊玖磨先生的葬礼在东京护国寺举行。中国驻日本大使陈健、中国人民对外友好协会会长陈昊苏、日本首相小泉纯一郎、日本社民党党首土井多贺子、日本民主党代表鸠山由纪夫、日中文化交流协会代表理事高山辰雄等日本各界人士及团伊玖磨先生的家属和生前好友等约一千五百人出席了葬礼。

一代宗师,就这样离开了我们。冥冥中是怎样的尘缘,让我得以有幸与先生在最后时刻,如此相见?

团伊先生去世了,他的作品却永远留驻人间。明天,我们将聆听他的崇拜者——二百位日本朋友演唱他的作品。我想,团先生一定会在天国,吸着烟斗,与我们一起静静聆听。

# 像叶圣陶那样做老师

今年（2014年）是叶圣陶先生诞辰一百二十周年。

苏州市教育局发起了"像叶圣陶那样做老师"的倡议，非常有意义。这个活动，不仅是对叶圣陶有纪念意义，而且对推进当下教育更具有现实意义。

叶圣陶不仅是教师的楷模，而且对教师问题也有非常深刻的思考和论述。他从十八岁开始做教师，先是在苏州的言子庙小学，后来又去了甪直小学。在八年的从教生涯中，叶圣陶对教育的理解、对教师的认识不断深化。他明确指出，教师问题是教育问题的关键："没有教师，教育无从实施；没有教师，受教育者无从向人去受教育。"因为教师的重要，培养教师的师范教育就显得非常重要。所以，他殷切地希望师范生都去从教当老师，"为学校里的太阳，代替以前昏暗不明的燐火"。

那么，究竟怎样才能够成为一名好老师呢？换言之，一名优秀的教师，应该具备怎样的素养呢？叶圣陶在《如果我当教师》这篇文章中，用假想的方式，对理想中的小学教师、中学教师和大学教师进行了激情澎湃、酣畅淋漓的诗意表述。

他说,如果他当小学老师,一定不会把儿童当作讨厌的小家伙、烦心的小魔王,无论他们是聪明的还是愚蠢的,干净的还是肮脏的,他都要称他们为"小朋友"。他要从最细微处培养他们的好习惯。

他说,如果他当中学老师,他会努力使学生能做人,能做事,成为健全的公民。他不会把忠孝仁爱等抽象的道德往学生的头脑里死灌,不会叫学生做有名无实的事。

他说,如果他当大学老师,他不会照本宣科,不会用"禁遏的办法"对待学生,而是尽可能把自己的心得与学生分享,尽可能做学生的朋友。他说,无论自己当小学、中学或者大学老师,都会时时记住,自己面前的学生"都是准备参加建国事业的人",建国事业有大有小,都是平等的。对所有的孩子,也应该是平等的。

关于教师具体的素养,叶圣陶明确提出,教师的终极目标是"为万世开太平",主张教师应该树立"学生第一"的观点,既不必装作无所不能的"万能博士",也不必装作完全无过的"圣人";既不能采取"不许主义",也不能遵循"无为而治"四个人字。他认为,做教师是既为人也为己的事业,做教师的人,要有一点儿理想主义的情怀,有一些"傻子"的精神。他指出,教师工作要取得成效,关键是"以身作则",为人师表,不仅要说得到做得到,而且要做得到才说。因此,教师的"知识学问无止境,品德修养无止境",要加强学习进修,在不断"付出"的岁月里,同时要源源不断地谋求"收入"。

在《记教师的话》一文中,叶圣陶还从正反两方面的个案,分析了他心目中的教师形象。一方面,他把平时与教师朋友接触交流时听到的典型的教师心态整理出来,如认为"担任教师是最贪懒最没出息的人干的事情""我去上课,为的是每个月可以向会计处领薪水""拿一些不着边际的话语,不很切用的经验,讲给并不要听可又不得不听的一般人听,究竟是怎么一回事啊"……以这些真实的教师言论警醒更多教师。另一方面,他又以夏丏尊和朱自清两位教师为例,总结他们的经验,让更多教师向他们学习,以他们为师。如翻译《爱的教育》、创办《中学生》杂志的夏丏尊先生曾说,当教师的秘诀就是两条——对学生诚恳,对教务认真——这抓住了对人对事两个根本问题;以《背影》等散文名垂史册的朱自清先生,既实践了"教学相长"的古训,与学生有亲切的友谊;又实践了"每事问"的古风,虚心好学,不断求知,不惮请教。

八年为师,终身从教。叶圣陶一生都没有离开教育。他的许多教育观点,如"教是为了达到不需要教""教育就是为了培养习惯""教育是农业不是工业""学校教育应当使受教育者一辈子受用"等,至今仍然有着重要的现实意义,他关于教师问题的论述,也是为人师表的重要指导。重温叶圣陶的教诲,我们理当以行践言。

像叶圣陶那样做教师,就是对他最好的纪念;像叶圣陶那样做教师,就是一种从教育生活本身寻得生命意义、人生幸福的方式;像叶圣陶那样做教师,无论是教小学、中学还是大学,教师都能成为一个大写的人,无愧一生。

# "大玩学家"于光远

（2013年）9月27日，我刚到苏州参加民进江苏省委会的江海教育论坛，就获悉于光远先生去世的消息。国庆期间，有朋自远方来苏，加之家中添丁等，无法回京参加于老的送别仪式，多有愧疚之感。

于老是中共元老。早在1935年，在清华物理系念书的他就参加了地下党。1939年前往延安，先后在中央宣传部、国家科委、中国社会科学院等担任领导职务。

于老也是百科全书式的专家，在马克思主义理论、哲学、经济学、政治学、社会学、教育学、心理学、生态学、辞书学、图书馆学、休闲学等诸多领域有专著出版。他的学问往往经世致用，参加过十一届三中全会等重要文件的起草工作，并且为小平同志写过讲话稿。

于老还是学术敏锐性特别强的专家。在特异功能大行其道的时候，他就发表批评文章，认为这是"伪科学"。他也是国内较早提出社会主义初级阶段问题，主张在中国实行社会主义市场经济体制的学者。

于老很得意自己提出的"喜喜"哲学。他说:"前一个'喜'是动词,后一个'喜'是名词,意思是只记住有趣的事,从不回忆那些苦事,更不会无端发愁。因为,人到这个世界上走一趟不容易,只有短短的几十年,如果总是纠缠于那些苦事和悲事,而忘记了能给你带来快乐的那些奇事和趣事,生活也就失去了本来的色彩。"

那么多头衔中,于老自己比较喜欢的是"老玩童"这个称号。记得有一次和邓伟志先生一起去他北京史家胡同的家里拜访,他告诉我们,他小时候就喜欢玩,麻将、扑克比大人们还玩得好。他收集了大量的玩具,把玩看作"人的根本需要"。他甚至还写过《儿童玩具小论》和《玩具(大纲)》,为此,他把自己从"老玩童"升级为"大玩学家"。

于老用"玩"的精神对待学问和人生。他的好奇,他的热爱,他的痴迷,成就了他的学问。他涉猎非常广泛,每一个领域都能够卓有所成,与他"玩"的心态有密切关系。记得有一次在餐桌上,于老告诉我,他曾经编选过一本《马恩论饮酒》的资料,可惜被人搞丢了,后来干脆编写了一本《酒啦集》。而所有的玩具中,于老最喜欢的竟然是他那些用过的铅笔!在他家里,我们看到了一个方形的纸盒子,里面放满了各式各样的铅笔头。他把长度基本相当的捆在一起,由一个个小小的圆柱体组成大大的圆柱形,由高到低依次排成一列,像一位将军检阅着自己的"铅笔军团",

好不得意。

鉴于于老的学术影响力，1999年我主持"新世纪教育文库"时，就邀请了他和李政道、张中行、钱仲联、陆文夫为学术顾问。没有想到，八十四岁高龄的他不仅满口答应了下来，还坐着轮椅来苏州参加了会议。在会议上，他动情地说，为孩子们和老师编选这样一套书，"这件事的价值绝不亚于建造一条高速公路"，还欣然为我们题写了"传承文明，铸造心灵"八个大字。

在苏州期间，我陪同于老听苏州评弹，参观了平江绝对保护区、山塘街、虎丘等古城保护项目。后来，又陪同于老参加在张家港举行的全国智慧学研讨会议。每一次，于老总是兴致颇高，思维活跃，不时有惊人之语，根本感觉不到他是一位八十多岁的老人。

从2000年开始，我每年会给朋友们写一封贺年信，正是学自于老的方式——每年新年，于老总会让他的秘书胡冀燕给朋友们寄发一封别具一格的贺年信。一张白纸，写着他一年的轮椅行走轨迹，写着他家中的大事喜事，写着他新的著述成就。

现在，于老走了。明年，朋友们不会再收到于老的贺年信了。生离死别，总会让人感伤。但是，我相信，于老在那个世界，一定会很开心的，那个世界，则会因为于老而增添一份精彩。因为，他会成为那个世界新的"小玩童"，他会用"玩"的精神玩出更多的大学问。

# 在中国的"太庙"见南怀瑾先生

南怀瑾先生对于我来说有一些神秘。曾经读过写他的《狂言十二辞》:"以亦仙亦佛之才,处半人半鬼之世,治不古不今之学,当谈玄实用之间,具侠义宿儒之行,入无赖学者之林,挟王霸纵横之术,居乞士隐沦之位,誉之则尊如菩萨,毁之则贬为蟊贼,书空咄咄悲人我,弭劫无方唤奈何。"有人称他为国学大师、易学大师;有人写他是佛学大师、禅宗大师、密宗上师;甚至有人称他为当代道家、现代隐士,说他是世界上第一流、最高明的江湖术士;更有人称他是"这个虚浮的网络时代里一位人人可以求教的旷世贤师"。

2007年3月17日下午三点,去吴江拜访南怀瑾先生。一路上,头脑里在回忆先生的简历:1918年,出生于浙江温州书香人家。幼年接受私塾教育,十二岁至十七岁已遍读诸子百家。少年习武,精通拳术剑道。青年时访求多位高僧隐士,为禅宗大德盐亭老人袁焕仙弟子。后入川,任教于中央军校,并在金陵大学研究所研究社会福利学。离校后专研佛学,遍阅《大藏经》。1945年,远走康藏，参访密宗上师，被承认为合格密宗上师。离藏后赴昆明，讲学于云南大学，后又讲学于四川大学。1947年返乡，归隐于杭州。后在江西庐山天池寺附近结茅庐清修。1949年去台湾，1985年旅居美国，1988年回香港居住，2006年在苏州吴江庙港定居至今。在"南怀瑾·缘"的网站上，有详细的介绍。

一个小时不到，就到了庙港。经过太浦河上的一座大桥后，拐弯不远的地方，有几栋虽然不起眼但是很特别的建筑。我想，这应该就是先生的住所了。走近一看，在围墙的尽头，有一个大门，边上有"太湖大学堂"五个大字。

张耀明兄与先生的助手小马迎候我入门。学堂很大，占地约三百亩，一期已经完成主楼与讲堂。小马带我们沿学堂参观，从学校的道路走上太湖大堤，堤上的树已经开始露出嫩芽，晚霞映在北边的太浦河上和南边的桃树林中，许多小动物在草丛中悠闲地漫步，一种宁静的美，自然的美，让我们从这静美中又体会到一些神秘之感。马先生说："不假，这里真是神仙居住之地。"他告诉我们，当初勘测地形的时候，就在先生现在居住的主楼上空飞行仪器失灵了。

五点钟左右，马先生去安排其他事情，请一位师傅带我们继续参观两栋建筑。先入讲堂，又叫禅堂，是先生讲学、弟子修行的地方。进门脱鞋，因为有地热装置，一点儿也不感到冷。大堂里有人在打坐修禅，我们小心翼翼地上楼，有闭关室，有治疗室，有洗浴室，还有蒸桑拿的房间。无线网络覆盖，非常先进。在楼上看前面的草坪,一幅太极图映入眼中。

因为江南多雨,讲堂与主楼用回廊连接。主楼客厅是刘子仁的画,王凤峤题词"一花一世界,一叶一如来",据说以前是挂在南先生香港的客厅中的。二楼是各种讨论室与房间,其间布置了许多古代与近现代的名家书画。三楼是图书馆,据说藏书二十五万册以上,经过国家的特别批准全部从美国带来。马先生告诉我们,这些书南先生大部分读过,许多能够背诵。南先生的工作室也在三楼,有一尊佛像供奉在中间。还有一间非常特别的中药房,据说,有弟子、客人患病,先生经常自己配药帮助治疗。

六点不到,当我们回到客厅的时候,先生已经在那里"工作"——为送给我们的书题款了。先生精神非常好,不时开着玩笑。

当不清楚要送书的人是男是女的时候,他就问:"公的还是母的?"我们一边聊着,先生一边写着,一口气签了几十本书。他笑着说:"你们看,我在做苦工呢!"

我问先生为什么选择庙港作为他人生的归宿。他笑着说,这里是中国的"太庙"啊!我们不解。因为太庙是古代皇室祭祀祖先的地方,先生为什么说这里是中国的"太庙"呢?先生说,太湖的庙港,简称不就是"太庙"吗?

先生说,这里原来是一个鸟也不拉屎的地方,是太湖边一个低洼的水塘。1999年11月18日,他的一个在吴江投资的学生邀请他来庙港。当时的吴江市委书记汝留根铺了长长的红地毯迎接他,让他非常感动。而看过汝书记的名片,那姓名更是让他大吃一惊：你不是要我永远留在这里吗？他的学生陪同他在太湖大堤上走了一圈，来了感觉。他说，将来在这里骑着小骡子，读书修行，一定非常美好。就这样，经过六年的建设，填土、种树、修路、造桥、养花、喂禽，大学堂初具规模。

六点半以后，我们移师餐厅。先生坚持让我们先行，他说这是中国人起码的礼节。九十岁的老人，可以说是健步如飞，谈笑风生。

到了餐厅，一副先生最喜欢的对联映入眼帘：

开张天岸马，
奇逸人中龙。

先生说，这是宋代的神仙陈抟的作品。

餐厅里有近三十人吃饭。有北京的、上海的、台北的，有著名跨国公司的老板，也有行政官员，还有一位专门从台北赶来的八十岁的老学生张尚德教授。先生笑着说，我这里就是"人民公社"！张教授讲了他当时拜访先生的故事。那时他是个穷学生，穿着一双"天不知地知"的皮鞋向先生请教。先生也是穷困潦倒，但还是接受了他，管他吃饭。去年他身体不好，动手术前像小孩子一样给先生打电话说："老师，我怕！"先生安慰他，最后他对先生说："开刀的是你不是我！"竟然不再害怕。

先生对中国文化的问题特别有感情。他说，文化是民族的根本。国家灭亡了还可以复国，文化灭亡了，就彻底地完蛋了。他看我穿的是西装，说："你这个是西方海盗的东西！中国人现在连衣服也没有了！韩国的服装是我们明朝的，日本的和服是唐朝的。我们为什么没有自己的'衣冠'了呢？"谈到年代，南先生说，正朔历法，从黄帝算起，也有四千七百年了，为什么要丢掉它而用西方的纪元呢？他说，苏州的文化基础非常厚实，苏州人会管理钱，项怀诚、金人庆都是苏州人，国民党时期也是苏州人管银行的。他告诫我："要警惕苏州变得没有文化呀！"

南先生对教育问题也非常关注。他说，教育的问题太多了！现在第一流的家庭的孩子所受的教育是最末等的。一个孩子六个人爱，什么事情都不会做，什么都不懂，将来生活都可能有困难！他强调读书尤其是朗诵。听说我在做的新教育实验有"营造书香校园"的行动和"晨诵·午读·暮省"的生活方式，他非常高兴，马上让工作人员拿来他指导编写的《儿童中国文化导读》《中国文化断层重整工程》《儿童西方文化导读》等书。他告诉我，他的书基本上是十七岁以前读的，"早期的阅读非常重要。"他还请张教授现场演示了如何诵读中国的传统诗词，这样的吟唱，在我们的教育中也几乎看不到了。

不知不觉，三个小时就要过去了。先生怕大家没有吃饱，请工作人员做了面条让大家吃。最后合影，先生邀请我在他喜欢的对联前留影，让我非常感动。

第二天早晨，我开始读南先生所赠的他新出的《南怀瑾讲演录》一书。这是先生在上海、海南对知识界、工商界和传媒界作的五次讲演记录整理形成的文字,内容包括读书与工商文化、大会计、人文问题、中国传统文化与经济管理以及中国传统文化与大众传媒等,许多观点非常精彩。

南先生对于文化问题非常重视。其实,他的讲演就是一本复兴中国文化的宣言书。先生说,他经常感到,国家亡掉不可怕,还可以复国,要是国家的文化亡掉了,就永远不会翻身了。所以,南先生说:"一个国家、社会的兴衰成败,重点在文化,在教育。"

南先生批评现在的教育不但读的书没有什么用处,还浪费了孩子们的脑筋,把孩子们的身体都搞坏了。他指出,威胁人类最大的疾病,二十世纪初是肺病,二十世纪是癌症,二十一世纪可能就是精神病了。许多孩子精神有问题的背后,就是教育的问题。

南先生曾经在美国生活过一段时间。他对美国的学生说:"我们中国的学生到美国学习,要东考试,西考试,还要高收费。而过去的中国,特别是唐朝的时候,外国学生到中国留学的非常多,我们在长安准备了几千所房子,招待吃招待住,最后还要送他们回去。跟你们美国完全不一样,这就是中国的文化。"

先生特别强调人生观的问题。他说,如果没有人生观,都是跟着大家走,跟着时代的浪潮随便转,是很有问题的。"名利本为浮世重,古今能有几人抛。""亡德而富贵,谓之不幸",一个真正有文化、有思想的人,才能够独自站起来,不跟着社会风气走,自己建立一个独立的人格。

先生的书博大精深,以后还会慢慢品读。初读完毕,看着扉页上写着"朱永新老弟,丁亥新春于庙港,二〇〇七、三、十七、南怀瑾",见字如面,特别亲切,让我仿佛又回到与先生相见的那三个小时之中。从未见时的神秘,到亲见大师的随和、幽默和博学,既让我大开眼界,更让我在得见真容后愈发敬仰。我为苏州能够留驻这样的大师而自豪。

# 听星云大师说有无

参加嘉应美术馆开馆仪式。仪式非常本土化，苏州的昆曲、古琴，台湾的民歌舞蹈，一切都是那么简朴、实在而美好，全部是志愿者参加的演出。展览内容是台湾的奇石与佛教书画，也是难得一见的精彩。"奇石展"因佛教著名典故"生公说法，顽石点头"而闻名。此次展出的石头以台湾产玫瑰石为主，从其绚丽的色彩与多元细致的纹路中，可观宇宙山河之美。"高僧名人翰墨展"展出的是弘一、妙果、太虚、星云等高僧以及梁实秋、于右任、胡适、夏丏尊、欧阳渐等名人的书画作品，其中不乏精品力作。

开馆仪式上，最亮丽的风景无疑是星云法师。他妙语连珠，对苏州这个城市的美丽赞不绝口。他还把从佛光山带来的珍贵的《贝叶经》赠送给了苏州。星云在讲话中表示，他希望这里成为一个文化的中心，成为市民的人生加油站。以后，每个月，都会有精彩的展览回馈给苏州的父老乡亲。

星云的名字我早已耳熟能详。在网上，关于星云法师的介绍也是多如牛毛，许多人甚至自发为他建立了专门的网站。原来，星云就是江苏江都人，1927年生，十二岁在南京出家。1957年创办佛教文化服务处，后改为佛光出版社。1967年创建佛光山，以弘扬"人间佛教"为宗风，树立"以文化弘扬佛法，以教育培养人才，以慈善福利社会，以共修净化人心"宗旨，致力于推动佛教教育、文化、慈善、弘法事业。星云法师先后在世界各地创建二百余所道场，并创办九所美术馆、二十六所图书馆及出版社、十二所书局、五十余所中华学校、十六所佛教丛林学院。星云法师对于佛教颇有研究，著有《释迦牟尼佛传》《星云大师讲演集》《佛教丛书》《佛光教科书》《往事百语》《佛光祈愿文》《迷悟之间》《当代人心思潮》《人间佛教系列》《人间佛教语录》等，并翻译成英、日、德、法、西、韩、泰、葡等十余种语言，流通世界各地。他全力倡导"地球人"思想，对欢喜与融和、同体与共生、尊重与包容、平等与和平、自然与生命、圆满与自在、公是与公非、发心与发展、自觉与行佛等理念多有阐述与发扬。1991年，星云法师发起成立国际佛光会，在五大洲成立了一百七十余个分会，他被推为世界总会会长。

仪式结束以后，我们在美术馆的餐厅与星云法师一起享用全素的快餐，谈得非常投机。兴奋之中，星云提出在苏州建立一所艺术学院的想法。他说，他要建立的艺术学院不仅仅是讲佛教艺术的，而是要研究全人类的艺术，书画、雕塑、音乐，统统要研究，要办最好的艺术大学。他告诉我，他自己是出家人，没有一分钱的财富，但是他能够"无中生有"，他办了那么多的大学、那么多的图书馆,都是"无中生有"地建设起来的。只要有了善念,有了好的创意,就会得到帮助,就会得到天助,"无"就会产生"有"。相反,即使你有再多的财富,最后所有的"有"都会变成"无"。把"小有"变成"大有",把"私有"变成"公有",才能真正地让"有"变成永恒。

其实从某种意义而言,嘉应美术馆的诞生,也是从无到有、从小有到大有、从私有到公有——美术馆的原名是嘉应会馆,建成于清嘉庆十八年,是广东嘉应州所属兴宁、平远等五县商贾集资建造的。嘉应会馆为客家人在苏州乃至江南地区的商业及社会活动提供了许多服务,他们在此议事、住宿,开展各项工作,每逢良辰佳节,也会雅宴赏戏,以联络同乡情谊。嘉应会馆曾于道光二十七年(1847)、光绪三十年(1904)重修。如今在我们控制保护嘉应会馆的基础上改建为美术馆,位于胥门外枣市街九号,占地一千余平方米。馆内分二楼三进,一楼有五个展览厅,二楼除保持原有戏台供日后艺术、文化表演之用外,还设有图书馆、阅览室。市委常委、统战部部长周向群说,苏州嘉应会馆美术馆的诞生,赋予了这座沉睡近二百年的古典园林建筑新的生命,希望该馆开馆后,大力弘扬中华文化主旋律,融合沧浪之水,多向苏州人民展示精深、精湛的艺术作品,让健康高雅的文化带给大家更多的欢喜和享受。我们一直在探索一条"不求所有,但求所在",国家保护为主,充分发挥民间力量参与古建筑保护的道路。这次开馆,虽然谈不上"化腐朽为神奇",但也是"物有所用"了。

以前曾经听人说星云法师是一个"政治和尚",后来听说过一些他为两岸和平统一所做的贡献,看过他关于阅读的论述,今天又与他面对面交流,对于他的认识有了许多变化。星云曾经说:"阅读可以让一个人的心跳感应世界的脉动,中外同在眼前,古今一体悉闻。"所以,不论如何奔忙,在所有行程中小小的空当,星云法师总是一卷在手。他说,人的读书,就像匠人切磨钻石,每一部书都是一具切割轮,磨除晦暗表层,让智慧穿进内心,折射出亮丽光芒。一本本书,为人生打磨出一个个亮面,古人说"腹有诗书气自华",一个人肚子里有了书,这个人就有了华光。我们必须让自己成为发光体,才能与世界的灿烂接壤。

正是"山不在高,有仙则灵",因为有了星云,这所原来普通的古建筑就变得不再普通,这次原本常见的开馆仪式,也有了空灵的韵味。

# 追寻那颗星

2007年8月16日,中科院紫金山天文台盱眙观测站发现了一颗新星。发现时,这颗星在宝瓶星座运行,其轨道半径长为3.109个天文单位(到太阳的平均距离为4.66亿公里),到地球最近距离为2.85亿公里,最远距离为6.47亿公里,绕日公转周期为5.48年。

七年后的2014年4月,这颗星被正式命名为"谢孝思星"。当时,我也荣幸地受邀来到苏州,参加了"谢孝思星"的命名仪式。

从那天起,每当繁星满天的夜晚,我总喜欢遥望星空,下意识地寻找那颗叫作"谢孝思"的星。当然,缺少天文知识与观测工具的我,是不可能捕捉到的。但我知道,那颗星在遥远的天上,正看着我们,看着美丽的苏州园林,看着这座古老而年轻的城市,看着这片谢孝思先生曾经生活的热土。

谢孝思先生是苏州民进的老领导,也是苏州解放后的第一任文化局局长。自解放初期来到苏州,在苏州生活工作的六十多年的时光里,他和这座城市一起,经历了这个时代中最为复杂和痛苦的变化,毁坏和建设均超出了历史的想象。沧桑吾城,几多磨难。无论是在最困难的日子里,还是在文化建设如火如荼的日子里,他始终为苏州文物的保护、园林的修复呕心沥血,为苏州文化建设尽心尽力,为弘扬优秀传统文化鞠躬尽瘁。即使到了耄耋之年,他还在为苏州古城和历史文化的保护奔走疾呼。成之,他欣喜若儿童,欢欣鼓舞;挫之,他忧心若焚,寝食不安。"青丝未白羞言老,要与青年比战功"是谢老的诗句,也是他人品最真实的写照。

苏州是幸运的。在那个"大跃进"建设和"大革文化命"的时代,因为有了谢孝思,有了他的远见卓识和亲力亲为,因为他以一己之力,奔走呼吁,散落在民间的文物才被逐渐收集起来,破落不堪的园林才被慢慢修理恢复起来。我一直在想,如果没有他,没有他在新中国成立之初的文化自觉,苏州的园林、苏州的文化,会不会是另外的模样。

谢老为苏州做了那么多事情,但从来不居功自傲,也很少谈及自己曾经做过的事情。以至于我担任民进苏州市委会主委,想编撰一本《一个人与一座城市》的书时,收集谢老的资料竟然十分困难。他为人谦虚淡泊、不求名利,给我们留下了深刻的印象。

认识谢老的时候,我还是一个不到三十岁的小伙子,刚刚参加民进不久。民进市委的同志告诉我,谢老非常关心我的情况,让我非常感动。后来成为市委会委员,有机会多次听他讲话,对国家的情感,对党的忠诚,对民进的热爱,对年轻人的关心,溢于言表。每次开会时听到他那带有浓厚贵州口音的普通话,总感觉特别亲切。

今年是谢孝思先生诞辰一百一十周年,谢友苏先生等为了纪念父亲,专门编辑了一本年谱画册。这本画册用图文并茂的形式,记录了谢老不平凡的人生足迹,记录了一个百岁老人的思与行。

友苏先生希望我能够为这本画册写点儿文字,我既感到责无旁贷,也觉得非常荣幸。因为,能够再次温习谢老的故事,走进谢老的精神世界,本身就是一次洗礼,一次教育。今年正好也是民进成立七十周年,这本年谱画册,也是最好的会史教育教材,可以帮助年轻的会员更好地了解老一辈的民进会员,如何与中国共产党肝胆相照风雨同舟,如何把自己的学识和智慧交付给祖国,交付给他深爱的城市,如何通过参政党的平台,为国家和区域的经济社会发展建言谋策。

虽然在繁星满天的夜空里,我难以找到那颗"谢孝思星"。但是我知道,正是无数颗谢孝思星,才构成了璀璨的夜空,照亮了我们前行的路途。那颗谢孝思星,更在我的心里,引领着我在正道上前行。

2015年3月29日晨,于北京滴石斋

# 忘 年 交

2018年1月22日凌晨四点二十三分,一直照顾张人骏老师的小军发来短信:爷爷因心脏骤停在三点离开。

我对着手机屏幕看了许久,还是不太相信自己的眼睛。

就在一年前的1月23日,我还专门去张人骏老师家中看望。当时,卧床多年的张老师在小军的悉心照料下身体还算不错,虽然行动不便,但思维还是非常清晰的。这几天,心里还想着春节前再去看望老人家,没想到去年那一面竟成永诀。

张老师对我有知遇之恩。1981年,我还在上海师范大学读书,被恩师燕国材先生推荐参加《中国大百科全书·心理学卷》的撰写工作。

按照规定,参加编写大百科全书的作者至少需要讲师以上职称,但燕师不拘一格举荐了我,或许他还隐瞒了我当时的学生身份。我自然受宠若惊,不敢懈怠,很快完成了几个条目的撰写,通过燕老师寄到了中国大百科全书出版社接受审查。

没有想到,很快我撰写的一个条目被作为"样条"印发给所有编撰者参考,记得一同作为样板的还有著名的西方心理学史大家杨清教授撰写的条目。许多老教授到处打听:"这个朱永新是谁?怎么没有听说过?"一个未出茅庐的无名小卒,大家自然不明底细。

一直到 1982 年冬,这个"谜底"才被揭开。同事告诉我,中国大百科全书出版社的编辑张人骏先生专程来到苏州大学拜访"朱老先生"。那个时候通信不像现在这样便捷,张老师事先也没有联系就直接从上海赶来,而当时我正好回苏北老家,与张老师失之交臂。

那一次来访,张老师应该通过我的同事知道了我的真实年龄和身份。但是,张老师仍然相信我的水平与能力。

1983 年,张老师要借调我到大百科全书出版社工作一段时间,协助他做编辑工作。在北京工作期间,我度过了人生最难忘的一段时光。我阅读了前辈学者精心撰写的每个条目,查阅了无数相关的文献,为我国第一部心理学百科全书作了一些微薄的贡献。

也是在这段时间,我与张老师结下了深厚的友谊。差不多两个月的时间,我们除了工作,就是聊天。他告诉我,他出身医学世家,祖祖辈辈差不多都在宫廷担任御医。他父亲也是北京的名医,曾经在协和医院工作,为国家领导人看病保健。他还带我去他们在外交部附近的老宅,现场讲解他如何在艰苦的环境中自学俄语,最终能够娴熟地阅读和翻译专业文献。

因为我在编辑《中国大百科全书·心理学卷》的过程中接触和收集了大量文献资料，而《心理学卷》的容量又非常有限，张老师提议把这些资料编写成两本关于心理学人物与著作的工具书。于是，我们用了三年左右的时间，编写了《心理学人物辞典》《心理学著作辞典》，并且分别于1986年和1989年由天津人民出版社正式出版。

上个世纪八十年代末九十年代初，我在苏州市创办了青少年心理咨询中心，同时在苏州大学开办了心理咨询中心，编写了《学校心理咨询》一书。当时，国内的心理咨询业刚刚起步，几乎没有相关的资料可以参考。张人骏老师建议我们借鉴国外的经验，抓紧编写咨询心理学的著作。于是，我邀约我的大学同学袁振国一起合作，三个人共同撰写了《咨询心理学》《心理咨询与咨询心理学》等一系列著作与论文。因此他和袁振国夫妇也成为非常好的朋友。

对于张老师而言，我只是他无数作者中的一个。但是，张老师从不把我当作一个普通的工作对象，也不把我当作比他年轻三十岁的晚辈，而是当作最亲密的朋友，当作平等交往的忘年交。每年我们总要见好几次，或者我到北京拜访他，或者他到苏州看望我。无论是我拜访他，还是他看望我，每次他都给我们全家带来礼物，带来他的情谊。有几次，还把他的精心收藏赠我。在我工作上遇到困难的时候，他不仅从道义上、从精神上支持，而且也给予许多实质性的帮助。

更令人难以忘怀的是，儿子上小学前，他主动邀请我们全家到北京游览。于是，他在北太平庄的家成了我们的"招待所"，他本人也成了地道的"全陪"(远远不止"三陪")，一直到把我们送上南下的列车……

后来，张老师正式办理了退休手续，我也离开大学去政府工作。学术上的联系少了一些，但每年看望张老师仍然是我的"必修课"。我至今仍保存着我们的许多通信，这些天再次找出来，看到他潇洒飘逸的笔迹，我又仿佛回到了与他相处的难忘的岁月。从工作上的编辑，到人生中的朋友，他不仅在写作上对我言传身教，他的为人也给了我重大影响。正所谓"经师易得，人师难求"。

我把张老师去世的消息，告诉了他的好朋友燕国材先生和袁振国教授。燕老师说："张老师离开人世，让我倍感悲痛，愿他一路走好。"袁振国说："祈祷张老师在天之灵安息。"

小军告诉我，根据张老师的遗嘱，不搞任何形式的告别仪式。当天上午就送殡仪馆火化了。很遗憾我没来得及见他最后一面，我对小军说，骨灰安葬的时候，一定通知我参加，我要送他最后一程。

但是，我是无法真正送别张老师的。好像是作家三毛说过这样一句话："在这世界上，没有人能单独地消失，除非记得他的人，全都一同死去，不然，那人不会就这么不存在了。"在这个意义上说，张老师仍然活着，活在每一个记得他的朋友心里。而张老师留给我的记忆，这段忘年交对我的滋养，将与我的生命共同存在。

　　我想，张老师还同时活在更多人心里。他作为编辑，兢兢业业创造出的精神财富，在被读者分享之时，也就是他仍然在悄悄影响着人们。这是另一种更为安静也更为深邃的交往，不仅跨越年龄，也跨越生死、跨越时空，这是一种精神上的碰撞，通过阅读，通过践行，因为心的共鸣而不断被激荡。

　　　　　　　　　　1月29日晨，于北京滴石斋

# 先生永在

8月7日早晨,民进苏州市委副主委徐圭逊先生电话告诉我:刘振夏先生走了。

我不敢相信自己的耳朵。每年春节,我们都互致问候和祝福,从来没有听说先生身体不好的消息,更没有听说过他住院治疗,只知道他仍然像过去那样勤奋地画画,仍然像过去那样撕掉的画比保存的画多出很多,只知道他在世界各地巡回举办自己的展览,把中国画的精神与风韵传播四方。怎么没有任何预兆地一下子说走就走了呢?

当我还沉浸在悲伤之中时,手机中收到了这样一条短消息:

> 这是一条不必回复的短信,我的人生旅途到站了,和您相识是缘分,在下车的一刻我仍铭记于心。谢谢了我的朋友,愿您幸福安康! 刘振夏

一遍遍读着这几行文字,泪水不由得夺眶而出,与先生交往

的许多往事像电影一样浮现在眼前。

认识先生还是三十年前的事情了。那个时候，我是苏州大学的一位年轻教师，在蔡骏年先生和邱光先生的介绍下加入了中国民主促进会。当时，谢孝思先生是苏州民进的主委，刘振夏先生是副主委。两位前辈对我非常关心，厚爱有加，多有提携。在他们的引领下，我由一位普通的民进会员，成长为苏州大学的总支委员、副主任、主任，担任了民进苏州市委会的委员、常委。

1992年，刘振夏先生接替谢老担任了苏州民进主委。不久我也担任了民进苏州市委会的副主委，协助他做一些会务工作。这样，我有了近距离接触先生的机会，知道了他的一些不平凡的往事。他父亲是国民党高官，他在"文革"中吃了许多苦，但是他从来没有放下自己的画笔。他多次告诉我，其实从政不是他的目标，也不是他的强项，他的天命是画画。只是，谢孝思先生告诉他，民进是文化人的党派，苏州最优秀的书画家都在民进，必须由德艺双馨的人才去凝聚这些书画家。他说，他是被谢老"劝进来"的，既然走上了这条路，还是要用心做好本职工作。

所以，同时在两条战线工作的先生，只能用双倍心血、双倍努力去工作。

作为苏州民进的主委、苏州政协副主席、江苏省民进主委、民进中央委员，先生的工作无疑是卓越的。在他的领导下，我们获得了许多殊荣。在我和许多人的眼里，先生是一个好领导，在这条政治战线的工作很"正常"。

但是，作为画家的他，却让许许多多人都看不明白。因为大家从来没有看过他在公开场合作画，没有看见他送过别人一张画，他最好的朋友都曾经私下和我嘀咕，自己手中没有刘老师的一张画。而且，他也不搞画展，不卖画。有人认为他多年不画，功力已废，不敢示人；也有人认为他故弄玄虚，为人小气，不谙人情。但是，他依然故我。

先生告诉我，每个晚上，每个周末，每个假日，他都要躲进朋友借给他的房子里画画，已经记不清撕掉了多少画，用掉了多少纸墨了。正因如此，几十年如一日，他对自己的人物画还是很有信心。他对我说，我的画是要留给后世的，是要写进历史的。

2012年，我从先生手中接过了苏州民进的接力棒。他开心地说，永新，民进的事业交给你，我放心。从现在起我也自由了，我就是一个普普通通的老百姓了，我可以把自己的全副身心投入我钟爱的人物画上了，我也不必担心别人以为我用"官衔"抬高自己的画价了。至此，我终于明白了他不卖画、不送画、不展览的用意。

就在结束本职工作这一年的8月21日，刘振夏在中国美术馆圆厅举行了"寂寞修正果——刘振夏水墨人物画展"。展览一鸣惊人，美术界好评如潮。

他的老师方增先教授感叹道："刘振夏像一个入定的修行者，一切妖魔都无法干扰。这种追求艺术正果的'定力'不仅仅是毅力，还需有坚定的信念和十分的自信。"中国美术家协会主席刘大为更是认为"他的画非常简洁、概括、单纯，语言也很朴素。

他在人物造型上也吸收了一些素描造型，把这些特征融入他的笔墨里，但完全是中国画的用笔，中锋、侧锋、干擦用得很巧妙。他对人物形象情绪的把握也非常好，人物的面形、特征和情绪、神态很精彩，每个人的形象一看就给人留下印象"。

对于先生来说，这是一个迟到的画展。对于他的艺术来说，这是一个迟到的青春。对于世界来说，这是一份永恒的美好馈赠。先生的画展厚积薄发，一发而不可收，继中国美术馆之后，他的画展又办到了上海、香港、台北等地，还要准备欧洲的巡展。可是，天妒英才，没有想到，他竟然在这个时候离开了我们。更没有想到，其实他已被疾病折磨多年，只是很少有人知道。他的肺纤维化已经多年，他一边和病魔做斗争，一边和死神抢时间。他甚至不住院，不去大医院治疗。他是透支自己的生命来实现自己的梦想，践行自己的诺言。据说，在生命的最后时刻，是他自己拔掉了呼吸机。

不知道我收到的短信是先生生前就写好的，还是他的女儿代父亲发给朋友们的。非常巧合的是，今天我在机场阴差阳错地买了一本《摆渡人》，而且在飞机上一口气读完了这本书。书中讲述了一个感人的故事。我想，如果人的生命真的还有灵魂的话，那么，先生的生命还是在另外一个世界活着的。而先生的精神风貌，先生的艺术生命，都已经永远活在历史的长河之中。

2018年8月10日夜，于北戴河

# 文瑜,你深留在我心间

今天下午,我的好朋友陶文瑜先生去世了。

虽然有心理准备,还是悲痛欲绝。

前两天,儿子发来短信,告诉我,陶老师病危住院了。

我马上给文瑜兄发去短信:"文瑜,朱墨告诉我,你生病了,病得不轻。望保重,我尽快回苏州看望老朋友。我的一位朋友病重期间练习站桩后好了,不妨试试。"

文瑜兄没有像往常一样及时回复。我猜想一定是病得不轻。但是,我坚信他是能够闯过去的。

记得在苏州的时候,我和苏州的一些作家朋友经常与文瑜见面,喝茶,有时喝酒;聊天,聊苏州的过去、现在和未来,有时聊我们共同的朋友,聊陆文夫、范小青、王尧,聊朱文颖、叶弥、唐晓玲,等等。文瑜从来不拿我当市长,我也一直把他当兄弟。

文瑜兄多才多艺,他的书法、绘画,他的诗歌、散文,甚至他的茶道,他的厨艺,都是第一流的。更重要的,他的人品,他对朋友的真挚、无私,是超一流的。他是一个典型的苏州文人,我经常感觉到他好像是从唐伯虎、祝枝山的时代活到今天的才子。

儿子短信告诉我文瑜生病的时候,附上了一首诗,是文瑜兄于10月2日写的《再见吧,朋友再见》,其中有这样几句:

就当是和以往一样

大家聚在一起

很开心的样子

散去的时候

你把我送到路口

我们挥挥手告别

然后你拿出手机

把朋友圈里我的名字删去

再见吧朋友再见

你深留在我心间

想我的时候

就看看我的诗吧

我出生的时候就想

这一生会遇见谁呢

我离开的时候就想

我竟这么走运

我碌碌无为的一生

因为一些和你相处的日子

才有了诗意

你是我的字里行间

他在诗中说,大地留不下他,他就到天上去,从天上看朋友们。他在诗中说,"朋友再见不话别,不把伤悲锁眉间"。我是流着眼泪读完这首诗的。一个生命的火炬即将燃尽的人,那么达观地看待生死,那么用心地守护友情。他仍然是那么幽默,那么俏皮,那么从容。字里行间,跳动着他对人生对美好的留恋,对朋友的依依不舍。

读着文瑜兄的诗,与他的交往也像电影一样呈现在眼前。

我记得,在他担任《苏州》杂志的执行主编的时候,有一次向我约稿,让我为杂志开一个不定期的专栏。他说:"你在《姑苏晚报》开专栏,我好羡慕。能不能也为我们写点东西?"他开玩笑说:"我不是拍领导马屁,我是向一个有文化情怀的人约稿。"我先后陆陆续续给他写了几篇文章,但因为事务繁忙,后来就没有继续写了。

到了北京工作以后,联系少了一些,但一直挂念老朋友。有一次回苏州看他的书画展览,很是感佩。没有想到,回京后不久就收到了他的一个册页,里面是他专门为我画的小画和撰写的书法。他说,你在苏州的时候,虽然没有把你当领导看,但毕竟你是领导。现在你到了北京,我们是朋友,可以送你几张画玩儿了。

我更记得，前年夏天，与儿子去杂志社看望他。儿子当时有意去《苏州》杂志社工作，他二话没说，告诉儿子随时可以来上班，而且当场就给儿子布置了采访任务。尽管后来儿子没有去那里工作，但是他对我们父子的这份恩情，我们是始终不会忘记的。

前天的短信发出以后我一直纳闷,文瑜怎么没有回信？我一直以为，文瑜虽然身体一直不好，但是他始终笑呵呵地活着，压根也没有想到他真的会离开我们。

今天早晨，收到了文瑜儿子的回信："伯伯您好，我是陶理，我父亲已处于昏迷状态,恐怕撑不了多久了。"

收到这封信，我意识到，文瑜可能真的不行了。那首诗，可能真的是他向朋友们告别的诗。

晚上，收到了儿子的来信。他告诉我，陶老师走了。儿子附上了他写给陶老师的几句话：

> 三年前在您的办公室里，您对我说，来杂志社吧，咱们一起做些有趣的事情。
>
> 我还记得那条幽长的巷子，半掩的朱门，花红草绿，茶香酒醇。可以在藤椅上消磨白日的遐想，也可以在故纸堆中染一手墨香。这些画面至今仍层层叠叠地浸透了远去的时光。
>
> 总有一天会和您再会的。我盼着遇见您的时候，能对您说，陶老师，虽然没有来杂志社，但是我这辈子也做了不少

有趣的事情呢。

我知道儿子心中的伤悲,儿子也知道我心中的难过。我失去了一个好朋友,他失去了一个好叔叔。苏州,失去了一个好文人。

因为这两天有重要的会议,无法赶回苏州送文瑜最后一程。我对儿子说,帮我去看看文瑜,告诉他,我们都以有这样一位朋友为荣耀,为骄傲。我的手机里永远有他的名字,因为,我们在那个世界还要见面的,还要喝茶喝酒的,还要聊天的。

再见吧,朋友再见!

文瑜,你深留在我心间。

**2019 年 12 月 3 日晚,永新泣书于北京滴石斋**

# 学童李吉林

春节期间，李吉林老师打了几个电话给我。因为我在京郊闭门读书写作，所以电话一直没有接通。前几天，李老师托人发来短信，说她最近要出版一本随笔集，希望我能够写一个序言。

说实话，我很惶恐。李老师是我非常敬重的前辈，岂敢为她写序言呢？但她很坚定。她说，您是最合适的人。因为您就是我心目中的诗人。恭敬不如从命。与李老师交往的一幕幕情景像电影一样在眼前浮现。

1997年底，我担任了苏州市人民政府分管教育的副市长。我知道，办好教育的关键是校长和教师。因此，我倡导开展了"名师名校长行动计划"，邀请国内知名专家来苏州讲学带徒。

当时，李吉林老师的"情境教学"理论已经在全国风生水起，她自然成为我们首选的导师。

在苏州讲学时，我曾经动了"挖墙脚"的念头，想请李老师到苏州开设一个情境教育研究所。看得出，当时她还是有点儿动心的。因为，她知道，我是真诚的。

但是,最后她没有来。她告诉我,是南通这方水土培养了她。她不能够离开。

2004年,第二届新教育实验研讨会在苏州张家港举行。李吉林老师原计划参加会议,但临时没有成行。她写了一封热情洋溢的信,给予刚刚起步的新教育实验高度评价,让我备受激励。更让我意外的是,她还亲自打电话给我,说自己好想到苏州来跟我读博士生。

我一直以为李老师是场面上的客套话。直到后来几次见到她,她都重复表达了这个意思,我才逐渐了解到,她以前还真的申请报考华东师范大学刘佛年先生的博士生,而且走了程序,可惜没有办成。她真诚地对我说,毕竟她只是一名师范生,理论素养不够。情境教育要真正走得远,需要理论的支撑。

其实,所有好老师都是善于学习的,李老师则更是如此。她年轻时原本很喜欢打球,排球、羽毛球、乒乓球等都颇为喜爱,但是因为"深知一个小学的实际工作者的薄弱之处,便是缺少理论",就放弃了不少爱好,大量阅读"文学的,心理学的,教育学的,美学的,教学论的,中国的,外国的,甚至古代的",倾心投入其中。为了有更多的阅读时间,她先后拒绝了当校长,推掉了当全国小学语文研究会的理事长,换届时主动向组织提出不再担任江苏省人大常委会的委员。她说:"我的时间属于孩子,属于小学教育。"

年过花甲以后,李老师"仍然像孩子一样,怀着强烈的求知欲望，什么都想知道，什么都想学"。从《学习的革命》到《建构主义丛书》，从课程理论到脑科学，她都不轻易放过。她感叹地说："世界这么大，新知识像浪潮向我涌来，我永远只能抓一点儿芝麻，大西瓜是搬不动了。但能抓一点儿芝麻，总比两手空空要好得多。"她多次告诉我，她十分警惕老人的封闭，因为"封闭就停滞，停滞就萎缩。只要像孩子那样，憧憬着未来，敞开自己的心怀，便能不断地呼吸到新的空气，吮吸新的营养，而这一切都是教孩子所必需的。"

她不仅向理论学，也向实践学，向同行学。她告诉我，她一直在关注新教育实验。2010年，她为新教育年会写了一封长长的贺信。在信中她肯定了"新教育"的实验与研究"具有深远的普遍意义，从实验与研究的进程看，无论理论框架的构建还是实验的成效都已获得累累的硕果"。每次见面，她都客气地表示，向新教育致敬，向新教育学习。

转眼间，李吉林老师已是近八十岁的老人。可她依然那么热情洋溢，那么勤于学习，是一个真正的学童。她又那么仁慈宽厚，那么谦逊低调，甚至经常让我觉得无地自容，她逢年过节经常主动给我打电话拜年问好，还不时寄来一些蕴藏着深情厚谊的礼物。我一直想，正是她把自己视为学童，才有这样的境界。

李老师说过，是儿童的眼睛，儿童的情感，儿童的心理，构筑了她的内心世界。正是儿童，是童心，给了她智慧。

李老师还说，她爱儿童，一辈子爱。如今她已不是儿童，但胜似儿童。"我只不过是个长大的儿童。我多么喜欢自己永远像儿童!"

是的,尊敬的李老师,您育儿童为生,也是为儿童而生,您自己就是一个儿童,一个诗意盎然的儿童,一个永远不老的学童!

# 思君岁岁泣秋风

## ——沉痛悼念朱小蔓教授

2020年8月10日下午四时,在去往山东的火车上,中国陶行知研究会常务副会长兼秘书长吕德雄先生和南京师范大学戴联荣教授分别发来短信告知:小蔓老师于下午二时五十分在南京病逝。

闻此噩耗,一时无语。虽然知道小蔓与病魔的抗争已经多年,近年病情恶化的消息也不时传来,已经有心理准备,但仍然一下子无法接受这个事实,悲从心来。

晚上,写下了这首小诗:

姑苏论教犹在耳,
《读书》对话仍未终。
卅载关爱似姐弟,
思君岁岁泣秋风!

认识小蔓老师,是在上个世纪九十年代初。那个时候,我是苏州大学的教授,她是南京师范大学的教授,因为都是研究教育学,所以经常在各种学术会议和评审活动上见面。她为人富有激情而又不失宽厚,具有原则而又乐于助人,给我留下了深刻的印象。

1999年,小蔓老师的学生、南京师范大学教育理论编辑室的戴联荣博士来找我,希望我能够为他们的一套跨学科丛书写一本新书。她告诉我,小蔓老师的一本新书《教育的问题与挑战——思想的回应》,也收在了丛书中。听说能够与小蔓一起"出镜",我毫不犹豫地答应了。2000年,《我的教育理想》正式出版,我和小蔓交换了自己的新作。据戴联荣博士介绍,小蔓和我的这两本书,是最受基础教育界一线老师欢迎的教育理论书籍。

2002年8月13—14日,小蔓参加在苏州举行的首次"学习科学国际论坛"。那次论坛是由教育部原副部长韦钰院士召集的,从世界各地来了许多华裔教育家。13日晚,在苏州的茶馆我和小蔓共同主持了一个茶话会,邀请"洋博士们"畅谈中国教育特别是苏州教育的发展方向。

我抓住机会为苏州和新教育实验做广告,介绍了苏州教育发展的现状与新世纪的教育理想,通报了新世纪教育文库、海外教材精品译丛、新教育实验学校、教育在线网站、苏州工业园区研究生城等工程;小蔓则介绍了中央教育科学研究所的情况及今后发展战略。听完我俩的介绍,这些海外学子们都很兴奋,纷纷表达了愿为祖国教育发展出智、出力的激情和愿望。畅谈之余,

芝加哥大学湖林学院的杨效斯博士即兴作诗一首,赠送"中国教育之二朱":

### 八月夜从二朱品茶

绿香入竹桶,汗清出府尹。
和轩人气雅,闲谈留圣意。

而来自美国肯尼索州立大学的万毅平博士也写了一首诗:

### 和杨效斯兄

府尹献愿景,
绿蔓呈苦丁。
五福议教育,
和馆论古今。

当时,小蔓刚刚接任中央教科所所长,在短短十六天内,她就对中国的教育科研走向形成了比较完整的看法,改革之意和敬业精神给大家留下了深刻的印象。用万毅平教授的话来说,就是"令人肃然起敬"。他事后给我一封信,其中谈道:"改革总是艰难的,但是只有改革才是唯一的出路。小蔓,绿色的青蔓也。但愿她的改革如同苦丁茶,先苦后甜。"

那一次,我就和小蔓约定,一起为中国教育科学研究做点儿实实在在的事情。一方面，我邀请小蔓和与会的专家共同为我主编的《海外教育科学精品教材译丛》出谋划策，他们全部成为译丛的编委和顾问；一方面与小蔓共同策划了一个教育科学研究论坛。

2003年11月8—10日，中央教育科学研究所主办、苏州市人民政府协办的"首届中国教育科学论坛"在江苏省苏州市举行。我主动报名当她的后勤部长。这次论坛本来是五月份在苏州召开的，由于"非典"的原因，会议推迟了。

会议开得非常成功，那是小蔓就任中国最高教育科学研究机构领导人的"首秀"。她对于教育研究的理解，给与会代表留下了深刻的印象。参加会议的中央教科所的朋友告诉我，小蔓虽然到任时间不长，但她非常善于调动大家的积极性，在她的眼里，每个人都有巨大的能量。中央教科所的学术委员会，她破例自己不做主席，而是发动大家选举。结果，程方平和陈云英两位干将，为她分担了不少学术管理的事务。其实，中央教科所的最重要的工作，不就是学术吗？朱小蔓把最重要的权力给了专家，她也真正地超脱了，可以集中精力考虑长远的发展问题。她的民主作风和高屋建瓴，在短时间内，就给中央教科所的同志们留下了深刻印象。

2007年底，我也调往民进中央工作。到北京以后，我们的工作联系和学术交往就更多了。

2011年9月，新教育实验第十一届研讨会在内蒙古鄂尔多斯东胜实验区举行，小蔓以《新教育：一个思想性的实验》在开幕式上作了一个精彩的演讲。她说:"我自己算是新教育实验早期的支持者,但又是一个老年的新学生,因为前面十届研讨会都错过了。"她高度评价新教育实验"是目前中国当代教育史上最大规模、最大能量、最有号召力的教育实验"。她这样定位定性和评价新教育:"在教育研究类型上应该归类为本质上是实验研究,是一个行动研究,是一个行动性的实验研究,又是一个大型的综合性的行动性的实验研究。它从一开始提出的就是改变,从一开始提出的就是行走,从一开始说的就是旅程。它一开始说的这些从十年前到今天,就一直在行动,一直在行走,一直在旅途中来体现它的行动品质、行动品格、行动哲学,我以为这个是很了不起的。"

2012年1月,小蔓和我的教育对话录《中国教育:情感缺失》发表在《读书》杂志第一期。当时,《读书》杂志希望我们做一个连续性的对话,由他们陆续发表,为此,小蔓专门来民进中央与我进行了三个多小时的对话,对谈话的结构、内容进行了研讨。可惜,后来我和她都忙于各种事务,此事一直拖延着。总以为来日方长,没想到成为永远的遗憾。

2012年11月,新教育国际高峰论坛在浙江宁波举行。小蔓应邀在会上作了一个《中国基础教育课程改革的文化透视》的讲演。在会议期间,她对新教育实验充满了期许,她说:"新教育团队这十年来的探索,是开拓性的,创造性的,他们已经贡献很多,还将会有更大的贡献。"

2015年春节期间,小蔓在南京多次联系我,她和香港教育学院的教授共同主编的生命教育文集,希望收录我关于这一主题的论文。我在寒假期间第一时间完成以后交给了她。

2016年2月18日下午,我给小蔓发短信,告诉她,中国人民大学出版社和国家图书馆将要举办"全面提高教育质量座谈会暨《朱永新教育照片》英文版全球首发式"活动,不知道她能否参加。没有想到,她"秒回"我:"我一定参加,向你学习。届时见。"

2月27日,活动顺利举行。小蔓如约参加,并且作了一个精彩的发言。第二天,我发短信感谢她,她马上回复:

> 永新,心有灵犀,正准备给你发信。我本就该去,事先也写好了稿,后怕时间来不及,没有展开。回来后拜读了你关于质量的四论,很有水平。你确实做的事太多,贡献多多。我也在辛苦做事,在复杂的环境下尽力做好能做的事。与你的友谊很美好。祝你一切顺利。
>
> 朱小蔓

2016年9月19日,新教育研究院在北京召开"新生命教育研讨会暨《新生命教育》教材首发式",知道小蔓身体不好,实在不忍心打扰她。但是我们新生命教育研究所的同志反复说,朱小蔓教授是这个领域最顶尖的专家,如果身体允许还是争取邀请她来指导。没有想到,她又非常爽快地答应了,而且作了一个非常精彩的致辞。

会后,我发短信感谢她克服困难参加新生命教育研讨会,同时建议她务必调整工作节奏,把身体放在第一位。她回复我说:

> 谢谢永新温暖的短信。再次表达祝贺和钦佩。刚又度过几天紧张艰苦的教材会审会议。这会儿在家备课,近期有三次博士生及本科生课。我一定听从建议,注意休息,锻炼身体以及调节情绪。与疾病抗争,是我最现实、真切的生命教育功课。
>
> 朱小蔓

那次活动之后,小蔓的学生告诉我,其实小蔓已经与疾病抗争很多年了。她先后患胃癌和肺癌,但是一直坚持工作。小蔓的学生、江苏省南通田家炳中学校长陈永兵回忆小蔓如何对待疾病的一段文字让我非常感动,他说:"朱小蔓从来不把她的癌细胞当作是她工作的一个阻力,相反的是,她在与病魔相处过程中,同样把她工作的热情和激情发挥到了极致。当病魔再一次复发的时候,她跟癌细胞说,以前她可能忽视了它们的存在,现在我们一起和平共处。她以这样的心态来看待她的生命,同时也把这种精神力量以这种方式传递给我们,所以我们的同事都说朱老师是一个行走的活的课堂,她到哪里都给我们极大的滋养和感召。"

2017年初,听说小蔓在南通休养治疗,我请我的学生许新海

代表我去看望。事后,她来信感谢,依然表示有信心战胜疾病:

> 永新主席老弟,新海已代表你看过我,谢谢关心。这次是肺癌复发了,所幸现在用靶向治疗还可以控制。第一个疗程下来证明有效。我有信心渡过难关。争取三月中旬北京相聚。
>
> 朱小蔓

2017年3月20日,全国两会结束不久,小蔓电话告诉我,"追随伟大人民教育家陶行知,做新时期'四有'好教师主题论坛暨中陶会六届三次理事会"定于4月27日在北京市朝阳区北京中学大礼堂召开,希望我到会作一个报告。电话放下一会儿,又接到了她的短信:

> 永新主席老弟,两会忙完了,到处看到你的影像和建言,你辛苦了。现有一事请你支持:今年中陶会年会已定在北京中学夏青峰校长那开,大家一致呼声要听你的报告,一个小时以内即可,说你想说的。请把4月27日上午空出点儿时间。如无特殊情况请一定满足我们吧。顺告我经靶向治疗,全部病灶明显缩小,现已出院在南京休息,4月初返京,6月再回南通复查。
>
> 具体会议信息我另发给你。
>
> 朱小蔓

我在电话和短信里都请她放心，小蔓姐吩咐的事情会照办。在那次理事会上，小蔓坚持辞去了她担任的中国陶行知研究会会长的职务。

那次会议之后，小蔓的病情逐渐恶化，她在南京和南通两地治疗。我也帮着寻找药物，经常联系，鼓励她战胜疾病。有一次我发短信对她说："李开复已经成为李康复，也祝愿您早日康复。"她回复说："希望自己战胜疾病。精神力量的确还是强大的。"

2019年春节前，我给小蔓发了一个短信：

> 小蔓姐，在北京过年吗？如果在，我去看看您。另外，受托编一本《中国教育70年70人》文选，每人一篇文章。请尽快告知您一篇最有代表性的学术论文（文章名称，发表报刊与时间。），谢谢啦。祝新春大吉。
>
> 　　　　　　　　　　　　　　　　　　　　永新

正在治疗中的小蔓仍然满足了我的请求，及时回复我说：

> 永新老弟，你好！我出京看病已近一年了，分别在南通、南京住院或在宁休息。目前情况还好，在吃中药，自己有信心。我这人粗心，从来还未认真清理出一份论文清单。现综合考虑了一下还是选报《论情感在个体道德形成中的特

殊价值》，该文刊载在《上海教育科研》1994年第5期。因为不在京，托人查找耽误了时间，实在抱歉啊！谢谢你的好意。祝福你全家新春快乐阖家幸福！

朱小蔓

让我非常感动的是，小蔓在病榻上为了选文，多次与我联系，对我的工作全力以赴地支持。2019年10月，在中华人民共和国成立70周年前夕，《扎根中国大地办教育——中国教育70年70人文选》如期出版。这本书，如同她主编的生命教育文集，以及《读书》杂志的对话，成为我们情谊的见证。我在挽联中，也表达了新教育同仁对她的敬爱和悼念：

教坛痛失巨擘，搦管飞龙，等身著作遗来者；
学苑常怀中坚，绝尘驾鹤，真情文章毓大家。

与小蔓近三十年的交往，对我来说是一个不断向她学习的过程，是一个不断从她身上汲取力量的过程。往事并非云烟，不仅在今天像电影一般在眼前浮现，也将成为永远的怀念。斯人已去，但是她的情谊永存，精神永在。

# 亦父亦师

我人生的第一位老师是父亲。

父亲是念师范的,那个时代的师范生,基本素质很好,我曾看过他拉手风琴的照片,那是一个洋溢着青春气息的年轻人。

"文革"期间,父亲在一所乡村小学当校长。星期天,他带我到他的学校去,看到校园里贴满了批判他的大字报,我惊恐万分,他却不动声色。他那如山的静默沉稳,不知不觉也让我镇定下来。晚上,校园里就剩下我们父子俩,这时我听到了父亲的歌声。虽然他不再操琴,但开心时会情不自禁地唱歌。半夜里,我还听到了"猫叫",我呼唤父亲,他却开心地笑了起来,说他是在吓唬房间里的老鼠。从此我也学会了这一招。

父亲的敬业精神更是给我留下了深刻的印象。无论做小学老师、小学校长,还是后来当镇里的文教助理、县聋哑学校的校长,他都兢兢业业、全身心地投入。他曾自豪地对我说:"我要么不做,要做就做最好的。"1984年、1986年、1987年他先后三次受到大丰市委、市政府的表彰,1989年9月原国家教委、人事部、全国总工会授予他"优秀教师"的荣誉称号。

这些荣誉或许就是对他多年追求的最好褒奖。

父亲的许多故事，我是在他去世以后才通过各种途径知道的。如他曾经工作过的大丰南阳小学的校长周荣在他的追悼会上说：

"他是一个对教育追求一生的人。他是一个有着教育理想的人。他是一个一生认真、不停追求的人。在我的记忆中，他一生中最辉煌的是他担任我们南阳乡文委的时候，那时南阳乡是我们全市教育工作最好的一个乡，很多文体方面的活动在全市和全省都是有影响的。"

大丰市教育局的领导在主持告别仪式时也讲述了父亲退休前后一段时间工作的情况：

"九十年代初期，大丰全市开展农村教育综合改革，朱明昌同志创造性地依托成人教育中心校，实施农科教结合，科学技术进村入户到田头，为教育富民闯出了一条新路子，使南阳的教育工作成为大丰的一面旗帜。为此，省政府曾授予南阳镇'江苏省农村教育综合改革先进乡（镇）'称号。"

父亲曾经教过的一位小学生，她的回忆文章也让我沉睡在大脑中的父亲的许多教育"细节"变得清晰起来：

"朱校长夹着木制的大三角尺给我们上数学课，朱校长带着我们参加全镇的文艺比赛，朱校长鼓励我们参加武术小分队，朱校长组织学生敲锣打鼓把'三好学生'的喜报送到家里，还有校长办公室里各种各样的奖章。有一年冬天，天气特别寒冷，河里结了厚厚的冰，贪玩的、不懂事的我们在冰上玩耍了起来，朱校长知道后把我们狠狠地教训了一通，并罚我们站在操场上，让我们从此永远记住要珍爱自己的生命。农村学校，条件十分简陋，我的舅舅阿姨、兄弟姐妹、邻居伙伴甚至我的侄辈等都在这个学校读书，都曾得到朱校长的教诲。

"记忆中，每次无论文艺演出还是武术表演，各项活动我们都得第一。直到现在我还能想起当时我们排练节目的一些场景和独特的造型；我们的武术小分队曾多次代表我们南阳镇到其他各个镇巡回演出、代表大丰县参加盐城市的比赛、代表盐城市参加过全国的武术比赛，也正因此，小小年纪的我经历了很多的大场面，还被派到过其他学校当武术小老师；从我们这个学校考取镇上的重点高中到后来考取大学的人数相对于那个年代是比较多的，如今国内外各行各业都有我童年的伙伴。当我有机会走上讲坛体验教育的喜乐、当我们轰轰烈烈开展素质教育的时候，我就在想，曾经的朱校长不就是一个很好的素质教育的典范吗？

"七年里，我不记得我们去过多少次朱校长的家，也不记得在朱校长家吃过什么饭，反正每次去镇上，三间红瓦的平房是我们最好的落脚点，吃饭、化装、排练节目，是我们应做的事，至于那锅碗瓢盆灶火柴一概与我们无关，现在想来真不知当年朱校长和朱太太在幕后为我们付出了多少？"

是的，父亲当时在农村小学做校长，而我们在镇上的家，就是父亲学校的"后勤部"。父亲的教育生涯，就是当时许多农村教师的真实写照。

当然，对于我来说，父亲给我一生最大的影响和财富就是养成了每天早起的习惯。大概从小学一年级开始，每天早晨五点半父亲就会准时把我从床上拖起来，做一件我很讨厌的事：习字。无论是酷热难熬的夏日，还是滴水成冰的冬天，我都要千篇一律地临柳公权帖。其实，也是小和尚念经，有口无心，自然没有练好字。尽管如今我的字还过得去，也有人说我的字有"风骨"，但终究没能成为书法家。

只是歪打正着，有心练字字未练好，却养成了一个好习惯：早晨睁眼即起，每天工作至少比一般人多两个小时。当人们还在梦中酣睡时，我已经挑灯早读了；当人们起床洗漱时，我已经工作了两个多小时。

小时候还经常埋怨父亲，甚至在心里把他比作半夜鸡叫的"周扒皮"。现在看来，这是父亲给我人生最大的财富。如果每天比别人多工作两小时，一年就多了七百三十个小时，五十年就多了三万六千五百个小时，也就是多了整整一千五百二十天，差不多延长了四年的生命！这每一分钟都是有效的生命！

现在，每天早晨当我五点左右起床，在写字台前伏案工作的时候，心中经常会浮现出父亲的身影。

这是父亲的礼物，更是我一生的财富。

# 灵魂不能下跪

我与冯骥才先生经常见面,一直对他的文化与教育情怀敬佩不已。他是中国最优秀的作家之一,先后出版各种作品近百种,其中《啊》《雕花烟斗》《高女人和她的矮丈夫》《神鞭》《三寸金莲》《珍珠鸟》《俗世奇人》等均获全国文学奖,《感谢生活》获法国"女巫奖"和"青年读物奖",并获瑞士"蓝眼镜蛇奖"。他完全可以继续创作,写出流芳百世的作品,并为自己赚得万贯家财;他还是中国文人画的大家,卖画也可以发家致富。但是冯先生没有这样做,他为中国的民间文化"全家总动员",东奔西走;他发动了全国范围的民间文艺的普查,为那些即将消失的城市、即将消失的文化留下最后的信息。

看到冯先生写的一篇题为《城市可以重来吗?》的文章,他在文章中说,开始对外经济开放和现代化的时候,我们并没有站在现代文明的立场去审视过去和面对今天,脑袋里热烘烘,依旧是"破旧立新"和"旧貌换新颜"那一套,所以用前所未有的力度"建设"城市,导致六百多个城市的历史生命被一扫而光,"性格形象消失了，年龄感没了，个性记忆被删除得干干净净，我们已经无法感知认识自己城市的文化性格和精神历程"。

冯先生坚定地说："城市是不能重来的！"城市不是一个巨大的功能性设施齐备的工作机器与生活机器。城市首先是一个生命，有命运，有历史，有记忆，有性格。它是一方水土的独特创造——是人们集体的个性创造与审美创造。如果从精神与文化层面上去认识城市，城市是有尊严的，应当对它心存敬畏；可是如果仅仅把它当作一种使用对象，必然会对它随心所欲地宰割。他告诉我："珍惜城市精神文化的人，一定会精心地保存自己城市的历史，因为城市的灵魂在它的历史里。"作为一个曾经担任苏州市副市长的城市管理者，我知道先生在说这些话的时候，多少有些无奈。

我对冯先生说："其实许多问题的答案都在教育。如果我们的领导干部真正地尊重专家，真正地懂得文化，一定可以少做不少愚蠢的事情。"先生赞同我的观点。记得有一次，我在政协的常委会上作了一个发言，先生马上给我一个纸条，表示完全支持我的观点。条子上的落款是"大冯"。同时，他亲自给《文汇报》总编打电话，希望发表我的文章，并在全国开展一个关于教育问题的大讨论。虽然后来由于种种原因，文章没有发表，讨论也没有开展，但是先生对于我的褒奖，对于教育的情怀，一直让我感佩不已，铭记在心。

2007年6月23日，"水墨诗文——冯骥才江南公益画展"在苏州博物馆新馆举行。全国政协副主席张怀西、中国音乐家协会副主席王立平、著名画家韩美林、万科老总王石、影视明星赵文瑄等专门从外地赶来参加开幕式。江苏省委常委、苏州市委书记王荣，中国书法家协会副主席、江苏省文联副主席言公达，江苏省委宣传部副部长，江苏省文联党组书记等也参加了开幕式。

我有幸主持了开幕式。我说："冯骥才先生作为中国文联副主席、中国民间文艺家协会主席、国家非物质文化遗产保护工作专家委员会主任，不仅具有精深的文学和艺术造诣，更具有高尚的人格魅力。他牺牲了自己大量的个人创作与休息时间，甚至以透支个人生命的方式，为抢救中国民间文化进行着'一个人的战争'。冯先生与苏州有缘分，他当初决定卖画抢救遗产的时候，是为了周庄的一幢老房子；他学画的时候，临摹最多的也是苏州的文人画。所以，我提议为冯先生的义举鼓掌，表达我们的敬意。"

中国音协副主席王立平第一个发言。他与冯先生相交已有二十多年，这位曾经写出《太阳岛上》《驼铃》《大海啊，故乡》等许多脍炙人口的歌曲，并且为电视剧《红楼梦》谱下不朽名曲的艺术家，在代表民进中央发言的时候，一反常规的形式，动情地说："冯骥才是一位了不起的文化人，是一个伟人，一个高人，一个好人，一个圣人，一个贤人。我喜欢冯骥才的文章，他的作品我总会从头读到尾，今年我却只读到他的两部短篇，他的时间都用来做什么了？他去画画了。我喜欢他的画作，清新雅致是中国文人画的代表，但他的画呢？画卖了。我喜欢他的为人，他为文化做了很多的事情，把抢救民族文化当己任，奔走于市井和田野，感动了一批又一批的人加入进来。在当今这样追求物质化的社会中，他的行为对我们有很大的启迪，同时也感到一丝悲壮，我想说，冯骥才是我们的带领者。"

著名画家韩美林也是冯先生的好朋友。他说："冯骥才所做的民间文化遗产抢救是对社会的一项贡献，作为冯骥才的'铁杆队员'，我自己会倾力支持他。我曾经到过陕西的一个偏远山村，那里的艺术团大篷车走到哪座村子，都会引来全村的人，大家就坐在土里，戏台就搭在木板上，演员在台上很是带劲儿，一丝不苟，比比那些没有十万、二十万请不来的所谓名演员，我们为什么不去支持民间的艺术家？我就是民间文化抢救的'铁杆队员'。"他还当场决定拿出自己的一幅画支持大冯的事业。王立平与韩美林先生的发言，让我想起了古代文人之间的美好唱和。

万科老总王石一早专门从杭州赶来。他本来准备用一百二十万元购买大冯的《心中十二月》，但是已经被人捷足先登，只好以六十万元买下了四幅冯先生的心爱之作《风物四时图》。王石讲自己是被冯骥才的义举感动而来的，一个企业有名了，赚钱了，就应该将社会责任作为自己的责任去分担。为了民族文化，一位画家尚且如此，一个企业更应该多做贡献。"阳光下创造利润，感恩心回报社会"——王石的这句发言掷地有声，闻者动容。

在2004年第一次为民间文化抢救举办公益画展的时候，就有人问过冯骥才,依靠你一个人的力量,去做这样一项庞大的文化工程,那不就好比是"精卫填海"吗?冯先生当时就说:"我欣赏的是精卫精神,精卫是我的偶像。这次画展的序言就是《精卫是我的偶像》。"在南京展出的时候,冯先生说:"当这些画从自己的画室取下来的时候,的确有'家徒四壁'的感觉,但为了民间文化卖出自己的作品,虽有不舍与留恋,却会更加激发出一名艺术家无穷的创作热情。"在撤展的时候,他很是幽默地对记者说:"我还有很多美的画作藏在心里,你信吗?"坦然中有些悲壮。

身高一米九二的冯先生在最后的答谢发言的时候,有点像明星。他把话筒在胸前双手举着,说:"虽然我的工作很辛苦,但并不孤独。卖画原本是艺术行动,有这么多的友人加入进来,艺术行动变成了情感行动。我们是文化人,我们应该为我们的文化做些事情,而不是用文化去赚钱,所以为了民间文化我卖画的钱一分不留全部捐出来。"

这次展览的四十六幅作品,在展览之前就已经全部名花有主,一共为民间文化遗产抢救工程筹得三百五十八万元资金。我一直认为,冯骥才先生卖画,是一种精神,是一种境界,是一种象征,是中国知识分子对时代的一种责任,对文化的一种救赎。其实,我们经常习惯于批评,习惯于埋怨,习惯于坐而论道,如果我们真正地行动起来,真正地贡献我们每一个人的心力,真正地有冯先生这样的精神,我们是可以改变这个世界的。

冯先生离开苏州时托人带给我四本书:《灵魂不能下跪》《年

画手记》《文人画宣言》和《人类的敦煌》。收其书、读其书,再次让我兴奋、振奋,又感喟不已。其中《灵魂不能下跪》是冯先生关于文化遗产的学术论集,一百多篇文章,五百多页篇幅,集中反映了冯先生对于抢救和保护中国文化遗产的深入思考。《年画手记》则是冯先生多年研究、抢救中国年画的心得,也是他行走的记述。他说,年画是他走进中国民间文化大山首选的入口,他把抢救年画作为抢救民间文化的一个窗口,一个突破口。《文人画宣言》是一本非常特别的书,第一部分是关于文人画的问答;第二部分是他的"文房雅记",是关于他自己写字、作画的体会;第三部分是他自己的画作配上他自己的文字的"画中文章"。在苏州的时候,他告诉我,总有一天,他要写一本中国的文人画史。《人类的敦煌》是冯先生为中央电视台撰写的关于敦煌的史诗性巨片的文学剧本。在再版序言中,冯先生说:"世界上有两种写作,一种是你要为它付出,为它呕心沥血,为它抽空了自己;另一种是你却从写作中得到收获,你愈写愈充实,甚至会感到自己一时的博大与沉甸甸。"写作《敦煌》这本书的时候,冯先生的感觉是后者。

当天晚上,我一直在翻阅着《灵魂不能下跪》这本书。我喜欢这个书名,喜欢冯先生为它作的诠解。他说,人最高贵的是灵魂。灵魂不仅仅为人所有,城市、国家、民族都有自己的灵魂。灵魂虽然看不见,但是思想、品格、信仰、原则都在其中。因为它看不见,所以容易被看得见的东西遮蔽。

对于知识分子来说,灵魂应该是独立的、个体的、尊严的、不可侵犯的、比肉体更加高贵的东西。不管面对谁,无论为了什么,灵魂都不应该自我违背而屈膝下跪。知识分子不同于文化人,知识分子有强烈的现实责任,心甘情愿地背负起时代的十字架;文化人则可以超然世外和把玩文化。

读了这本书,我终于理解,一位著名作家,为什么那么心甘情愿地放弃自己优厚的生活,到处奔走呼吁,甚至依靠卖画来筹集保护传统文化的资金。我说,他进行的是一个人的战争。他自己说,他崇拜的是精卫。其实,他就是现代的精卫,他想填的海,是中国文化之海!

冯先生把多年绘画的精品义卖所得三百五十八万元,无偿捐赠给民间文化保护基金。他说,他要用精卫填海的精神,抢救和保护我们每一分钟都在消逝的传统文化,物质的和非物质的。他说,当这些画从墙上取下来的时候,自己有家徒四壁的感觉,但是,如果一个民族的文化流失到"家徒四壁",才是真正的悲哀。

透过这个事实,我们是不是看到了一些并不愿意看到的现象?

如果冯先生进行的果真是"一个人的战争",那就是我们这个民族的悲剧。现在,文化的浮躁心态愈来愈极端。大家往往对大制作、大场面的"大创新"更感兴趣,但是对不断消逝的文化,却没有多少人真正地关心。许多民间文化大师生活得非常困难,许多民间文化遗产已经后继无人。

冯先生知道,传统的文化,能够抢救一点儿,就是对这个民族的文化多了一份记忆。他的小说当然重要,但是远远不如抢救那些正在消逝的民间文化遗产重要。

是的,文化是民族的根,文化是国家的魂。"仓廪实而知礼节,衣食足而知荣辱",虽然上学、看病、住房等是老百姓急需解决的问题,但是如果我们没有自觉的文化意识,没有对于民族传统文化的特殊情感,没有系统地传承文化的措施,我们就不能真正地拥有自己的精神家园。所以,我建议,应该大力弘扬中国传统文化,并且在大、中、小学的课程体系中有其一席之地,应该将非物质文化遗产纳入大、中、小学课程。

中国传统文化的传承应该从物质与非物质两个系统进行。物质方面,最重要的是建筑文化。建筑文化可以从两个路径开始,一是要努力地保护古建筑、古民居、古村落,应该尽快进行全国的古建筑、古民居、古村落的普查,建立各级政府的保护名录,明确责任。对于无力保护的地区,应该由国家财政买单。二是要加大对于现代建筑的文化审查。现在的建筑规划,文化严重缺位,国家用巨大的资金投入现代建筑,但是完全没有民族风格,没有中国气派。贝聿铭先生设计的苏州博物馆为我们做了一个非常好的榜样,既是中国的,苏州的,又是世界的,现代的。中国最近几十年有多少贝老这样的建筑?所以,我认为,在城市规划中,应该有文化部门的参与,有文化人的参与。

非物质方面,主要有戏曲、节庆、诗词、家书等。尤其是诗词与节庆,应该是当务之急。戏曲,特别是地方戏曲的式微,应该引起我们的高度重视。冯其庸先生曾经说过,中国的戏曲如果灭亡了,中国传统文化也就灭亡了一半或三分之一;一个民族如果失去了传统文化,中华民族也就失去了自己独立存在的精神基础。

拿昆曲来说,从昆曲被列入人类口述与非物质文化遗产以后,国家专门建立了保护基金,对昆曲的抢救与传承起了重要作用。但是,这些钱主要被用到哪里了?可能用在补助昆曲院团的运转上了,用在鼓励创新上了……花在这些方面的资金,远远大于支持抢救。有人统计,流传下来的昆曲剧本有三千多个折子戏,老一辈的演员可以演出的有四百多个,年轻的演员能够演出的只有一百多个。每一年都有老演员离开这个世界,同时也带走了他们的演艺和绝技。这些才是永远不可能再生的财富。为什么不能够由国家花钱,把他们集中起来,用过去昆曲传习所的办法,一个一个的折子戏来恢复、传承?把老艺术家的讲述、演唱、行头、器乐等原生态地记录下来,让他们手把手地带徒弟,带的过程也原生态地记录下来?甚至连徒弟的演出也全部录制下来?

其实,类似昆曲的东西还非常多。传统的节庆也是一个非常重要的问题。节庆是凝聚着民族文化习俗与文化情感的活动,也是彰显民族文化特色的重要渠道。现在,青少年已经习惯于吃洋饭过洋节,对于中国人的传统节庆,似乎已经开始淡忘。我认为,至少清明与中秋两个节日,应该成为中国人的最重要的休假日。在清明,大家要回家乡扫墓,纪念自己的亲人,这其实是中国人的感恩节。中秋,是中国人团圆的日子,中国文化中有多少有关月圆的传说与诗词？这其实是中国人的亲情节。

至于诗词，作为汉语中最美丽、最精致的表达，作为中国文化的精华，作为中国古代文人最基本的交往方式与生活样式，吟诵唐诗宋词，擅长琴棋书画，曾经是古代知识分子的必修课。现在，这些东西正在离我们远去。

还有，古村落也是每天都在消失。谁能够讲得清楚，我们到底还有多少古村落？民间手工技艺的消逝也是加速度进行着，刚刚授予的民间工艺大师、传承人就有几位已经离开了我们，同时也带走了他们的手艺。

总之，传统文化的弘扬与保护，应该是中国文化建设中最急迫、最重要的事情，应该作为国家的方针政策强力推动。文化是民族的灵魂，我们的灵魂不能这样消亡，我们的精神不能这样荒芜。由此，我更加敬重冯先生的行动，他是用自己的努力教导我们应该做什么，应该怎样做。

不能够说创新不重要。一个没有创新精神与创新能力的民族，同样是一个没有出息、没有竞争力的民族。但是，如果我们连老祖宗留下的东西都不能记录下来、不能传承下去，恐怕更加没有出息，更加没有竞争力。抢救，能够给我们的时间已经不多了，能够给我们的空间已经不大了。对于传统文化，我们不能靠一个人去斗争，我们需要共同打响一场抢救的战争。

而我终于知道，梁漱溟先生为什么不承认自己是一个学者，而说自己是一个行动家。真正的学者，应该是有行动精神的。

与冯骥才先生的第二次亲密接触，是2008年汶川大地震之后不久。地震发生后的第六天，冯骥才先生立即带领民进中央和中国民间文艺家协会的有关人员，赶赴灾区。我有幸随同调研组同行，亲眼看到了冯骥才先生的睿智眼光与工作作风。当时交通非常不便，我们克服了许多困难才赶到北川。站在高高的山岗上，看着已经成为废墟的县城，冯骥才先生酝酿了全面抢救和保护羌族文化的计划。

汶川大地震对于羌族这个民族可以说是毁灭性的。羌族是我们国家五十六个民族之一，是历史最悠久的民族之一，有三千多年的历史。北川也是国家唯一的羌族少数民族自治县。这次的地震，羌族大概十分之一的人遇难，而且羌族的文化名人这一天正好在文化馆开诗会，四十多位当地的文化名人，几乎全部遇难。

冯骥才先生告诉我们，羌族是云朵上的民族，有很多独特的文化，这个民族是认为万物有灵的，每个人都祭山，每座山都是有名字的山神，羌舞和羌族服饰都是非常灿烂的。民族生活在文化里，文化是民族的真正生命。这次地震以后，北川县城要搬迁，那么这个民族的文化怎么保存下去，怎么传承下去？他在现场就表示要做几个羌族文化保护的工程：一是把关于羌族文化所有的资料全面收集梳理，出一套《羌族文化集成》；二是给羌族的孩子编一本《羌族文化读本》，让羌族的后代能够认同自己的文化，热爱自己的文化，有一种文化的认同感。

不久，我和冯骥才先生做客"新浪网上大讲堂"，他又提出了建地震博物馆的建议。他说，这是我们国家近百年来最大的一次自然灾害。在这次地震中，我们民族所表现出来的精神高度也是空前的。这种精神使我们民族看见了自己，看见了自己的本质，看见了自己的精神，增强了我们的自信，对我们自己充满希望。这样的精神也需要博物馆见证。

后来，冯骥才先生提出的建议都先后得到了落实，《羌族文化集成》和《羌族文化读本》陆续出版，汶川大地震的纪念馆和博物馆等也已经先后建成。

这些年来，冯骥才先生担任院长的天津大学冯骥才文学艺术研究院，是我去得最多的地方。每年我都会来这里与先生交流。2015年10月3日，我还非常荣幸地应邀作为"亲友团"成员，参加了十年庆典，得以再次现场感受这个特殊研究院的特殊魅力。

早在2007年我参加冯骥才先生的画作义卖活动时，冯先生告诉我，他两年前在天津大学建立了以自己名字命名的文学艺术研究院，希望我有时间去天津看看他的研究院。一年后我调任民进中央副主席，成为冯骥才先生的党内同仁，不久就应邀专程去他的研究院拜访取经。

冯骥才先生是一个对教育、对大学有自己想法的学者。他说，大学需要一个自由自在的生命环境，需要一个可以让心灵喘息和敞开的地方，需要一个让思想和想象驰骋的空间。校园虽然很小，但是要把大自然最本质的元素——天然和随性拉进来。

的确，研究院是一座令人心旷神怡的建筑，贯彻了冯先生

"把大自然请进校园"的理想。研究院的大门和建筑爬满了自由自在的青藤,门口的池塘里鱼儿自由自在地嬉戏游弋,院中的草木无拘无束地生长,营造出古代宁静幽深的书院意境。而院内整个建筑,则利用空间、环境、结构、材料及光影的独特处理,强化了现代审美与传统意境的融汇,表达了研究院的文学气质与文化情怀。

走进这座建筑,北洋美术馆、大树画馆、跳龙门乡土艺术博物馆(内设雕塑厅、年画剪纸厅、蓝印花布厅、木版活字厅等)……一个个神奇的美术馆、博物馆令人目不暇接。冯骥才先生告诉我,"学院博物馆化"是他的又一个创意追求。他说,在学院随处可见的是中华文明各个时期、各个地域的艺术珍品,"每一件作品表面上是一种独特的美,后边却是一个很大的无形的历史与文化的空间"。

把大自然请进校园,使学院博物馆化,这两个追求的背后,是冯骥才先生的教育梦想——让自然和人文带来的两种美、两种气质交融汇通,形成学院独特的美与诗性。

大学是科学研究与人才培养的重镇,也是保存与传播文化最重要的场所。但是冯骥才先生理想的大学,是要"把书桌放在田野上,在大地上思考,让思想既有翅膀,也有双脚"。在冯骥才先生的努力之下,研究院先后建成了中国木版年画研究中心、中国传统村落保护与发展研究中心、中国传承人口述史研究所三个国字号研究机构,以及文学研究室、视觉工作室互为支撑的教研体系，形成了传承人口述史、传统村落、木版年画研究等学科特色，承担了多项国家重大科研项目，举办了首届北洋文化节、意大利绘画巨匠原作展、"陈和陈"平面设计艺术展、"丝绸之路上的敦煌"艺术大展、"拥抱母亲河"摄影艺术展、"田野的经验"中日韩国际学术研讨会、中国木版年画普查成果展、"人文精神与大学教育"国际学术研讨会、"当代社会中的传统生活"国际学术研讨会、传承人口述史研讨会等数十次大型学术活动。与此同时，学院也培养了近三十名硕士生博士生和博士后，这些学生目前大多活跃在非物质文化遗产保护的舞台上。

十年之间，我多次来到这里，参加过研究院的许多重大活动，也见证着研究院的不断成长。冯骥才先生在研究院成立时曾经表示："从今天起，天大（天津大学）的事对于我，是天大的事。"的确，他没有食言，他说，研究院是他这十年里从他自己身上切下一大块生命的蛋糕。

这一次的十年庆典活动简约而别致。我在发言中说，冯骥才先生不仅是中国文化的精卫，也是中国教育的精卫。他不知疲倦地填中国文化和中国教育的"海"。大学正因为有大师才成其为大学，中国的文化精英不到大学去，大学永远没有希望。冯骥才文学艺术研究院已经成为中国教育的范本，所以，我认为这不是一次简单的庆典，冯骥才文学艺术研究院十年的探索，其实更是中国大学如何吸引和留住大师，以及中国优秀的知识分子和社会精英如何走进大学的成功案例，值得关注和研究。这些年来，我们更多看到的是作为作家、画家、文化遗产保护专家的冯骥才，而忽略了作为教育家的冯骥才。我们更多关注了教育行政部门的教育改革举措，而忽略了民间的教育变革探索。冯骥才先生的"先觉"，应该是中国大学未来变革的方向。

大师身在大学，本身就是一个强大的磁场，吸引和聚集各方人才；同时大学也会协助大师与年轻一代广泛交流，有助于对大师作品的深入研究、创作的进一步提高。

这次十年庆典，国内外嘉宾如云。刘诗昆、余秋雨、冯远、吉狄马加、濮存昕、王立平、彭一刚、龚克、阮仪三、张颐武、梁晓声、李光曦、吴雁泽、白淑湘、王铁成、张海、邵大箴、白岩松、宋雨桂、吴为山、何家英、郁钧剑、关牧村、王志、朱迅等百余位海内外文学、艺术、文化、学术、演艺界人士前来参加。冯骥才先生说，他很喜欢国外的沙龙，朋友们一起相聚，交流思想，如切如磋如琢如磨。其实，我们都是被冯骥才先生个人的魅力吸引而来的。

大学需要大师，尤其是大学更重视培养创新人才的当下，大师所具有的丰沛的独创性是一般教师不能比拟的，也是大多数创作者短时间内无法并肩的。

很多年前，清华大学的校长梅贻琦先生曾经说过，"所谓大学者，非谓有大楼之谓也，有大师之谓也。"的确，过去，社会精英大部分聚集在大学，民国时期的大师们，从蔡元培、胡适、鲁迅到陈独秀、李大钊、陈鹤琴，从沈从文、徐悲鸿、茅以升，再到徐志摩、朱自清、季羡林，等等，我们熟悉的那些大家，基本都在各个大学从教讲学。相对而言,在今天的大学,大师还是少了一些。反观国际上的大学教育体制中,驻校作家和驻校艺术家已经成为重要组成部分。

我们有理由相信,冯骥才文学艺术研究院在天津大学这座中国第一所现代大学深邃而优美的校园里会创造更多的精彩,也期待它能够为中国大学的变革提供更多的经验与启迪。

# 文化部长的教育智慧

王蒙先生是文化部的老部长,在苏州我曾经多次接待过他,聆听过他许多精彩的谈话。他的智慧与幽默,给我留下了非常深刻的印象。

我非常喜欢读王蒙先生的文字,特别的语言魅力加上特别的人生经历,读来韵味悠长。记得有次和他一起参加全国政协常委会,早晨到会场的时候,他正在我的座位上写字,我上前一看,是在送给我的新书《大块文章》上题字。这是他的个人自传第二部,用他自己的话来说,是有不少"干货"的。尤其是写他当文化部部长的经历,写得自然、诙谐又有分寸。他告诉我,许多没有写出来的东西,也应该能够体会出来。比如他在第三十三章讲官场的体会时说:"越是升官越是感到自己的官小""如果我再多干几年,也许我也不想再回到写作的案头了"。要仔细品味,才知道他想说的是什么。

我也非常喜欢王蒙的讲演,非常喜欢听他的"王式幽默"。无论是开会发言还是个人讲座,他的每一次发言总是给我们惊喜。

比如在一次大会发言中说到关于"文化软实力"的问题。王蒙认为,世界上任何一种有价值的文化,从来都不仅仅是国门内的货色,世界各地的文化,都是你中有我,我中有你。中国引进了马克思主义,发展形成了毛泽东思想、邓小平理论、"三个代表"重要思想、科学发展观等,没有人会认为这是来自欧洲或者德国。所以,文化是可以吃洋饭喝洋汤,长出中国的肉的。他说:"我们反对西方国家把与我们有关的各种问题政治化,但是我们不反对把一些政治性非常强的问题适当地文化化。应该加强中外文化交流,尤其是重视民间机构与文化人个人之间的交流,让世界更加客观和公正地了解中国的真实情况。与其用意识形态语言来传播文化,不如用文化形态的语言来传播意识形态。"

让我印象更深刻的,则是2007年10月12日王蒙在天津大学冯骥才文学艺术研究院主办的"人文精神与大学教育"国际学术研讨会上的主题讲演。

那是一场开幕式简单得让我吃惊的研讨会。如果在其他地方,这样"高规格"的学术会议,一定会有许多领导光临,但是冯骥才先生几乎没有邀请领导。除了天津大学、南开大学的校长外,唯一的"官"就是天津市人大的张副主任,而他是张伯苓先生的后人,本身就是一种精神的象征。

开场讲话也只有两个人,完全围绕主题:天津大学的龚克校长致欢迎词,南开大学的饶子和校长致祝贺词。然后就是王蒙先生、香港大学副校长李焯芬院士和我的主题讲演。

王蒙说，自己对大学没有什么研究，就是想来听听各位对大学的看法，同时表达对冯先生的羡佩与支持。他说："大学出现了许多问题，一是官场化的影响侵入了大学，官本位的情况严重。"这个时候他用了"此时无声胜有声"的"王式幽默"，让大家发挥自己的想象力。"二是市场化的影响导致许多大学急功近利、学术腐败、不良竞争、道德失范、价值沦丧，在一定意义上是'礼崩乐坏'。"现在往往是不知道哪些事情是大学不能做的。"三是分工越来越狭窄，学习自然科学的不学人文科学，语文水平越来越低，对联既不对也不联，各种笑话很多。有些知识分子甚至信奉邪教。四是过分依赖网络，许多大学的学者已经不习惯用自己的大脑，习惯了网络上找资料，缺乏推敲衡量的能力。"他说："通俗化本来是好事情，但是如果普及的后果是真理的简单化、平滑化，甚至修正了真理的面容，变成一个简单的口诀，真理就贬值了。"

王蒙提出了几条非常有意思的建议：

1. 在大学校园里原则上不称官衔，老师、先生足矣。

2. 在大学进行人文讲座、通识教育。

3. 开设选修课程，加强民俗学、艺术学、伦理学，甚至宗教学的选修，应该有学分。

4. 在大学建立保护弘扬中国戏曲、国画、书法、武术、民间文化、文物、考古等方面的研究中心。

5. 希望各大学能够注意缅怀自己的人文遗迹，积累自己的人文资源。

6．希望各大学认真做好自己的校歌、校训和学校的代表性纪念性建筑，这些建筑应该有美丽的文字记载，有漂亮的匾额。

7．希望大学有高雅的文化环境，对于校园内部的江湖广告、破坏人文气氛的东西要认真清除。大学不能乱停汽车，最好原则上汽车不进校园。

8．建立驻校作家、艺术家、人文大家的制度。学校给予优待，提供方便和工作补贴。让大学生能够经常看到他们的身影，见到他们的名字。

王先生就是用这样的春秋笔法，表达了他对于大学人文教育的看法。其实，这是一个学者的呐喊。

在政协的常委会上，我和王先生也有许多交往，他对我的教育主张一直给予着坚定的支持，而他的发言通常也会赢得热烈掌声。

还记得一次常委会上，王先生的发言题目是《同一个世界，同一个梦想》，开宗明义，他就说："One World One Dream，2008年北京奥运会口号，提的是何等好啊！"他认为，应该以这样的奥运精神、这样的中国人民的胸怀来主办万国宾来、四海瞩目的奥运会，以这样的共产主义、社会主义、爱国主义与国际主义的思想境界来展示中国形象，以建设和谐社会和谐世界的理念，以中华民族的固有的世界大同的理想来反求诸己。在这个基本价值的基础上，他给2008年奥运会的有关体育宣传提出了以下建议：

一是不再采纳"体育比赛是和平时期的战争"的说法。二是对一场比赛的输赢的政治意义不要做过分夸张的报道。三是切切不可在赢了以后联系到种族、肤色、眼球颜色、国籍等国际政治中极其敏感的内容。四是输得起也赢得起。尤其在输了的情况下，在报道裁判的误判或对方运动员的不良不雅表现时，要掌握分寸。五是注重表达对比赛对手的尊重和友谊。六是尊重国际体育组织。七是要突出昂扬乐观、健康开阔的精神面貌。

最后，王先生用他特别的语气与表情，用他的"王氏风格"指出："多年来，我们的体育运动成绩有目共睹，我们的传媒在宣传报道体育运动的影响与效果上光辉灿烂。我提出一些问题，是为了更上一层楼，借着北京奥运会的东风，借着'同一个世界，同一个梦想'的东风，进一步提升我们的思想境界、文明程度与文明胸怀。'同一个世界，同一个梦想'，我期盼北京奥运会的口号响彻八方，我期盼北京奥运会的精神有助于和谐世界的建立。"

我想，如果我们的提案与发言都能够建立在大量深入调查研究的基础上，在表达的时候像王先生这样富有幽默感与智慧，政协的会议，一定会更加精彩。

接触多了，我和王蒙先生也成了忘年交。2008年，我完成了一本《回到教育的原点》的教育随笔，冒昧地请他写序，他非常爽快地答应了。他在序言中说，他看到了我们是如何为突破"填鸭式"的应试教育而进行着"认真的有时候是苍凉的努力"。他在序言中称我是"有头脑、有心灵、有创意、有理论、有实践、有文采的教育家",称我们的新教育实验的主张和实践让他"耳目一新",非常欣赏我们"不无理想主义的教育观"。我把先生的这些褒奖视为我们前行的目标与动力。

# 教育的明亮远方

结识顾明远先生有三十年了。这是有幸被顾先生引领着、提携着前行的三十年。

上世纪九十年代初,我还是苏州大学的一位年轻教师,受日本国际教育学会委托,准备在苏州举办一个以"迈向21世纪的国际理解教育"为主题的学术研讨会。为了能够把大会开好,日本朋友提议邀请中国教育学会会长顾明远先生到会上作主旨讲演。我以初生牛犊的勇气给顾先生去了一封信,没有想到,顾先生愉快地接受了邀请,不仅准时参加会议,作了一个精彩的主题讲演,而且为我们的会议论文集撰写了一篇热情洋溢的序言。

有了这一次交往,与顾先生的距离一下子就拉近了很多,对他的敬畏感很快变成了亲切感。当时,我与日本的一位学者交流时,提出了编写一本以编年体方式来比较世界教育发展历程的《世界教育大事典》的建议。这是一个庞大的工程,靠我们的影响力和号召力无疑是力不从心的,我们不约而同地想到了邀请顾先生担任主编,主持编写工作。

那个时候,顾先生主编的《教育大辞典》刚刚杀青,他和夫人周蕖老师刚刚可以喘口气,不太想接受任何新的任务。但我对他说,虽然我国关于教育辞典类的工具书不下十种,更有许多教育史类的学术著作和参考书,但是用事典的体例来研究比较教育,还是第一次。作为中国比较教育学科的开创者,领衔这一庞大的工程,非他莫属。我告诉他,我会全力以赴协助他工作。为了他心爱的比较教育,为了支持年轻人的行动,他和周老师又很快被这一项新的大工程"缠"上了。

1995年,我们正式成立了以顾明远教授为主编、国内著名比较教育专家任分卷主编的编委会,我和江苏教育出版社的社长担任全书的副总主编协助顾先生工作。为了能够高质量地完成这一规模较大的编撰工程,编委会分别于1996年、1997年、1999年和2000年在苏州、无锡、上海等地四次召开编委会成员会议,对《世界教育大事典》的选目标准、各卷分工、编排体例以及撰写要求等问题进行了深入的探讨,制定了严格的编写方案。

在顾先生的直接领导下和编委会的精心组织筹划下,经过全体撰写人员近四年的努力,这部收集条目近四千条,时间跨度从人类社会最初有记载教育活动开始,一直到1999年止,条目内容涉及近百个国家,分别按照亚洲、非洲、欧洲、大洋洲、北美洲以及国际的顺序进行排列的《世界教育大事典》,终于在人类即将跨入新世纪之时如期付梓出版,并且获得了出版界最高奖——中国图书奖。

按照我和顾先生的约定,我本来应该安排更多的时间和精力协助顾先生做更多的审稿统稿工作,但是1997年底,我担任了苏州市政府副市长,在民主党派也有不少党务工作,所以非常惭愧的是,大量的学术工作最后还是落到了顾先生和周老师的身上。记得在无锡召开审稿会议的时候,我因为工作冲突迟到了半天,因此被一位资深教授批评,说我让顾先生和周老师受累了。顾先生却笑着说,我们要支持永新同志的工作,他的本职是政府的工作,是为人民服务。

在我担任苏州市副市长期间,顾先生给了我许多实实在在的帮助与支持。

在他的直接指导下,我们苏州市政府与中国教育学会、江苏省教育厅举办了"21世纪教育论坛",讨论教育国际化、数字化与基础教育问题。由于形式新颖,内容丰富,会议开得非常成功,受到广泛关注,中央电视台还制作了专题节目。

后来,中国教育学会又在苏州市召开第十九次学术年会,民进中央和叶圣陶研究会也在苏州开了海峡两岸教育研讨会,顾先生每次都鼎力支持,拨冗参加。

其实那个时候,顾先生已经是古稀之年的老人了,但在我们许多中青年学者的心中,他就像一个邻家大哥,永远是那么和蔼可亲,那么充满活力,根本没有感觉到他的高龄。

2007年底,我从苏州调至中国民主促进会中央委员会,担任专职副主席。让我压根也没有想到的是,顾先生与民进中央也有着不解之缘。这不仅仅是因为民进是"教育党",70%的会员来自教育界,而且民进与他担任会长的中国教育学会经常联合举办各种活动,更重要的是,周蕖老师的父亲周建人先生,曾经担任过民进中央主席——原来顾先生有一位曾任国家级领导人的岳父。我到民进中央一段时间以后,才知道这个鲜为人知的秘密。

2013年年初,顾先生告诉我,他有一批周建人主席的文物准备捐给民进中央。我将这个好消息告诉了时任全国人大常委会副委员长、民进中央主席严隽琪同志,严主席高度重视,中央驻会主席全体参加了捐赠仪式。顾先生将周建老的部分遗物(包括国外元首赠送的玉器和刺绣等)与部分图书、文稿等赠送给民进中央,其中有一本德文原版《共产党宣言》和周建老的读书笔记《读〈共产党宣言〉》,书里的每一页都有周建老亲笔书写的批注、读书笔记等。

顾先生在捐赠仪式上介绍说,周建老生前有一个愿望,准备重译《共产党宣言》。他认为现在的译本有许多误译,特别是书名应该译为《共产主义宣言》更恰当。上世纪六十年代周建老就开始参照英文版、德文版对中译本进行批注、校订,后因眼底出血,双眼几近失明,愿望未能完成。这份遗作中就有他在德义版上的亲笔批注和中译本的亲笔校订。顾先生还讲述了周建老许多严谨治学的故事,不仅让我们对民进老一辈领导人的风范与品格更加崇敬,也对顾先生的高风亮节更加感佩。

顾先生为人低调随和、谦逊慈祥。在北京,我们经常参加同一个活动,每次与他在一起,他总是特别照顾我们年轻人,让我们先说，大胆说，让我们很放松，很自由。2007年底，我参加了他主持的中国教育学会的学术年会，在会上作了一个即席发言，对中国教育存在的问题进行了批评。当时有人提醒我说，有教育部领导在场，不能够讲"过头话"，但作为学会会长的顾先生却对我说，还是实事求是说，学术会议就要"不戴帽子，不打棍子，不抓辫子"，还夸奖我讲得对，讲得好。

2011年，在十六卷的《朱永新教育作品》出版前，我不揣浅陋请顾先生撰写序言，他二话没说就答应了下来，很快就发来了数千字的序言和自己的电子签名。顾先生在序言中讲述了我们交往的许多细节，谈到我"旺盛的精力和乐于奉献的精神"给他留下了深刻的印象，并且认为我的文章有一个很大的特点，"就是有理论有实际，平易近人，用广大教师能够听得懂的语言说出具有教育科学规律性的理论，案例中含有教育的哲学。广大教师容易理解，容易接受。所以他的书会拥有众多的读者"。后来，这套书被麦格劳－希尔教育集团翻译成英文出版，成为中国教育家著作输出海外规模最大的作品。2016年2月27日，出版机构在国家图书馆举行了出版座谈会和全球首发仪式，顾先生又抱病参加了会议并作了热情洋溢的讲话……

三十年中，和顾先生的每一次交往，都清晰如昨。顾先生就是以这种甘为人梯的精神，一直提携和关怀着后辈的成长。

2017年国庆节，我向顾先生祝贺节日，同时发去了自己的一首六十感怀的打油诗："人叹白发染双鬓，却喜平和耳顺年。人生百年刚过半,明月照我耕梦田。"顾先生很快回复:"怎么你已到花甲?我觉得你还年轻。不过这个年龄现在还算壮年。祝你身体健康,工作顺利,阖家幸福!"

想起顾先生六十岁的时候,我们还没有认识呢。只是,因为对教育的热爱,心系教育,情牵教育,孜孜以求,不忘教育,顾先生和我因教育而起,为教育而行。

今年全国两会前,顾先生联系我,希望我在会议上能够提一个关于"建立中国教育博物馆"的提案。他告诉我,他曾经在国家教育咨询委员会上提过相关建议,刘延东同志也很赞成,在2011年还给总理写过信。不久,他还专门发来了相关资料,我在此基础上,通过调研提交了"关于建立国家教育博物馆"的提案。

我在提案中对建立国家教育博物馆的教育价值、社会价值和文化传播价值进行了阐述,提出:建设中国教育博物馆能够温故知新,促进人们在教育上继往开来的探索;建设中国教育博物馆对于认识中国教育的传统,了解中华文化的传承历史,进而深入地了解中国文化的底蕴,对于增强国人特别是年轻一代的民族自豪感、文化自信与文化自觉也有积极意义;同时,通过博物馆的传播教育功能,可以更好地展示和传播新时代中国教育发展的理念,发挥对社会良好的引导作用,凝聚全社会对中国教育发展的共识,共同创造中国特色社会主义教育文化。顾先生对提案的内容表示赞同,在两会提出以后也产生了良好的社会反响。

前不久,北京师范大学的筹备组通知我,10月13日,将在北京召开"中国教育改革开放四十年暨顾明远教育思想研讨会"。我当即表示会争取参加。但是，回来一查时间安排，与我主持的中国教育学会家庭教育专业委员会的"家校合作经验交流会"时间冲突。我电话联系向江苏方面请假，但他们说这个时间是多方反复商量确定的，江苏省有关方面也做了全面的安排，又是我主持的工作，无论如何也要请我参加江苏的会议。

我知道，这次顾先生的教育思想研讨会不仅仅是一个研讨会，也是为顾先生九十华诞庆祝的活动，作为晚辈和学生，作为一个受恩受惠如此多的学者，自然应该参加。但是忠孝不能两全，我只能向顾先生和组委会请假。

二十年前，我曾经写过一篇文章《中国教育的"大哥大"》，描写了我眼中的顾明远先生。虽然那个时候他已经是七十岁的老人，但我们总认为他好年轻。二十年后的今天，顾先生已经是鲐背之年，他依然激情澎湃、思维敏捷、青春依旧，依然经常在各种学术会议作讲演，依然在各种活动上做嘉宾，根本不像是一位九十岁的老人，而是一棵中国教育的"不老松"，伫立在高山之巅，扎根深远，思想青翠，可钦可敬，又可亲可近。

以此短文作为顾先生的生日礼物，也作为一张请假条。顾先生的人生已是一本丰厚的著作，字里行间记录着他的梦想与探索，书写着中国教育的明亮远方。有思想又有梦想的人永远青春不老，不老的顾先生正在以智慧继续为中国教育激扬文字，我无限期待先生书写的新的篇章。

# 恩师燕国材

1980年9月,还是大三学生的我,从当时的江苏师范学院选送到上海师范大学教育心理学研究班。当时"四人帮"刚刚粉碎,教育科学元气尚未恢复,是"文革"后心理学科首次在该校重新开课。学校派出了最强阵容的师资队伍,一批著名的教育心理学家,李伯黍、陈科美、吴福元、陈桂生等已经张开双臂拥抱即将到来的"科学的春天"。其中给我影响最大的是恩师燕国材先生。

我的脑海里清晰地记得与燕先生第一次相见的情形。那一天,教室里来了一位个子不高,但气度不凡的中年人,上课铃一响,他就健步登上讲台,在黑板上写下"标新立异,自圆其说"八个龙飞凤舞的大字。很快我们就知道,这就是学术界一位传奇式的人物——燕国材教授。燕先生博学多才,这八个大字就是他倡导的治学方法。他把"创新"作为治学的灵魂,也作为对弟子们的期待。"标新立异,自圆其说"八个字,激起我们的创作冲动,自此也深深地印刻在我的脑海中,成为我治学的座右铭。

燕师1930年12月29日出生在美丽的桃花源边,十七岁考入湖南省立第四师范学校,二十岁时考进北京师范大学教育系,是正宗的科班出身。大学毕业后不久,他就出版了个人专著《马卡连柯的教育理论和方法》,在学术界崭露头角。只是,随之而来的反右运动,让这位血气方刚的年轻人离开了心爱的教学岗位,先是劳动改造,再是到图书馆搬书。八十年代初,他差不多与我们同时走进了课堂,给我们开设了《心理学概论》《教育心理学》和《中国心理学史》三门课。

燕师是中国心理学史学科的重要开创者。他反对"言必称希腊,言必称西方"的心理学教学与研究,主张系统整理中国古代心理思想的遗产,并身体力行,出版了《先秦心理学思想研究》等一批专著。有一次,他用"蜂蝶纷纷过墙去,却疑春色在邻家"的诗句,开始了他对中国心理学史课程的讲授。这句也许不太经典的诗,却激起了一个年轻学子的强烈冲动——研究中国心理学史,解析中国人的心灵!于是,有了我们师徒间的长期合作。

在燕师的精神引领和具体指导下,我很快完成了第一篇中国心理学史的习作《朱熹心理思想研究》。没有想到,这篇出自初学者的论文,被燕师带到一个重要的学术会议上,向潘菽、高觉敷教授等大力推荐,很快收录在二老主编的《中国心理学史》文集中。我的第二篇习作《二程心理思想研究》,也被燕师推荐到权威核心期刊《心理学报》,很快变成了铅字。不久,我被他破格推荐参加《中国大百科全书·心理学卷》的编纂工作。更没想到的是,我撰写的条目被出版社编辑作为"样板"条目供其他作者参考,还闹出了责任编辑张人骏教授到苏州大学来寻找"朱老先生"的笑话。要知道,当时大百科全书的作者至少需要有大学讲师的职称呢。

后来,在燕师的推荐下,我又先后参加了全国统编教材《中国心理学史》《中国心理学参考资料选编》两个重要工程,受到比较系统的中国心理学史研究方法的训练。这些,对一个刚刚走上教学科研道路的年轻人来说,既是宝贵的锻炼机会,也是一种很大的激励。

在燕师的指导下,我们合作撰写了一些著作与论文,如《非智力因素与学习》《地球上最美的花朵——心理学纵横论》《现代视野内的中国教育心理学史》《刘智〈天方性理〉对于大脑研究的贡献》《中国古代心理学思想史》等。在合作的过程中,他从不以先生的口吻教训我,而总是以朋友的方式进行沟通。

1987年,我破格成为江苏省最年轻的副教授。燕师又鼓励我独自闯荡,开拓新的研究领域,如中国犯罪心理学史、中国管理心理学史等。其后,我遵照燕师的教诲努力前行,每当我有新著出版时,每当我获得一个国内外科学研究基金时,他总是为我喝彩,为我加油。

1993年,我走上了苏州大学教学管理的工作岗位,成为全国综合大学最年轻的教务处长。燕师又鼓励我结合工作进行思考与研究。他现身说法,告诉我教育学与心理学的相通互补,指导我从事教学管理的研究。2000年,我开始发起一项民间的教育改革——新教育实验,他也及时地给予关注指导。"标新立异,自圆其说",也成为我们新教育同仁从事理论与实践创新的重要原则。

燕师的研究视野非常开阔,不仅以《先秦心理思想研究》等四卷本著作奠定了他在中国心理学史上的地位,而且在非智力因素理论、素质教育理论等方面,都独具慧眼,自成一家。燕师不仅善于创新,他的勤奋与执着也超乎常人。在我所知道的学术前辈中,很少有人能像他那样勤奋,六十岁以后,他差不多每年还至少有一部个人专著问世,数十篇论文发表。今年(2014年)八十四岁的他,仍然笔耕不辍,不断发表教育学、心理学的言论,继续撰写新的著作。

燕师虽然学富五车,讲演时口若悬河,声音洪亮,在生活中却是一个不太擅长交际的人。他和同时代的很多学者一样遭遇坎坷,大学毕业不久就被关进了"牛棚",后来又让他当了图书管理员,但无论在哪里,他从来没有停止过阅读与思考。他只顾耕耘、不计收获,淡泊名利、不计得失,这种个性使他失去了一些本来应当属于他的东西,然而他不在乎,依然乐呵呵地向前走。他的心,近乎明代李贽所说的"童心"。

前两年,我们为燕师的八十寿辰举办了一次学生研讨会,他依然那样淡然从容。一晃三十年,我自己也开始双鬓发白了,但在我的印象中,燕师是不老的。每当治学上有所懈怠时,只要一想起笔耕不辍的恩师,就会精神抖擞;每当在学术上陷入困顿时,只要一想起"标新立异,自圆其说"的叮咛,就会柳暗花明。老师,感谢你一直给我前行的力量!

# 第二辑　把生命读成传奇大书

在历史的长河中,每个人的人生都非常短暂。我们来到这个世界上,不是为了赚多少钱,也不是为了当多大官,因为这些东西你是带不走的。那么,我们是为什么而来?陶行知先生说:"人生为一大事来。"我经常把这"一大事"理解为"看风景"。人类有两种风景,自然的风景和精神的风景。行万里路,是为了看自然的风景;读万卷书,是为了看精神的风景。脚不能到达的地方,眼可以到达;眼不能到达的地方,心可以抵达。

# 回望阅读这一路

对于我来说,"阅读"两个字是如此辽阔,如此庄严,如此神圣。

自觉不自觉地,我似乎已经把自己的生命交付给了阅读。因为,从我的个人成长来说,我的生命、我的精神得益于阅读的不断滋养;从我发起的新教育实验来说,阅读是所有实验项目的基石,是重中之重。

新教育诞生的直接起因,就是一颗心被阅读点燃的过程:1999年底,《管理大师德鲁克》一书中的那句"仅仅凭自己的著作流芳百世是不够的,除非你能够改变和影响人们的生活",深深震撼了我。在那之后,我开始走出书斋,不仅走到了基础教育第一线,也逐渐走到了阅读推广的第一线。

2002年,新教育实验在苏州昆山玉峰实验学校正式起航。这个实验一开始就推出了"六大行动",位于六大行动之首的就是:营造书香校园。我对我的新教育同仁说,即使新教育其他事情什么都没有做,能够真正地把阅读做好,能够通过学校的阅读来撬动中国全社会的阅读,它的贡献也就非常了不起了。

2003年,第一届新教育实验研讨会正式举行,第一批新教育实验学校也正式挂牌。这一年,我当选为全国政协委员。在这一年的全国两会上,我正式提出了"建立国家阅读节"的提案。同时,提出了新教育关于阅读的几个主要主张——一个人的精神发育史就是他的阅读史,一个民族的精神境界取决于这个民族的阅读水平,一个没有阅读的学校永远也不可能有真正的教育,一个书香充盈的城市才能成为真正的家园。

从2003年开始,无论是担任全国政协常委还是担任全国人大常委会委员,我从未放弃对阅读的呼吁,我们的新教育团队,也从未放弃对阅读的研究、实践与推广。

2005年,我们推出了《新世纪教育文库》,公布了小学生、中学生、大学生、教师的书目各一百种。

2007年,我们在山西运城召开了第七届新教育实验研讨会,会议的主题是"共读、共写、共同生活"。以"毛虫与蝴蝶"儿童阶梯阅读和"晨诵·午读·暮省"的儿童生活方式为基础的新教育儿童课程在会议上正式亮相,第一批以推广儿童阅读为特色的新教育榜样教师在会议上讲述了他们的成长故事。阅读的效用,童书的神奇,在老师、孩子身上展现得淋漓尽致,许多参会者感动到泪流满面。

2010年9月,我直接推动的新阅读研究所在北京成立,先后推出的"中国小学生基础阅读书目"和"中国幼儿基础阅读书目"受到媒体和专家广泛赞誉,被曹文轩教授等称为"中国最好的儿童阅读书目",中学生、大学生、企业家、教师、父母等书目研制工作也已启动,将陆续发布。新阅读研究所先后荣获了由《中国新闻出版报》、腾讯网等颁布的2011年、2012年全国阅读推广机构大奖和年度致敬阅读推广机构。

2011年11月,新教育亲子共读中心在北京成立,后更名为新父母研究所。以推广亲子共读为主要任务的新父母研究所在成立的一年多时间里,在全国三十多个城市建立了"萤火虫工作站",直接汇聚了近两万名父母;在全国各地开展了两百多场关于阅读的公益讲座和活动,直接参与者近九万人次;发布了近五百则"新父母晨诵",读者三千余万人次……以"点亮自己,照亮他人"为宗旨的萤火虫精神,帮助千万父母、孩子点亮了阅读的心灯。在推动阅读中至关重要却长期缺位甚至因为错误的教育理念而成为儿童阅读阻力的父母群体,就此深度卷入到阅读之中、教育之中。

2012年1月,《人民日报》用难得的大篇幅发表我的长文《改变,从阅读开始》,与此同时,整合我多年思考的《我的阅读观》一书由中国人民大学出版社正式出版。这一年,我被国家新闻出版总署聘请为国家全民阅读形象大使,柳斌杰署长亲自为我颁发了聘书。比这些更让我激动与自豪的是:这一年,中央电视台举行"全国十大读书少年"评选,海选产生的三十个候选人中新教育的孩子十七名,最后获奖的十大少年中,新教育的孩子有六名。阅读,让这些孩子的生命变得美好;孩子,将让我们的世界变得美好！这就是热爱阅读的魔力，这才是精神生命的传承，绵延不绝，生生不息！

从 2003 年全国两会开始，一直到今年，我连续十一年在全国人大和全国政协呼吁建立"国家阅读节"，把全民阅读作为国家战略，建立国家阅读基金，成立国家阅读推广委员会，加强社区图书馆建设，把农家书屋建在村小，给实体书店免税，国家领导人带头做阅读的模范，打击盗版、繁荣网络文学……几十个关于阅读的提案建议，记录着我这些年为阅读的鼓与呼。

十年过去了，虽然"国家阅读节"的提案没有成为现实，但时光从不辜负任何真诚的努力。我与新教育同仁、与诸多阅读推广的行动者们一起欣慰地看到，阅读的理念已经被更多的人接受，全民阅读的氛围越来越浓厚，阅读率连续下降的趋势也得到遏制。据不完全统计，全国已有四百多个城市设立了城市读书节，如苏州、深圳等地的读书节已经发展成为城市的重要文化活动。许多城市和学校根据我们的提议，把每年的 9 月 28 日孔子诞辰作为自己的阅读节、阅读日。

在阅读推广的路上，我们并不孤独。这条路上，不仅有越来越多的朋友共同前行，我们的努力，也一直受到媒体朋友的高度关注。每年我们为阅读鼓与呼的声音，经过媒体的热情帮助，被不断向着更大更远的领域传播。比如，自 2005 年《中国教育报》评选我为"推动阅读的十大人物"后，新教育的老师们也因其持续的行动，感人的事迹，不断获此殊荣——许新海、常丽华、陈东强、王林、窦桂梅、管建刚、刘畅、时朝莉、李庆明、高万祥,等等,几乎每年都有新教育的老师入选榜单。

2012年底,《中国新闻出版报》评选了四个推动阅读的年度机构和年度人物。我担任名誉所长的新阅读研究所和我本人都榜上有名。其中,给我的致敬词是这样写的:"从央视全民阅读晚会现场到全民阅读形象代言人,以一己之力推动新阅读的朱永新怀着激情、循着理想行走在新教育实验和阅读推广的道路上。通过倡导'晨诵·午读·暮省'的阅读生活方式,他使中国教育充满活力。毋庸置疑的是,在过去的十年里,朱永新一直站立在中国阅读推广的精神之巅。"

报社没有搞任何形式的颁奖活动,甚至也没有通知我们本人。我是在事后多天偶然翻到那张12月28日的报纸,才得知这个消息。对于他们的鼓励,我心存感激。但是,说我以"一己之力"或者说我个人"站立在中国阅读推广的精神之巅",是不符合实际的。因为,如果没有新教育同仁的共同努力,没有政府、媒体和同行者的共同努力,任何个人都难有真正的作为。其中,《中国教育报》的"读书周刊",就是我们的同行者。

今年,利用春节长假,我修订完成了一本小书《书香,也醉人》。在该书后记中我写道:"生活节奏越是匆促,越需要保持从容的心境,精神世界污染越重,越需要浸染一份醉人的书香。传统的纸质图书飘溢着纸和墨的香味,随着电子书的普及,纸质图书的命运已经受到了很大的挑战。如今的电子书在尽力模仿纸质书的所有细节与功能,包括翻页的声音、墨汁的痕迹,或许在将来,也能模拟出纸和墨的香味。我相信,改变的永远是形式,而实质的内容,精神的书香,永远不会消失。"

是的,书香醉人,不忍释卷,阅读推广,余香满怀。而今更加令人高兴的是,党的十八大也提出了"推进全民阅读"的号召,全民阅读第一次被写进了党的代表大会工作报告。接下去的全民阅读行动,会有着怎样的精彩?让人满怀期待。

回望,不是为了顾影自怜,尽管我们走过的这一路,的确并不平坦。回望,也不是为了自我陶醉,尽管我们这一路上,的确得到过额外的奖赏。推动全民阅读,就像爬山,如诗人所写的那样:"半山腰所见是平庸之景。最美丽的花多半在山顶,在岩脊下,被风滋养。"回望,是为了审视我们的来路,总结行走的经验与教训。回望,是为了鼓舞我们自己,因为我们还只是站在半山腰,前路仍然漫长。

回望,更是为了展望。展望我们的明天,展望我们这个伟大的民族,如果整个社会都被书香萦绕,如果大人孩子都手不释卷,那时那刻,我们的祖国,我们每个人,该会有着怎样美好的成长,有着怎样的自信与自强?

我深信,书香中国,绝不是梦。为推动阅读而鼓而呼,我愿永远在这条芬芳的山路上,不断登攀。

# 阅读,让中国更有力量

前不久参加聂震宁先生《阅读力》的新书出版研讨会。聂先生集多年思考与实践之功,以这本书提出了"阅读力"这一概念,这标志着他对阅读思考的高度又有了新的提升。

在我看来,"阅读力"是一个充满张力和想象,充满魅力和期待的概念,也是现代人特别需要提升、与"智商""情商""财商"等概念同等重要,并能通过后天培养而不断提升的一种能力。无论是国际上对中小学生的PISA测验,还是在全世界指标性的评价中,阅读能力一直是最为重要的项目之一。

而且,阅读力,不仅是指一个人的阅读能力和一个国家民族的阅读水平。我曾在众多场合强调阅读的重要性——"阅读最大的意义和价值就是改变,通过阅读能够改变我们的一切"。

阅读力就是精神力。无论是一个人,还是一个国家甚至民族,阅读都是精神发育和文化传承的基本途径。一个人的精神发育史就是他的阅读史。阅读力是一个人奋发图强的精神支柱,一个阅读能力水平低下的人,很难从精神上得到更多先贤的滋养。

一个人生活得有没有意义，人生有没有价值，实际上取决于其内在精神生活的品质，这就是精神力的重要价值。真正的阅读就是一种精神生活，可以提高人的精神力。

阅读力就是凝聚力。共读共写共同生活，才能拥有共同的语言和密码，拥有共同的愿景和价值，才能避免成为生活在同一个屋檐下的陌生人。所以，阅读力是一个国家民族凝聚力的重要源泉，一个阅读率低下、阅读力孱弱的民族，难以在当下世界立足，也难免被人类社会抛弃和淘汰。

阅读力就是竞争力。我很喜欢的《朗读手册》一书中有一句话："阅读是消灭无知、贫穷与绝望的终极武器，我们要在它们消灭我们之前歼灭它们。"对于个体来说，学习是取得成就的途径，阅读是学习的工具。对于一个民族和国家来说，在知识快速累积、科技突飞猛进的当下时代，阅读力意味着对人类智慧经验的搜集、整合和应用，意味着创新能力的培养。所以我们发现，国家越重视阅读教育，国民的阅读能力就越好，国民的整体素质就越高，国家的竞争力自然也就提高。

阅读力就是幸福力。真正的幸福是一种精神的宁静与充裕。阅读可以使一个人变得优秀，可以增进知识、提升智能和成就事业，同时，阅读能愉悦身心、修养品行，满足人类固有的内在需求，使人拥有更充实、更高尚的生活，获得精神上的陶冶与升华，从而增强幸福感。这种幸福远不止体现在个人层面，而且关系到国家民族的兴衰荣辱，因为，每个人的幸福，就是中华民族伟大复兴的中国梦。

近年来，党和政府高度重视全民阅读能力的提升，习近平总书记在多个场合强调领导干部要加强读书学习，要爱读书、读好书、善读书，"把学习作为一种追求、一种爱好、一种健康的生活方式，做到好学乐学"。2017年刚刚闭幕的全国两会上，李克强总理的《政府工作报告》也指出要大力推动全民阅读。其实，自2014年始，"倡导全民阅读"连续四年被写入《政府工作报告》。2015年，国家首次提出"建设书香社会"。2016年年初，国家新闻出版广电总局下发《关于开展2016年全民阅读工作的通知》，从十个方面对全民阅读工作提出明确要求。《全民阅读促进条例》也有望年内正式颁布。提升全民的阅读力，已经逐渐成为全社会的共识。

我们坚定地相信：阅读，让中国更有力量！全民阅读，让我们早日实现中华民族伟大复兴的中国梦！

# 少一点儿烟酒味,多一点儿书卷气

## ——领导干部为什么要读书?

国家领导人热爱阅读、推广阅读,是民族的福祉。因为领导人的"身先士卒",就是无言的榜样,就是最好的广告。领导人阅读的图书,往往会成为社会阅读的风向标。习近平总书记指出,书籍是人类知识的载体,是人类智慧的结晶,是人类进步的阶梯。要求各级领导干部深刻认识到现代领导活动与读书学习的密切关系;深刻认识到领导干部的读书学习水平在很大程度上决定着工作水平和领导水平;真正把读书学习当成一种生活态度、一种工作责任、一种精神追求,自觉做到爱读书、读好书、善读书,积极推动学习型政党、学习型社会建设。

领导干部为什么要读书?为什么凭经验工作是不够的?关于这个问题,习近平总书记在中央党校2013年春季学期开学典礼上讲得很深刻。他说,只有读书学习,才能增强工作的科学性、预见性、主动性,使决策体现时代性、把握规律性、富于创造性。

的确,领导干部的阅读首先是对自己的工作具有重要的指导作用。领导干部的工作内容非常广泛，但最重要的还是做决策、拿主意。做决策拿主意往往需要有广阔的视野、多方面的知识背景和相对精深的专业素养。总的来看，我们的领导干部虽然已经不是解放初期的工农干部，一般都受过正规的高等教育训练。但是，大部分是从基层慢慢成长起来的，往往经验比较丰富，理论素养不够。而且，我们没有国外的技术官僚体系，领导干部跨行业跨专业的情况比较普遍，许多人对自己分管的专业领域是比较陌生的。外行领导内行，不仅是决策风险增加，而且容易导致领导团队之间的矛盾与冲突。这个时候，读书学习就显得非常重要。

我曾经在苏州担任过分管文化、教育、新闻出版、妇女儿童、计划生育、科技、城市管理等工作的领导。每个领域都有许多事情需要"拍板"，这个时候，就明显感到知识恐慌，感到阅读的重要性。不说外行话已经不容易，要做出正确、有前瞻性的决策就更不容易。所以，我一方面订阅了分管领域的报刊，及时了解行情动态，一方面依靠专家咨询的力量，读专家的"外脑"。中国作为后发国家，有许多发达国家治理的理论和实践是可以借鉴的。从我们的工作体会来看，善于读书的领导，往往知识面比较宽，决策比较理性，工作上自然会更加游刃有余。我认为，只要善于阅读，积极学习，作为领导干部，就能完成工作任务，游刃有余，如果长期坚持不懈，还完全有可能成为该领域的专家。

领导干部读书不仅仅是为了胜任工作，也是为了使自己的人生更加丰富多彩。在历史的长河中，我们每个人的人生都非常短暂。我们来到这个世界上,不是为了赚多少钱,也不是为了当多大官,因为这些东西你是带不走的。那么,我们是为什么而来?陶行知先生说:"人生为一大事来。"我经常把这"一大事"理解为"看风景"。人类有两种风景,自然的风景和精神的风景。行万里路,是为了看自然的风景;读万卷书,是为了看精神的风景。脚不能到达的地方,眼可以到达;眼不能到达的地方,心可以抵达。总之,领导干部读书,可以帮助他们拥有宁静的心态,从容的心情,理智的头脑,开放的胸怀。

领导干部读书还有一个特别的作用,这就是对社会的示范作用,领导干部在会议上引用到什么书,他正在读什么书,多少会影响到一个部门甚至一个城市的阅读风气。比如,汪洋在担任重庆市委书记时曾向干部推荐《世界是平的》一书,当时在重庆这本书一下子就火了起来,成为重庆干部的必读书。上有所行下有所效,领导干部的读书风气对全社会的阅读氛围的形成具有重要的引领、示范与推动作用。

正因为如此,发达国家的主要领导人往往都特别重视阅读推广。美国历届总统都力争使自己成为美国全民阅读的第一推广人,在位时身体力行,退位后还建立"总统图书馆",而他们的夫人则成为全民阅读的形象代言人。林肯总统虽然接受正规教育的时间不足一年,但他广泛阅读哲学、科技、宗教、文学、法律和政治等方面的书籍,不断增强自身力量,最终成为美国历史上最伟大的总统之一。杜鲁门总统也没有上过大学,但他多次通读

《圣经》,还一卷一卷地读了《大英百科全书》,以及查尔斯·狄更斯和维克多·雨果的小说、莎士比亚戏剧和十四行诗等,广泛的阅读,科学的决策,让他能够带领美国实现战后的繁荣。他有一句名言:"不是所有的读书人都是一名领袖,然而每一位领袖必然是读书人。"

多年前,我曾经呼吁领导干部要"少一点儿烟酒味,多一点儿书卷气"。现在,随着中央八项规定的出台,领导干部的应酬少了,读书的人多了。但是,如何读书、读什么书,等等问题仍然需要我们认真研究探索,积极引导推进。

# 拧紧时间的"水龙头"

## ——领导干部如何有时间读书？

其实，对于阅读的重要性，许多人并不否认，甚至许多领导干部尤为赞赏。有的重视阅读的领导也会推荐他人读书，但却又觉得自己工作实在太忙，根本没有时间读书。2009年，人民网曾经做了"百名党政干部阅读习惯"调查活动，结果显示许多党政干部有较强烈的读书需求，但工作太忙、应酬过多已经成为影响干部阅读的最主要因素，大部分干部并不读书。

总的来看，我们的各级领导干部的确很忙。中央八项规定的出台虽然减少了应酬，但作为政府官员，许多工作必须完成：上级通知的会议，必须参加；上级领导调研，必须陪同；自己组织的会议，必须讲话；单位的例会，必须到场；基层情况，必须调研；外地客人来访，必须接待；各种偶发事件，必须处理……要挤出整块时间专心读书、从容学习，似乎不可能。能够坚持阅读，也确实不容易。

但我还是认为，尽管我们的工作非常繁忙，"没有时间"仍然只是缺乏阅读习惯的借口。

要想找到阅读的时间,首先必须从思想上真正把阅读当作最重要的事情。管理学上有"ABC时间管理法",即按照工作的轻重缓急把事情分为三类,用80%的精力优先处理20%最重要的事情。自来水是压出来的,时间是挤出来的。试想某一天,你本来已经把时间排满了,可你生命中最重要的人突然约你相见,你会不去吗?肯定会想方设法相见。我认为,阅读就是我们生命中最重要的"这个人"。认可这一点,就一定能找出时间。重要的事情,总是有时间做的。工作忙是事实,但也是借口。因为时间对每个人而言都是固定不变的,之所以会忙得没有时间阅读,是因为还没有把阅读视为自己人生中最重要的事情。

要想有时间读书,学会利用零碎时间也非常重要。古人就有所谓"三上"(马上、枕上、厕上)读书法,看似有些不雅,其实是很重要的经验之谈。"马上",相当于我们在汽车里、旅途中的读书。北京的交通很拥堵,我的小车里总会备有充足的报刊书籍,平时的报纸主要是在汽车上浏览,重要的文章则剪下来细读。出差时,包里总是带上一两本书籍,在飞机上和候车时随时可以阅读。"枕上",相当于今天的睡前阅读。睡前阅读可以因人而异,有些人在睡前留有充分的时间来读书,也有人则把读书作为"催眠",两者选择的图书就不一样。当然,不能够因为睡前阅读影响睡眠是前提。"厕上",相当于现代人在卫生间里的阅读。这个习惯也是因人而异,并不值得特别提倡。但在卫生间放一些相对轻松的小品、画册、短文,也不失为一种办法。

时间抓起来就是黄金,抓不起来就是流水。有权威机构测试

"水龙头滴水"问题,结果令人震惊:一个滴水的水龙头,一个小时可以悄悄流失三公斤水,一个月可以悄悄流失两千公斤水,这些水量足够保证一个普通人一个月的生活。"滴水"如此,读书尤其如此。早晨早十分钟起床,可以挤这十分钟读书;晚上少看一会儿电视,翻几页书应该可以做到;节假日休息时,推掉一两个应酬,就有了整块时间。不能小看这十分钟、这几页书,阅读像爬山,不怕慢,只怕站。只有多重视短短几分钟的时间,才可能把时间积少成多地利用起来,反倒可能赢得更多整块的时间。只有抓紧任何时间阅读,才可能积跬步以至千里,才可能事半功倍地节约出时间。阅读就有收获,坚持才有奇迹。

我幼年开始每天早起,多年养成了早晨五点半左右起床的习惯,也就是每天早晨"多出了"两个小时读书、写作、思考工作,晚上睡前也会尽可能挤出时间阅读。长期以来养成了习惯,不读书就会若有所失,甚至会有"罪恶感"。如果一段时间书读少了,我就会尽可能安排相对多一些的时间集中阅读,求得平衡。

所以我也特别理解,对于领导干部来说,时间的确特别不够用。但领导干部必须意识到,时间的开关,握在每个人自己手中。拧紧时间的"水龙头",把零碎边角时间用于阅读,不让时间"跑冒滴漏",也是想阅读的领导必须重视的问题,也是每个成年读者的必由之路。总之,阅读贵在坚持,贵在养成习惯。当阅读成为我们的生活方式,成为生命中不可缺少的组成部分时,我们就会发现,不必刻意为阅读寻找时间,就在身边,时时都有阅读时间。

# 把生命读成传奇大书

——领导干部应该读什么书?

费尔巴哈说,人是他自己食物的产物。从身体发育来看,食物的种类、丰富度,能影响身高等的生长。从精神发育来看,人的精神世界很大程度上由他阅读的图书塑造。在文化产品匮乏的古代,古人认为"开卷有益",现在看来是不合时宜了。目前,我国每年出版的图书多达四十万种之多,我们不可能所有书都看,许多书也不值得看。领导干部应该读什么书?如何把有限的时间用来读最值得读的书?这是领导干部读书应该认真思考的问题。

我个人认为,领导干部阅读的书籍中,有六个关键词值得注意:经典书、专业书、传记书、管理书、文学书、中国书。

从图书的品质上,我们特别强调要读经典。读书就像交朋友,要交就交最值得交的好朋友,要读就读最值得读的好书。时间是最公正的法官。那些经过时间大浪淘沙积淀下来的经典,是最值得交往的朋友,它们是文化的源头,同时阐述着人生的哲理,能帮助领导干部树立正确的人生观和价值观。好钢要用在刀刃上,阅读时间应该用到经典书籍上。因为经典诞生的时间相对比较久远,无论是东方还是西方的经典,在阅读上障碍也相对较多,不容易进入,但是,一旦耐着性子静下心,真正把经典读进去,经典读多了,阅读审美能力就增强了,阅读的品味和习惯也就养成了,阅读的鉴别力也会提高,再读其他好书就势如破竹。

从阅读的内容上,最重要的当然是要读专业书。领导干部要成为自己分管领域的行家里手,就离不开阅读,必须结合自己的阅读兴趣和工作性质,阅读一些自己特别关注的领域和相关专业的书。在这个问题上,我印象深刻的是全国政协张怀西副主席曾经对我的指点。他说:"一个人不可能什么都懂,边工作边学习也一下忙不过来,你首先要订阅两份分管工作领域的报纸与杂志,看大家在关心什么,那些先进典型的经验好在哪里,外行看热闹,但看多了就懂门道了,就能够把握住最重要的事情,然后再围绕这些事情有目标地阅读更多书籍。"所以,我在苏州市政府工作时,就努力读一些城市管理的书籍,读一些经济、环境方面的书籍。到民进中央工作以后,结合参政议政等方面的工作,我加强了政治理论和教育理论的阅读。

同时,领导干部要读传记书。归根结底,我们每个人的生命都是一个不断书写中的故事,每个人既是这个故事中的唯一主角,也是最重要的编剧。能否把自己的生命故事写成一部伟大的传奇,很大程度上取决于我们自己。那些伟大人物的传记,如《毛泽东传》《邓小平传》《钱学森传》《乔布斯传》《林肯传》《居里夫人传》等，就是一个个已经被成功书写的生命传奇，是一部部厚重的大书，就是为我们书写传奇树立的原型和榜样。为自己寻找到生命的原型、人生的榜样，无疑会为我们的书写过程提供更为充沛的动力。与伟大的人物对话，与崇高的心灵交流，会使自己不断地汲取到奋进的力量。

当然，领导干部还要读管理书。领导干部是从事管理的，管理是科学也是艺术。一些优秀的管理图书，会让我们更加深刻地理解人性，理解工作，掌握工作中的方法和技巧。如：《从优秀到卓越》让我们知道，优秀经常是卓越的敌人；《如何改变世界》让我们知道，只要用心去行动，普通人的努力也可以改变世界。这些书首先教我们"管"自己，会让自己的生活与工作更有效率，同时教我们"理"他人，协助同事做好相关工作。

领导干部还要读文学作品。好的文学作品往往通过移情的作用，通过作品中人物的悲欢离合的命运，让人们的心灵受到震撼与启迪。如《平凡的世界》《巴黎圣母院》等，这些优秀的文学作品是活的哲学，通过浓缩和提炼，深刻地揭示出人生的意义和价值，让我们更好地认识世界、认识自我，在潜移默化中陶冶情操、提升境界，可谓无用之大用。仅从小处讲，阅读文学作品还可以让我们的语言更加丰富优美。熟读唐诗三百首，不会作诗也会吟，阅读是写作和讲演的基础，阅读好的文学作品，对于提高我们的表达能力与写作能力，无疑是大有裨益的。

最后，领导干部在阅读中需要留意的一点：要读中国。我们从事的是中国特色社会主义事业,中国特殊的国情,决定了必须走自己的道路。在借鉴西方发达国家和一切先进文明经验的同时,一定要立足这片热土,否则就容易犯南橘北枳的错误。无论是费孝通的《乡土中国》,还是熊培云的《重新发现社会》,无论是基辛格的《论中国》,还是傅高义的《邓小平时代》,从不同的角度认识中国,理解中国,发现中国,对我们的认知有启迪,让我们的工作接地气。

  选择什么书来读,的确需要有睿智的眼光,需要我们结合各自的情况,在实践中慢慢磨炼。我们还可以利用一些相关的推荐书目,来指导自己的阅读。只要坚持下去,我们的精神必然通过持续不断的阅读变得丰富,我们的人生必然通过精心选择的阅读变得厚重,我们的世界必然会通过知行合一的阅读变得精彩,我们的生命,自然会因为阅读,而读成一部厚重的传奇大书。

# 思想不应私享

——领导干部应该如何读书？

读什么和怎么读，是阅读中的两个至关重要的问题。古人早有"学而不思则罔，思而不学则殆"的告诫。领导干部应该怎样读书呢？这些年来，我的读书实践有如下一些个人的心得体会。

第一，目标导向，制定系统读书计划。领导干部工作千头万绪，要静下心来读书，首先必须为自己制定一个系统的读书计划。可以审视一下自己已经读过的书籍，分析一下自己的阅读史，研究一下自己阅读的结构是否合理。参考相关的领导干部阅读书目，或者根据自己的知识结构，结合阅读从兴趣激发、数量保障、品质提升的一般规律，制定一个阶梯式相对完整的个人阅读计划，用三到五年时间读一些基础的经典，补一些缺少的知识结构。这个计划可以具体到月或者周，定期检查计划执行的情况，每半年总结调整一次。

第二，针对问题，结合中心工作读书。领导干部的阅读虽然不可能"立竿见影"，但是适当的"急用先学"也是有必要的。有效阅读最关注的问题之一，就是结合自己的本职工作阅读。这样的阅读最容易读出知行合一的效果。我担任全国人大常委会委员期间，人大常委会一般每次都要审议通过一两个专门的法律，我不是法律专业出身，每次接到通知以后，我都要用比较多的时间阅读相关的专业文献，熟悉该项法律的背景与重点难点问题，力争能够言之有理，言之有物，切中要害。我发起的新教育实验，每年要围绕一个教育问题进行深入研究，所以每年围绕这个教育问题进行相关阅读，也是我的阅读必修课之一。

第三，学思结合，养成不动笔墨不读书的习惯。阅读是一种学习，是汲取；写作是一种思考，是表达。学习与思考结合，阅读才能够更有成效。阅读是站在前人的肩膀上前行，写作是站在自己的肩膀上攀升。真正的思考是从写作开始的，而写作对于巩固阅读的成果非常有益。古人强调"不动笔墨不看书"，就是认为阅读时进行认真的圈点、批注、记录，对于提高阅读效果具有特别的意义。所以，在读书的时候，应该尽可能采取知性阅读的方法，与书中的观点深度对话，把握其要义精髓。前不久我出版了一本一百三十万字的著作《我在人大这五年——一个民主党派成员见证的中国民主政治进程》，这本书是我担任全国人大常委会委员期间的履职记录，其中有我参加每次人大常委会会议的一百余篇发言，也可以说是我的阅读记录，因为每一篇发言背后都是大量的相关主题阅读。

第四，有详有略，浏览与精读相结合。根据不同的内容，要采取浏览与精读的不同方法。否则，应该精读的只是浏览，就会囫囵吞枣；应该浏览的却在精读，就是瞎子点灯白费蜡，两种阅读结果都会收效甚微。对此，我在阅读订阅的十余种报纸时，一般采取先浏览标题、粗读主要内容的办法，遇到与自己工作关系紧密、与自己参政议政联系紧密、与自己研究的课题高度相关的文章，则剪下来慢慢细读，有些则长期保存备用。对于不同的书籍，甚至同一本书的不同章节，也采取不同的阅读方法：有些匆匆翻阅，花个把小时就可以读完，有些则花费好几天甚至更长时间才能够读完。对于重要的著作，还要不断温故知新，常读常新。

第五，注重积累，争取成为一个领域的"小专家"。领导干部工作变动相对较多，工作分工也相对比较杂，因此阅读的范围与内容也相对比较广泛，难以形成相对固定的专业领域，就会变成所谓的"万金油"。但是，如果能够有意识地坚持关注一两个重点领域，在广博的基础上兼顾精专，长期对某一领域进行聚焦性阅读，就能够成为"小专家"。我原来的专业是中国心理学史研究，但是从担任苏州大学教务处长开始，到后来担任苏州市副市长、中国民主促进会中央委员会副主席，工作范围和内容也有很大变化。我一方面抓紧把阅读与研究的方向与分管工作结合起来，另一方面则一直坚持阅读教育专业的书籍，思考教育领域的重要问题，渐渐在教育领域有了一定的影响力，从而也为自己的本职工作提供了有力的专业支撑。

第六，共同阅读，带动大家一起读书。生活在不同的语言里，就是生活在不同的世界上,共读一本书,就是创造并拥有共同的语言与密码。共读,就是和读同一本书的人真正生活在一起。共同阅读的过程,往往能够在潜移默化中有效地形成共同的价值观和共同的文化,避免成为生活在同一个屋檐下的陌生人的尴尬。我们民进中央每年召开一次处长工作会议,严隽琪主席要求我们各位主席为机关干部推荐一本好书,我就推荐过《从优秀到卓越》《如何改变世界》等书籍。我认为,这两本书对于理解自己工作的意义、突破工作的瓶颈、形成积极进取的机关文化,具有重要的意义。其实对于所有的领导干部来说,共同阅读都是一个非常重要的课题,有着双管齐下的作用:一方面能够推动身边的人养成阅读的习惯,领导干部读什么书,推荐什么书,本身就是一种表率;一方面能够利用阅读,把阅读与机关建设、团队打造结合起来。

思想不应私享。领导干部养成自己读好书的习惯,养成与大家分享好书的习惯,无论是个人从书本中汲取营养,还是在共读中传播交流,都是一个分享思想、丰富思想、完善思想直至践行思想的过程。这个过程体现在领导干部的身上,会加速促进从个体到群体的进步,也会加速推进从书籍到生活、从精神到现实的改变。领导干部阅读的重要价值,正因此才无可替代。阅读,应该从领导干部开始。

# 从传记到传奇

最好的阅读,当然是活学活用。因此对于我来说,最好的书,就是那些曾经深刻影响到我的思想和行为的书。除了教育理论著作,还有文学名著、社科经典,而名人传记更是能最直接汲取精神力量的一种读物。从《林肯传》《拿破仑传》《罗斯福传》《居里夫人传》《马克思传》《海伦·凯勒传》到《曼德拉传》《邓小平传》等,记得上大学时,我就读完了学校图书馆里所有诺贝尔奖获得者的传记。阅读传记,成为我为心灵充电的"必修课"。

给我影响特别大的一本人物传记是日本医学改革家德田虎雄的自传《产生奇迹的行动哲学》,这是上海人民出版社"青年译丛"的一种,讲的是德田虎雄怎样从一个日本农村的普通孩子成长为优秀的医学改革家的故事。这本书告诉同是农村普通孩子的我:追寻自己的梦想,任何人都能够创造辉煌;追寻伟大的灵魂,普通人也可以走得很远。

而引导我走上新教育之路的,也是一本名人传记《管理大师德鲁克》。这本书中记录了一段晚年的约瑟夫·熊彼特对探望自己的彼得·德鲁克父子说的话:"我现在已经到了这样的年龄,知道仅仅凭借自己的书和理论而流芳百世是不够的。除非能改变人们的生活,否则就没有任何重大的意义。"这段话成为我下决心走出书斋、深入教育一线的精神源头,也是我十五年来坚持新教育探索的重要动力。

就在践行新教育的过程中,我也亲眼见证了许多真实而感人的故事。这些传奇正在不断被记录、被书写,成为新的传记。尤其是"新教育文库"最近推出的三部著作:一是郭明晓老师的《我是大西洋来的飓风》,这本书记录了即将退休的她遇见新教育实验,如何被重新点燃教育的激情,如何把一个班级带向卓越的故事;二是新教育第一所实验学校的吴樱花老师的《孩子,我看着你长大》,这本书记录了她如何用三年的观察日记,帮助一个困难学生成长为苏州市中考状元的故事;三是作家童喜喜的《这一群有种的教师》,这本书是多年担任新教育义工的童喜喜继报告文学集《那些新教育的花儿》之后,又一部记录新教育优秀教师成长故事的力作。这三本书,其实都是人物传记。

每个人在自己的成长过程中,总要为自己寻找生命的原型和人生的榜样,从他们身上汲取前行的力量。知行合一的过程,就是从阅读他人传记到书写自身传奇的过程。

正因为阅读对于人的精神成长,对于民族的精神境界具有重要的作用,从1995年我就开始组织专家研制各类书目,近年来更是组织全国知名专家学者研制推出了中国幼儿、小学生、初中生、高中生等的一系列书目,还有大学生、父母、教师、领导干部、企业家的阅读书目正在研制中。信息爆炸的时代,这些书目就是茫茫书海里的一个个灯塔,为每个读者提供最简便的引导。当然,这些书里也有各种传记,让人们更多亲近那些值得追随的伟大灵魂。

如今,全民阅读也成为政府关注的民生之一。中国人的物质生活水平持续数十年提升,已经书写了一段经济的传奇。推动全民阅读将会持续提升人们的精神生活水平,是一项精神民生工程。一旦社会弥漫着书香,精神就会充盈着芬芳,这样的世界自然就是更为美好的世界。而这样的一个过程,将创造新的历史,也就是中华民族伟大复兴的传奇。

我们都在期待着并为之努力着。

# 做一个幸福的阅读推广人

从2003年我在全国政协会议上第一次提出建立"国家阅读节"的提案,迄今已是第十年。

十年来,在全国两会上,我一直呼吁建立"国家阅读节",把全民阅读作为国家战略,建立国家阅读基金,成立国家阅读推广委员会,加强社区图书馆建设,把农家书屋建在村小,给实体书店免税,国家领导人带头做阅读的模范……几十个关于阅读的提案建议,记录着我这些年为推广阅读的鼓与呼。

十年过去了,虽然"国家阅读节"的提案还没有成为现实,但时光从不辜负任何真诚的努力,梦想的种子在悄悄开花。我欣慰地看到,"推进全民阅读"被写入了党的十八大报告,《全民阅读促进条例》也即将出台。阅读的理念已经被更多的人接受,阅读率连续下降的趋势也得到遏制。据不完全统计,全国已有四百多个城市和数万所学校设立了自己的阅读节。我当然不能贪天功为己有,但是我知道,在为阅读呐喊的众声之中,一直有我的声音。

梦想，不仅需要呐喊，更需要行动。十年来，我发起的新教育实验一直走在阅读推广的最前沿。

我担任名誉所长的新阅读研究所，为孩子、教师、公务员等各种群体寻找和推荐最好的图书，我主持研制的中国幼儿、小学等基础阅读书目，一经推出就备受社会各界认可；新教育研究中心以学校为基地，始终关注未成年人这个阅读需求最大的群体，全力深度探寻阅读在教育中的各种可能；新父母研究所则以"新教育种子教师培训"与"萤火虫亲子共读"公益项目为依托，在全国三十多个城市，全面开展丰富多彩的书香校园建设和亲子共读实践；新教育基金会更关注偏远地区，无论是多年一直践行的"新教育童书馆"，还是正在推动的"感恩乡师"图书馆计划，都始终高举推动阅读的旗帜……

国家新闻出版总署聘请我担任了"全民阅读形象代言人"，《中国新闻出版报》评选我为"2012年阅读推广年度人物"。《中国新闻出版报》颁奖词这样写道："以一己之力推动新阅读的朱永新怀着激情、循着理想行走在新教育实验和阅读推广的道路上。通过倡导'晨诵·午读·暮省'的阅读生活方式，他使中国教育充满活力。毋庸置疑的是，在过去的十年里，朱永新一直站立在中国阅读推广的精神之巅。"

其实，阅读永远是一条面向自我、提升自我的道路。道路与道路之间，可以有互相交错的精彩，也会有并行而广阔的可能，并不存在唯一的巅峰。而阅读推广的道路，也并不平坦。有人说，阅读是非常个人化的事情，没有必要小题大做；有人说，阅读需要"过节""立法"，朱永新完全是哗众取宠。而我，只能一笑了之，继续追梦。因为我深知，一个人的精神发育史就是他的阅读史，一个民族的精神境界取决于她的阅读水平。每个人的阅读水平，构成了一个民族的阅读高度，决定着一个民族的精神高度。由此，全民阅读势在必行，阅读推广也不可或缺。

十年一梦，以梦为剑。对我来说，阅读梦，就是中国梦。阅读，让人们幸福，推广阅读，就是推广幸福。梦想，只是一个方向，实现梦想，需要从点滴做起，坚持行动。我愿意做一个幸福的阅读推广人，为了阅读梦、中国梦，永远和更多人一起实实在在地行动着。

# 书市的风景

所有喧嚣中，唯一能让我欣喜的是因书籍而产生的喧闹。图书是精神泉涌的水花，这喧闹就仿佛趵突泉，让人有着"泉涌甘浆长自流"的快慰。刚刚过去的夏末一天，参加了华东师范大学出版社"大夏书系十年典藏版"首发式活动，感受到上海书市的热烈，更是深受感动。

从关注阅读到关注图书，进而关注出版，近些年来，我也是几地书市的常客了。如果说北京的书市是出版界业内的节日的话，那么，上海书市则是百姓市民的盛典。相对而言，我更喜欢上海书市的平民气质。在这书的集市上，人们熙熙攘攘地排队买书、等待签名、聆听讲座、分享阅读的经验，这有关精神的购买和在超市里选购生活所需的日常用品并无二致，在平常中显出了亲近。

这一次，"大夏书系"为了庆祝该书系的十周岁，从已出版图书中选择十四种作为十年经典套装推出，我的《过一种幸福完整的教育生活——朱永新教育讲演录》一书有幸忝列其中。我为这套书的生日写下"大夏十年,凝四百图书润万千教师心田;神州一梦,聚千万先生育数亿孩童成才"的句子祝贺,也作为首发式活动嘉宾,参加了这次活动。

"大夏书系"十年磨一剑,至今已出版图书四百余种,销售千万册,在读者中是有相当口碑的教育图书品牌,首发式活动之前主办方告知我,那天上午我将在首发式上作一个关于阅读的演讲。

到了现场我发现,会场面积虽然不小,却是一片开放的公共空间,用简易护栏与周边隔离。面前是数排座椅,旁边就是楼梯,往来人群川流不息。阅读是静的劳作,关于阅读的演讲,也需要静心才能真正听清。看到会场的情况,我想,看来动静的确无法交融,类似演讲这种稍微深入一点儿的交流,哪怕在书市的活动中,也只会是个点缀罢了。

没想到,结果完全出乎我意料。

我的演讲围绕"和孩子一起阅读"的主题,简单阐述了"为什么要读书"和"为什么要和孩子一起读书"两个问题。演讲开始,我就把"为什么要读书"的问题交给了现场的听众。一个小女孩立刻回答了我的问题。看上去最多不过读小学低年级的她大声回答我:"读书能使人进步,获得知识。"听到小女孩奶声奶气又郑重其事的回答,我忍不住笑着追问了一句:"那为什么要吃饭呢?"据说,智者往往是被最简单的问题难住的,所以这个简单的问题,也难住了小女孩。她害羞地笑着,一时间说不出答案。

我笑了，所有听众也会心地笑了，偌大的会场似乎一下变小了，人们之间的距离也一下缩短了。

在这样愉悦温馨的氛围之中，我说出了自己的观点。

为什么要读书？读书对个人来说，是人的精神发育和成长的一个重要来源，所以我一直说，一个人的精神发育史就是他的阅读史；对民族和国家来说，一个国家是否强大，一个很重要的支柱来自国民的精神力量，而这精神力量多是来自阅读，因此"阅读是消灭无知、贫穷和绝望的终极武器"。

为什么要和孩子一起读书？童年是为一生奠基。在这孩子成长的关键时期，阅读最有助于培养孩子宁静的心灵和专注的品质。大量研究已经证实，孩子阅读兴趣和习惯的养成，和父母讲故事有着密切而直接的关系。父母选择优秀童书和孩子亲子共读，才能对品德的养成、人格的发展奠定最好的基础，是给孩子一生的最大财富。

这些都是我在《我的阅读观》《书香，也醉人》等书中反复倡导的观点，我也很快就结束了演讲，把更多时间留给与现场听众交流。

一位年过花甲的老太太带着孙女前来，拿起话筒就哽咽了。她说，她太激动了，虽然她文化程度不高，但是特别希望能得到一些指导，为她的孙女推荐一些书目。看着热泪盈眶的老人，我请华师大的老师帮老人写下了一个书单，心里很是感慨。读什么书，是读书最重要的问题。以前讲"开卷有益"，现在这个信息爆炸的时代里,更应该讲"择书有益"。如何把相关信息更直接地告知需要的人,是我们应该更努力做的事。

一位初二学生提问:"功课繁忙,没有时间看原著,有人建议看同名电影或者简写本是否可以?"我告诉她,经典的电影和简写本都可以看的,但永远不能够替代原著的阅读,功课忙可以选择少量代表性的经典原著。紧接着,她那站在一旁的母亲抢过话筒告诉我,她们对新教育关注很久,很熟悉新教育,这次她们几乎穿过了整个上海大老远地跑来,是专程赶来听讲座的。

一位小学男生想知道阅读重要还是写作重要。我请其他听众帮助回答,他身边的另一个小朋友就答:"都重要。"的确,写作是帮助人们思考的重要途径。甚至有学者说过,真正的思考是从写作开始。写作会让人的思考井然有序,更有成效,因此早有"学而不思则罔"的名言。

一位喜欢看外国小说的初中生问:"老师说大家没时间看小说原著,就看看改编的电影来写读后感,是否可以?"这一类问题其实暴露了一个状态:当下教师在指导阅读中普遍存在的功利心态。其实看电影和看书的审美过程是不一样的。最好当然是两个都看,如果先看书、再看电影,就能以鉴赏、品评的方式把电影看得更细致;如果先看电影、再看书,就可以更加理解人物的心路历程,关注人物的命运发展。无论如何,阅读是不可取代的……

首发式上,还遇见了张文质先生、上海虹口区教育局常生龙局长、四川阆中教育局汤勇局长、湖南浏阳陈文副局长等一批新老朋友。他们既是"大夏书系"的作者,也是阅读推广的践行者。以书会友,因文相识,见面都十分亲切。而远方朋友知道我参加了上海书市活动,发来短信说:"大上海里大书市,老师凌云抒壮志。十年经典涤市井,胸生层云师育师!"我改了几个字,回答朋友:"大上海里大书市,大夏十年师育师。熙攘人海书潮中,践行读写至乐事。"

我还记得,第一位拿过话筒的听众不是提问而是致谢。她一站起身,我就认出她是山东泰安的孙明霞老师。十年不见,如今已是一位沉稳干练的名师。孙老师说,在2000年左右读到我的《我的教育理想》受到启发,2003年专程赶到苏州听了我的报告,感谢我对她精神成长的帮助。

其实,精神成长的帮助也是相互的。就以这二十分钟里七八位听众参与的互动交流来说,表面上看,是我回答了大家的疑问,从另一个层面来说,同样也是我在收获。正是在这样朴素简单又隆重热烈的阅读活动中,在这样心与心的直接碰撞中,我收获着人们对阅读的热望,对成长的渴望,对未来的期望,而这,也是我坚持阅读推广这一路最直接的动力。

我相信,当书市真正像超市一样日常而普遍,书单像菜单一样丰富而多元,当每一个大人和孩子都热爱着阅读,每一个家庭都洋溢着醉人书香之时,我们的生活会拥有更加深邃而持久的幸福。为了这样的明天,需要我们今天共同努力。

# 柿红，新教育的颜色

2012年10月14日傍晚，从新加坡风尘仆仆赶到北京的陈瑞献先生，在徐锋先生的陪同下专程来到了北京张家港饭店。

没有媒体，没有鲜花，只有墙上张贴的红纸上印着一行字，写着当晚相聚的缘起：慈果佳缘——国际著名书画家陈瑞献向新教育捐赠杰作《柿红》仪式。

如此悄然简朴的捐赠仪式，见证的却是一位世界级艺术大师和一位享誉海内的儒商对中国、对教育的拳拳赤子之心。

陈瑞献先生，新加坡国宝级艺术大师，曾是世界上最古老的艺术研究机构——法兰西艺术研究院最年轻的驻外院士，被季羡林先生称为"代表着东西方文化发展的未来"。他通晓中文、英文、法文和马来文，在小说、散文、诗歌、戏剧、评论、油画、水墨画、胶彩画、版画、雕塑、纸刻、篆刻、佛学、哲学、美学、宗教学等诸多领域成就斐然，在饮食文化、园林艺术和服装设计领域也造诣精深，先后获得过历史最悠久的艺术团体法国艺术家协会金奖章、法国国家功绩勋章、拿破仑荣誉军团军官级勋章及瑞士达沃斯世界经济论坛水晶奖等国际性大奖，1998年由联合国秘书长安南提名，他的彩墨画《大中直正》入选《世界人权宣言》新版本插图……

从艺术到教育，从新加坡到中国，陈瑞献先生因何与新教育结缘？缘分真是说不清道不明，一段缘分的缔结，往往是另一段缘分的缘起。与陈瑞献先生结缘，还得从我与徐锋的结缘说起。

徐锋先生，华严集团董事局主席。2012年4月22日，由徐锋资助的"理想大学专题研讨会"在北京饭店举行。这次研讨会是为武汉大学前校长刘道玉的《理想大学》一书出谋划策，朱清时、顾明远、易中天、钱理群、辜胜阻、杨东平、左小蕾、马国川、刘海峰、杨德广等名家大腕来了一大批。会上，刘道玉的一名学生晚到先离，让徐锋义愤填膺。会议结束时，徐锋当众宣布从此不与此人交往。他说，再著名的学者，在老师面前，也应该是谦卑的。

有些人，经常见面，却无法深交；有些人，只见一面，却如故友至交。我与徐锋，就属于后者。出于对他的敬意，我送给他介绍新教育的一本小书《那些新教育的花儿》和两本杂志。

一周以后，就收到了徐锋的来信。他告诉我，详细看了新教育的资料，很感动，想不到中国还有人在做着这样一件有意义的事情。我告诉他，7月在山东有一个新教育的年会，欢迎他去观摩指导。

两个多月后的7月14日，全国第十二届新教育年会在齐国故都临淄举行，来自全国十九个省市自治区的近两千名新教育同仁参加了这次以"缔造完美教室"为主题的会议。徐锋先生不仅如约前来,而且还带上了夫人、儿子和儿媳。

新教育的会议内容丰富,每次时间都安排得特别紧凑,从早到晚被各项议程排得满满当当。徐锋不仅全程参加了为期两天的会议,还多次被感动得潸然泪下。在闭幕式上,他当场宣布捐赠一百万元人民币给新教育基金会,并且作了一场《相信种子,相信岁月》的讲演:

"我认为,新教育是在给一个病人——中国教育——做一次准确的基因修复。大家从事的,是一项注定要走进历史的、伟大的、关系中国教育成败的基因修复工程……

"到那时,新教育也就要改名了,改名为'中国教育'。为了这一天的到来,我们还要努力,还要坚持,还需要更多的人参与进来,继续相信种子,相信岁月,继续付出青春、汗水和生命……"

徐锋先生的发言,字字珠玑,振聋发聩。这一番话,重重敲打着我的心。我永远记得那一刻的会场,两千人的会场安静下来,似乎能听到彼此的心跳声。

一百万善款,并不是一笔小数目。可事后,从一线教师到教育管理者、到新教育专职团队的成员,许许多多人不约而同地对我说,徐锋的讲话,远远超过一百万,堪称价值连城。

可是,哪怕徐锋先生当时都不会想到,这还是另一段善缘的开始。

7月18日,徐锋把自己的讲话与远在异国的好友陈瑞献先生分享。瑞献先生读完立即回复："徐锋，顷接年会发言稿，至为感动，我若在现场，定领先起立鼓掌致敬。……知识而外，事关价值之取向与正道之灌输，新教育使命浩荡，华严新教育贡献奖之设立，尤高瞻远瞩，堪为各界楷模。"

在信中，瑞献先生提到了他的一篇寓言《柿红》。他说，新教育正如寓言中之果农，有朝一日，必将"累累柿实，灼灼村庄；果农浸濡，浑身红放"。

徐锋立即回信介绍了他在临淄的亲眼所见："新教育的孩子一个个阳光灿烂。小学三年级已达一千万字的经典阅读量，一个个都是徐思原（注：徐锋之子）。我们现场听了一堂五年级小学生的毕业典礼课，老师、家长、学生都到，老师给每个学生点评，学生给老师告别，给父母感恩，最后是所有人哭成一团，包括我们这些观摩者。我为我们的后代能接受这样的教育而感到自豪，也看到了我们国家的明天和希望。"

7月22日，瑞献先生又给徐锋写了这样一封信：

"新教育亦令我想到刘道玉校长'东方心灵大学'之构想。或许灵犀相通，接临淄讲稿前夕，我已将新作《柿红》寄出予你。《柿红》乃我同名寓言之延续。寓言如此写道：'他沿着湖走，橘黄的长影和涟漪一齐荡去，在湖边浣衣的母亲都微微抬起了头。他沿路送柿子给孩子们吃，让柿红在不经意之中染上他们的衣襟。'佛证道时发出红黄蓝白橘以及前五色综合之色，共六色毫光，而橘黄（柿红）乃佛法本质之色，智慧之色。《柿红》中画一果农，由顶至踝呈橘黄色，在满村柿实围拢之中，炯炯一心灵导师之化身也，或置诸临淄语境，则为新教育之先行者及新兵之化身也。因临淄讲稿感我至深，《柿红》装裱后，请仁弟代赠予朱教授及其团队，以示钦敬，虽山海邈远，祈颂因风而至。慧安，瑞献。"

7月23日，徐锋就收到了瑞献先生从新加坡寄来的这封信和画作。徐锋也是当即回复：

"信和《柿红》同时收到，先代永新先生和新教育以及新教育惠及的千万少年向您致谢。《柿红》画面祥光一片，硕果累累，与新教育之愿景完全吻合，园中那位果农，当然就是朱永新了。此乃灵犀相通之作，画在作者胸中就有了至善归宿，非佛法牵引不可得此佳缘也。阿弥陀佛！

"永新先生有言：尺码相近的人总是容易走到一起。因我一篇短文，让您捐出一幅价值数百万的佳作，实在令弟感动。无以为报，唯愿能跟在永新兄后面也做一果农，继续浸润柿园。"

当我看到两位先生的这几封往来信件时，热泪盈眶。或许有人不能理解，为何他们会如此投入地交流、赤诚地奉献？因为这可以说是与他们毫无关系的人和事。可是，我想我能明白，他们热切交谈所表达的，其实是对祖国乃至对世界的由衷热爱。他们将对人民、对人类的美好祝福，对明天、对未来的深切期许，寄托在教育中，寄托到新教育上，这才有了这番所言所行！

徐锋向瑞献先生提议，为此捐赠举办一个仪式，被瑞献先生婉拒。可我无以言表自己的感佩之情，于是我再次与徐锋商量，在瑞献先生访问中国的时候，举行一个捐赠仪式，以答谢他的慷慨与慈悲。在我的坚持下，瑞献先生终于应允，这才有了本文开头的那一幕。

那一晚的仪式上，无论是主持人徐锋、捐赠人瑞献先生还是代表新教育来答谢的我，都没有准备任何讲稿。那一晚，与其说是为答谢而举办的捐赠仪式，不如说是为倾心长谈而召集的聚会。

徐锋告诉大家："认识朱主席，发现新教育，已经是很晚的事情了。但我还是觉得，我走近、亲近朱主席，走进新教育是恰逢其时。因为，正在新教育十年的这个关口，我发现了中国居然有这样一批非常了不起的、以朱永新教授为代表的老师们，在从事这样一项伟大的事业，在为共和国培养未来的公民。昨天晚上，我向瑞献先生介绍新教育这项事业时，我说：'如果我们全中国的孩子未来都能接受新教育这样的教育，未来中国一定是不可战胜的！'"

他还特别指出："这幅《柿红》是瑞献先生此前恰好刚刚创作完成，并非为新教育特别创作，但无论主题还是内容，都非常合适新教育——这不是刻意创作的'非常合适'，恰恰是最美好的缘分！"

瑞献先生则介绍了这幅画的创作过程和他对新教育的理解。瑞献先生说：

"在人类的历史上、人类文化史上，最伟大的心灵都是老师。从孔子、释迦牟尼、苏格拉底，一直到今天的朱教授，都是伟大的心灵。

"记得我刚刚完成这幅画的创作时,就看到了徐总从临淄新教育年会上传过来的演讲稿,当时非常震撼。

"中国今天有这样一场心灵的运动,完全跟我所思考的、完全跟我所向往的包括以前刘道玉校长的理想,完全吻合,跟我整个的人生取向也是吻合的,跟我这幅画也是吻合的。

"为什么画一个浑身是橘红颜色的果农呢?因为悉达多是我们的老师,悉达多坐在菩提树下开悟的时候,发出六种光——红、黄、蓝、白、橘这五种颜色和综合起来的另一种颜色,我们今天看佛旗的设计,就是根据这六种颜色的组合,其中柑橘的颜色是佛法本质的颜色,也是智慧的颜色。橘红色对我来说,具有特殊的意义。

"这幅画的缘起是我写的一则寓言,写一个高大的身影,浑身发射着橘红色的光芒,走过一片湖水。他的头也是橘红色的,投影在湖面上,随着湖水的涟漪漂过去。在湖边有一些浣衣的母亲,看到这个颜色,马上抬起了头,她们开始受这种颜色的吸引。一个母亲跟着橘红色的影子走向孩子,看他沿途送橘红的柿子给一个个孩子吃,看他们在吃柿子时不经意地把柿红染上了衣襟。

"这个柿子,就是文化教育的象征。就像新教育把中华文化的宝典都浓缩在一块晶片上面,然后放在孩子们的心灵里面。把最好的东西藏在孩子幼嫩的心灵里,将来它发挥出来的能量是惊人的啊!

"这次为在北京的展览，我不停地创作，就将这则寓言变成了这幅叫《柿红》的画。那《柿红》就变成一个柿子园，那高大的身影变成一个农夫，也就是我那则寓言里面那位伟大的导师。我画完之后，正好看到徐锋的演讲稿，当时就感动得掉下了眼泪！是的，这绝对不是为新教育创作的，但这是心灵的相通。当我们拼命往地下深处挖掘，我们可以发现，地下水都是相通的，当我们把想象往天空无限地投射过去，我们会发现星星也是相连的，这是一种同体大爱的表现。我当时心里就想，我要把这幅画送去给朱教授和他的团队，是不是会被接受呢？但我鼓起勇气对徐锋说，我想把这幅画送出去，虽然我们当时还是素昧平生，但我一定要送给他们。徐锋马上接受了我的建议。

"这个橘红色也是六十年代在美国与西方的心灵运动中一个很重要的元素。你看，僧人穿的是这个颜色，印度很多大人物也穿这个颜色。今天能够见到朱教授，见到这个团队，我觉得，你们真是了不起，人类就应该这样，这种橘红的身影应该多起来！真希望有一天，我们这个世界都充满了'柿子'，都充满了橘红的颜色！橘红，是了不起的颜色，是智慧的颜色，也是新教育的颜色！"

瑞献先生的讲话，与徐锋先生在临淄的讲演一样，直抵心灵。

我知道，不是我们做得多么出色多么卓越，而是我们拼力地前行，恰好与他们的行走方向一致——无论艺术、商业还是教育，都是改变世界的一种方式，在努力让世界变得更加美好这一方向上，我们殊途同归。他们的行动，是对新教育的期许，对新教育人的厚望。

徐锋认为,我们新教育所做的是对中国文化进行的基因修复的工程,是对中国未来的一种建设。其实,我们开始并没有这样的一种厚重的自觉,只是在行动的过程中渐渐发现了我们所做的事情的意义。中国要强盛,教育必须强大。教育要强大,不仅需要由上而下的官方引领与推动,同时需要教育从业者自身由内而外的心灵变革。一位教师点亮了自己,就会照亮一间教室里的几十个孩子,世界则会因此产生蝴蝶效应悄悄改变。

在答谢词中,我向瑞献先生和徐锋先生汇报了一个好消息:刚刚过去的暑假里,中央电视台举办《我最喜爱的一本课外书》特别节目,在中国寻找最会阅读的孩子。结果全国海选出的三十个孩子中,有十七个是新教育的孩子,最后评出的"十大读书少年"中,有六个是新教育的孩子。其中最让我感动的是一个新疆的孩子。他是在新疆奎屯读初三的一位维吾尔族少年,五年级才开始学习汉语。因为新教育非常强调阅读,认为阅读对人的成长非常关键,他也在老师的指导下读了大量的书。编导把他带到我面前,问他:"认识这个人吗?"他说:"我认识,他是朱老师。"我和大家一样,都感到很奇怪,因为我们之前从没见过面。他说:"学校有朱老师的照片。"原来他就读的是当地的新教育实验学校。然后他对我说:"您说过,一个人的阅读史就是一个人的精神发育史。我要说,我要用我的阅读史改变我和我的家族、民族!"能够把阅读变成一个中学生的自觉,我是很欣慰的。

不仅孩子，老师也是这样。《中国教育报》每年评选"推动阅读十大人物"，也是从全国一千五百万老师里面评选。前年（2010年）选出的二十名候选人，有六名是新教育的老师，最后十名获奖者中，有三名新教育老师。去年（2011年）因为有了经验，发现新教育的老师太多，就刻意限制了人数，可二十名候选人中还是有三名新教育老师，最后十名获奖者中有一名新教育老师。

我说："新教育取得的这些成绩，不仅是我们的努力，更是借助了许多贵人、缘分的力量。今天，就是缘分使我们来到这里。比如，我们和徐锋先生本来不可能有所交集，和陈先生更是相距遥远，但一直以来都是这样，我们在行走中不断地遇到贵人、有缘人，或师或友，亦友亦师，不断帮助、督促我们前进。我们将更加努力，不辜负大家对我们的期待！"

第二天上午，我参加了在全国政协礼堂举行的"陈瑞献个展"。政协的领导高敬德在致辞中说，这个礼堂举办过无数盛会，但为一位海外的华裔艺术家举办个人作品展，还是第一次。画展开幕式上，王明明、宋雨桂等国内知名画家高度评价了瑞献先生的艺术成就。

在答谢时，陈瑞献先生说：中国是他父母亲的国家，他的脐带连接到中国的黄帝陵。从艺数十年来，他接触到各种文艺理论，学习多种语言，但最充分地让其表达思想感情的是母语中文。因为，"中国是我'文化根本的原乡'，中华文化是我的根。"每当他在书写中文的时候，总是忘不了远在汉代竹简上那一模一样的文字，还有在更遥远的殷商时代那一脉相承的结构。"一根丝也有一个开始，一粒大米也有一个源头，一个延绵数千年的文化符号系统有它的最初，""今天这次展览，就是想让人看到我这条线的源头。"对祖国浓浓的眷恋之情，溢于言表。

我翻阅本次画展的画册，看着徐锋所作的序言，品读这些文字，仿佛再一次聆听二位师友的心声，与他们再度交流。

陈瑞献是一个佛教徒。

他从不掩饰自己的宗教信仰。而且经常告诉世人并提示自己：艺术实践只是宗教实践中微不足道的一个部分。解脱，才是真正的归宿。

他的书法作品一个字最高卖到一万美元，但他绝不为美元去写一万个字！

这种坚守和底线，正是一座大山的基座。

新世纪的第二个龙年，陈瑞献带着他的作品来到了古老而又年轻的北京。

今年（2012年）六十九岁的陈瑞献告诉我："中国是我的文化祖国。我为北京的个展已经准备了六十九年！"他通晓几国语言，但所有的作品永远只落款"陈瑞献"这三个汉字，且坚持自己的中国画和西画同尺同价。这是一个炎黄子孙对母族文明自觉的皈依和维护。

关于他的画，实在不需要我赘言。我要特别告诉读者的是：

陈瑞献的每一幅作品，都是在打坐和千万遍诵经之后，一手托钵一手拿笔在地板上完成的。由此他的腿部肌肉变成了钢锭!

陈瑞献把自己全部的生命都投入了他所钟爱的艺术。而这怒放的艺术之花当然是他解脱途中的道道风景!

阿弥陀佛。

无论是文字中托钵执笔傲骨铮铮的瑞献先生、生活里温和内敛谦谦君子的瑞献先生,还是为画展不辞辛劳忙前忙后的徐锋先生和开幕式时悄悄坐到最边上的徐锋先生,他们不同情境下的不同行为,最终组成了一个立体的、大写的人。一路得以与这样的师友结缘同行,是新教育之幸。

2012年底,新教育研究院准备印制一本新年记事本。商量方案的时候,大家不约而同地选择了这幅《柿红》作为封面。我们不去奢望柿红满园的丰收,却愿秉着以大地为柿园之心,埋首于耕种,过一种幸福完整的教育生活。

# 那么遥远,那么近

在中国,不是所有的人都会读到《人民日报》,但恐怕无人不知晓《人民日报》。作为中国政治生活的"消息树",无论是党和国家的重大方针政策,还是震撼国人的先进典型与重大事件,总是在这里正式发布,率先推出。

高远,常常因高而远。因此,虽然我早在读大学期间,就会经常翻阅《人民日报》,但主要是看《大地》副刊上的一些文章。我敬仰的一些作家,经常有最新文章发表在副刊上。大家小文,最见功力。那些文章也常常是我学习写作的范文。只是,那时的我,总觉得《人民日报》是党和国家的喉舌,应该由大人物、权威人士发出声音,在我眼里,《人民日报》距离我仍然是遥远的。

《人民日报》成为我每天必读的报纸,是从1993年担任苏州大学教务处处长开始。负责一所大学的教学管理工作,必须了解国家的大政方针和教育政策,《人民日报》自然是一个不可或缺的重要窗口。从那个时候开始,我自己订阅《人民日报》。无论是后来到苏州市政府担任副市长,还是到北京担任中国民主促进会的副主席,《人民日报》一直陪伴着我。

与《人民日报》的近距离接触,应该是2003年除夕夜。那天晚上,《人民日报》记者温红彦给我打来电话,说想写一些普通人的除夕夜。因为前不久她和《中国青年报》的记者谢湘、《人民政协报》的贺春兰等到苏州采访,听到了一些新教育实验的故事,很是感动。她电话打过来的时候,我又恰好正在和教育在线网站的新教育老师们同吃"网上年夜饭",于是,她写了一篇讲述我们"网上年夜饭"的消息,发表在新年第一天的《人民日报》上。

虽然那是一个综合消息,但是,从《人民日报》的读者,变成《人民日报》的采访对象,心理上的距离骤然亲近起来。不久,《人民日报》的记者又专程到苏州采访"新教育实验",这场改变许多教师的行走方式和许多学校教育生态的教育行动研究,登上了《人民日报》,对我和新教育同仁是很大的激励。

也是在这一年,我从《人民日报》的读者,变成了作者。我撰写了《把网吧建成学习型社区》和《高考制度需要深刻变革》两篇文章,记录了我对教育一线的反思与建议,先后在《人民日报》上发表。

读者会把自己喜爱的报刊,视为精神的窗口。作者会把自己喜爱的报刊,视为精神的家园。从纯粹是读者到身兼作者,《人民日报》对我而言是由远及近的过程,给我带来特别的亲近感与亲切感。此后,我每年都会在《人民日报》发表一些文章,它们就像一个个脚印,记录着思考的痕迹,也记录着行动的轨迹。

教育问题、阅读问题,是我长期关注的重点。尤其在2008年左右,吴焰同志到《人民日报》工作之后,约我为她的版面写稿,我围绕阅读问题写的一系列文章,如《有书香才有故乡》《书卷气也是领导力》《拧紧时间的"水龙头"》《把生命读成传奇大书》《思想不应私享》《让阅读成为国家的节日》《书香,也醉人》《全民阅读,刻不容缓》《在阅读中拥有"心力量"》等,都产生了一定影响。

后来,在赵丽宏先生的引荐下,我先后认识了《人民日报》副刊部的李辉、董宏君、罗雪村等编辑朋友。他们说,你不能只为文化版、评论版写文章,也应该为副刊写点儿文字。所以我偶尔记录的生活随笔,也进入了《大地》副刊等栏目,《一个人与一个古镇》《缘自乡愁》《共同成长的幸福》等随笔先后发表。

每年全国两会,则是我以委员代表身份集中进行鼓与呼的时节。特别是最近几年,我的一些文章都是在两会召开的当天发表,如《你不称职,意味着67万人缺席》《经济新常态需要精神新状态》《人心就是力量》《政协就在你我身边》《向人民履约》《你会用多少时间讨论问题》《当好"扩音器",做好"共鸣箱"》《大国崛起从文明崛起》《赶赴一场"春天的约会"》等,许多文章都引起了强烈的反响。如《你不称职,意味着67万人缺席》发表后,各大媒体纷纷转载,评论多达1222万条。

我特别感到荣幸的是,关于阅读的一篇长文《改变,从阅读开始》,《人民日报》曾以整版的篇幅发表。编辑告诉我,除了重大报道、重要文件、领导人言论,《人民日报》一般很少发表个人作者的整版文章,甚至半版文章也很少发表。

在这篇近万字的文章中,我从一个人的精神发育史就是他的阅读史、一个民族的精神境界取决于这个民族的阅读水平、一个没有阅读的学校永远不可能有真正的教育、一个书香充盈的城市才能成为美丽的家园、共读共写共同生活才能拥有共同的语言、密码和价值等方面论述了阅读的意义。与其说这篇文章是我用手写出来的,不如说这篇文章是我和千千万万新教育同仁用脚踩出来的。不知不觉中,《人民日报》也一路记录着我们行动的脚印,我和《人民日报》已经变得密不可分。

从读者到作者,从遥远到亲近,我想,这不仅是我和《人民日报》之间距离的转变过程,也是个体从文字落实到行动之中、从现实追逐着理想而去的征程。这些年来,我在《人民日报》的陪伴下,阅读美好的文章,以引领自身;写作美好的文章,以记录践行。如果每一位读者都以智慧的文字对照反思,如果每一位作者都以真诚的行动落实心声,世界将更精彩,未来会更美好。

# 呼唤好老师

每一个用心度过的节日,都是一个庄重的仪式,重申这个日子所倡导的价值、所代表的意义。教师节自然也是如此。让社会关注教育的使命、帮教师重见职业的天命、培养更多好老师、造就更多好老师,是教师节作为仪式的根本所在。

从个体而言,作为老师,如何成为好老师?我不太主张过分强调奉献和牺牲,不主张"蜡炬成灰泪始干"的红烛精神和"春蚕到死丝方尽"的春蚕人格,而是主张"过一种幸福完整的教育生活"。最好的老师应该和学生一起成长,他是在自我的不断成长中实现人生价值的。如果认为自己单纯是在帮助学生,或者认为自己的生命价值一定要通过学生的分数来证明,那么这个教师肯定活得很累。所以好老师要享受教书育人的日常生活,享受和学生在一起的时光,享受自己在教育过程中的新发现。

从集体而言,作为国家,如何让好老师脱颖而出?如何培养和造就更多的好老师?如何让更多的好老师在乡村和边远地区安心从教?这是需要认真研究的问题。"国将兴,必贵师而重傅",让教育成为阳光下最美丽的职业,让社会最优秀的人才进入老师的队伍,仍然是我们必须用心思考、着力行动的大问题。

今年（2016年）教师节前,习近平总书记来到北京市八一学校看望慰问师生时说了这样一段话:"一个人遇到好老师是人生的幸运,一个学校拥有好老师是学校的光荣,一个民族源源不断涌现出一批又一批好老师则是民族的希望。自古以来,中华民族就有尊师重教、崇智尚学的优良传统。"记得2014年总书记在北京师范大学庆祝第三十个教师节时也讲过类似的观点。总书记提出,广大教师要做学生锤炼品格的引路人,做学生学习知识的引路人,做学生创新思维的引路人,做学生奉献祖国的引路人。这里所说的四个"引路人",其实就是好教师的基本标准。这与他2014年提出的理想信念、道德情操、扎实学识和仁爱之心四个方面,也是一以贯之的。

总书记这次回母校,还专门看望了自己当年的老师田潞英和陈秋影。无疑,这两位老师就是他心目中的好老师。而他所说的这些话,应该也正是来自他接受教育、关注教育的真切感受。

的确,谁站在讲台前,谁就决定着孩子的命运,决定着教育的品质。老师好,孩子才好,学校才好,教育才好。好教育的标志,从根本上来说,就是有一批具有教育理想与教育智慧的好老师。梅贻琦先生曾经说:"所谓大学者,非谓有大楼之谓也,有大师之谓也。"其实,中小学何尝不是如此呢? 好老师不仅是孩子生命中的贵人,也是学校生活中的灵魂人物,更是国家发展不可或缺的栋梁之材。

就在总书记回母校的前两天,在香港《文汇报》北京分社凯雷先生的安排下,我有幸与陈秋影老师在总书记当年读书的地方做了一个交流。交流过程中,陈老师送我一本图文并茂的《荷风》,浓缩了她一生教书育人的精彩瞬间。我则回赠新书《致教师》。陈老师当场翻阅了许久,在看到其中关于"教育与爱"的表述时,还情不自禁念了起来,她说:"我们的思考完全相同,仅仅有爱是不够的,应该是智慧的爱。'我爱每一个学生,我与他们共同成长',这是我和朱永新作为老师的共同心声。"

陈老师不仅是一位优秀的语文老师,也是一位儿童文学作家。前些年,她曾经把自己的作品寄给总书记,总书记在回信中说了"尊师敬教"四个字。我想,"尊师敬教"与"尊师重教"的微妙区别就是,仅仅重视教育是不够的,还要敬重。"敬教"是对教育本身的敬重。教育是关乎人类未来的神圣事业,因此要对教育怀有一份敬畏之心、尊重之情。"敬教"也是敬重教师,因为教师本身就是教育事业最关键的人物,教师决定了教育的质量和教育的未来。所以,对教育的"敬",就是对教师的"敬",对教育的"爱",也是对教师的"爱",对教育的"重视",同时也就是对教师的"重视"。

好老师,是时代的呼唤,国家的呼唤,未来的呼唤。我们用一年一度的仪式呼唤着好老师,更要用政策扶持好老师,通过好老师实现好教育的中国梦,正是从一砖一瓦实现,从一师一生做起。

# 父亲是男人最重要的工作

每个成年男子都有不同的工作。但无论做什么工作,一位现代的成年男子最重要的工作之一就是做父亲。奥巴马就曾经在一份声明里说过:"身为两个女儿的父亲,我知道作为一名父亲是任何一个男人最重要的工作之一。"在他看来,做父亲的重要性丝毫不亚于做总统。

可我们日常生活当中,有三个词最能形容父亲。一个词是"影子"。二十世纪九十年代初,我在日本工作时当地有一个非常流行的词——"影子父亲",意思是父亲虽然存在但是无法看见。日本的男人喜欢晚上喝酒,每天晚上至少都有一两个饭局,几乎每天都会喝醉酒回家。甚至如果不醉酒回家,就会让夫人瞧不起,说明这个人在单位里不会交往,不受人欢迎。每天早上孩子还在睡觉时,父亲又已经早早地上班去了,所以孩子一天当中是看不见父亲的。就这样,有了"影子父亲"的称谓。不仅日本如此,在中国同样也有很多这样的父亲。另一个词是"取款机"。父亲的任务就是在外面打拼,给夫人、孩子提供金钱的来源。还有一个词是"魔鬼"。在很多家庭里,把"严父慈母"的分工推到了一个极致,父亲扮演着凶狠的角色,其他人会经常对孩子说:"你爸爸要来了,你爸爸要教训你了,你爸爸要打你了,我要把这件事情告诉你爸爸……"

毫无疑问,父亲在生活中通常扮演的这三种角色,并不符合父亲本应有的定位,也不应该成为父亲的重要特征。父亲是一个坚毅的称谓,意味着责任与担当。对于一个纯真的孩子来说,父爱如山,让孩子登得更高、看得更远;对于拼搏的父亲来说,孩子是港湾,孩子的爱,纯净、清澈,是为父亲涤荡疲惫的温泉。好的父亲在给孩子爱的过程中也能够享受孩子的爱,享受家庭的温暖。

父亲作为一种工作,如何能够做好呢?实际上就是两个关键词。一个词是"榜样"。父母是孩子的第一任老师,也是最重要的老师。孩子的语言,孩子的思维,孩子认识世界的方式,都是在父母的耳濡目染下学会的。在一定程度上可以说,有怎样的父母,就有怎样的孩子。所以,你要让孩子做的事情,你自己先去做,孩子自然会跟着你做。你不想让孩子做的事情,你自己首先不要做,孩子自然就不会做。为孩子做榜样,是父亲的重要任务。一个词是"陪伴"。最近几年出版了许多家庭教育的畅销书,都是关于陪伴孩子度过初中、陪伴孩子成长的,它们有一个共同的主题——陪伴。《中国教育报》的记者张贵勇写了一本书,书名就是《真正的陪伴》。可以说,陪伴是父亲工作中最主要的部分。一个父亲只要做到这两个"关键词",他的工作就基本上及格了。

事实上，对许多孩子来说，和父亲在一起的意义，与父亲交流的时间，要远远比父亲给予他的金钱、玩具重要得多，因为父亲是不可替代的。母亲和父亲组成了家庭世界的阴阳，母亲永远也替代不了父亲。父亲无论是他的坚强、坚毅、果断、坚持，还是他的威严，于男孩女孩而言都是不可或缺的。这是一个社会习得的过程，孩子在与父亲的相处中耳濡目染地学习成人世界的交往礼节。世界卫生组织研究发现，每天和父亲相处两小时以上的孩子往往智商更高，男孩子看上去更坚毅，女孩成人后也更懂得与异性交往。但是，在许多家庭中，陪伴的任务交给了母亲，甚至交给了保姆，父亲却远远离开了孩子。

那么，父亲如何陪伴孩子呢？我认为，以下两个方面最重要。

一是陪孩子读书。我在《我的阅读观》一书中反复强调一个主要观点：一个人的精神发育史就是他的阅读史。一个没有阅读的学校永远不可能有教育。毫无疑问，家庭是培养孩子阅读最重要的起点。经常有人开玩笑说美国的孩子还不会走时就在父母的陪伴下爬进图书馆，父母对孩子阅读能力的养成具有极为重要的作用。很多父母也会给孩子买很多书，但是经常甩给孩子让其独自阅读。他们不知道，孩子自己看书与爸爸妈妈带着孩子看书完全不是一回事，因为阅读不是一个简单的获取知识的过程，实际上还包括了一种亲子关系的构建过程。孩子最乐于听父母讲故事，一个故事甚至重复讲无数遍都不会厌烦，正是因为带孩子读书的过程中，父母会帮助孩子去阅读、去观察、去思考，从而构建一种亲密温馨又智慧的亲子关系。这样的亲子关系构建过程中,父亲和孩子的关系当然不可或缺。而且,男女之间的阅读口味、选书种类不会相同,父亲在阅读中对书籍的选择,也会让孩子的阅读品种更加丰富。所以对于亲子阅读的问题,应该特别引起父亲的重视,一定要多陪孩子读书。

第二是陪孩子运动,走进大自然。相对而言,父亲一般更乐于运动。运动是很好的生活习惯,对孩子成长发育过程的骨骼、肌肉、心血管系统等,能够提供全面而充分的锻炼。父亲与孩子一起运动,既是愉快的亲子游戏,也是社会性获得的重要方面。这些运动最好能够在大自然中进行。大自然是一位无声的老师,陪孩子走进大自然,无论是游览、交友还是呼吸自然的空气,都是孩子生命中不可或缺的部分。运动的过程中、走进大自然的过程中,自然而然地蕴含着相关训练,孩子会在潜移默化中获得探险的精神、坚毅的品质、交往的能力等等。

阅读强壮精神,运动强健体魄,两者互相对应,又动静结合,相得益彰。我们应该知道,整个家庭是一个世界,是一个阴阳结合的世界,是一个不可分割的整体。抛开"影子""取款机""魔鬼"这三个词,让父亲回归到应有的位置,不仅能够让孩子健康成长,也能够让家庭成为真正的家庭。一个男人只有意识到父亲是自己最重要的工作之一,才有一个家庭的幸福,才有真正美好的生活。

# 母亲是女人最神圣的天职

无论身体还是精神,家庭都是一个真正的人诞生的摇篮。

正如父亲是男人最重要的工作一样,我们同样可以说,母亲是女人最神圣的天职。

现代幼儿教育的重要奠基人福禄贝尔曾经说过:"国民的命运,与其说是操在掌权者手中,倒不如说是握在母亲的手中。因此,我们必须努力启发母亲——人类的教育者。"而我国近代学者梁启超先生也有一段异曲同工的话:"故治天下之大本二,曰:正人心,广人才。而二者之本,必自蒙养始;蒙养之本,必自母教始;母教之本,必自妇学始。故妇学实天下存亡强弱之大原也。"

为什么古今中外的教育家如此重视母亲在孩子成长过程中的作用?首要的原因,就是母亲与孩子的天然联系。十月怀胎,胎儿寄生于母亲体内,并不是一个只汲取母亲体内营养的生物体,而是一个通过母亲去感受外部世界的"学习体"。中国古代的"胎教"就非常重视母亲的行为举止对孩子的影响,要求母亲"寝不侧,坐不边,立不跸,不食邪味。割不正不食,席不正不坐,目不斜视，耳不听淫声。夜则令瞽诵诗，道正事"。这些要求尽管现在看起来有些荒谬，但是，就重视母亲在怀孕期间的生活状态与情绪反应而言，还是非常有借鉴意义的。

对于一个刚刚出生的婴儿来说，母亲就是他的全世界。母亲不仅意味着衣食的温饱，同时也提供精神上的慰藉。母亲微笑，就是世界向他微笑；母亲歌唱，就是世界向他歌唱。心理学家雷纳·施皮茨在研究中发现，如果一个婴幼儿没有感受到这样的爱，即使物质上并不匮乏，也会因为冷落失去活力，严重的甚至导致死亡，他将这种病症称为"孤儿院症"。

所以，哪怕一个普通的母亲在满足儿童最简单的食物需求时，也是同时在满足儿童对精神与物质的双重需求。但直至今日，很多母亲都并不明白这一点。就拿母乳喂养来说，母乳营养丰富、安全，容易消化吸收，是最适合孩子成长需要的。事实上，90%以上的母亲完全能够满足孩子的需要，但许多母亲因为把母乳喂养视为简单地满足孩子生理需求的过程，而随意让奶粉代劳。其实，母乳喂养同时还是建立母子一体感的重要方式，是孩子精神成长不可或缺的重要仪式。

有人曾经说过，爱孩子，这是连母鸡也会做的事情。话虽然说得有些刻薄，但也从另外一个角度说明，人类的爱应该不同于其他动物的爱，这就是我们新教育说的"智慧爱"。一般情况下，母亲爱孩子近乎天性，没有母亲不爱自己的孩子，只不过是不同的母亲可能会选择不同的爱的方式，本能的爱或者智慧的爱。本能的爱，往往只关心孩子的温饱与安全；智慧的爱，还要关心孩子的精神世界，满足孩子的好奇心与探究心等心灵需求。

我认为，对于母亲来说，在教育上特别需要注意以下几个问题：

第一，要意识到自己在教育孩子过程中的不可替代性。在母亲和孩子之间存在着一条特殊的纽带，特别是在孩子诞生的初期，尤其要关注孩子的方方面面。蒙台梭利曾经对刚刚出生时婴儿的环境与教育提出了以下几个原则：母亲应该尽可能与婴儿多交流接触；让婴儿的环境与在母亲体内的安静、黑暗、恒温尽可能相似，在温度、光线和声音等方面与出生前不要相差太大；抚摸与抱起婴儿要尽可能轻柔；等等。母子心连心，母子之间的纽带并不因为婴儿从体内来到了体外而改变。母爱是一种伟大的力量，也是世界上最神奇的力量，再好的设备，再先进的管理方法，也无法替代母亲对孩子的爱。为什么要给母亲放产假？不仅仅是要给母亲休养的时间，不仅仅是要给母亲哺乳的时间，更重要的是给母亲与孩子亲密接触的时间。

第二，要尽早给孩子朗读、讲故事，培养孩子的阅读习惯与兴趣。一个人的精神发育史就是他的阅读史。阅读本身也是建立母子亲密感、培养孩子对声音的敏感、对阅读的兴趣的重要途径。美国学者吉姆·崔利斯在《朗读手册》的扉页上曾经引用过这样一首诗：

你或许拥有无限的财富，

一箱箱的珠宝与一柜柜的黄金。
　　但你永远不会比我富有——
　　我有一位读书给我听的妈妈。

　　许多妈妈只知道孩子有喝奶的生理需要，不知道孩子有精神成长的需要，不知道亲子共读给孩子一生会带来怎样的影响。所以，如果说哺育孩子是间接满足孩子的心灵需求，那么亲子共读则是直接哺育孩子的心灵。在孩子婴幼儿的关键时期，母亲的儿歌、童谣、故事，母亲与孩子一起翻阅的图画书，是给孩子一生最根本的营养，是最重要的礼物。

　　第三，要为孩子营造一个和谐的家庭氛围。在一个家庭中，难免有磕磕碰碰的事情，夫妻之间也难免对许多问题有不同的看法和做法。求同存异，无疑是解决问题的方法。最忌讳母亲与父亲或者家庭的其他成员在孩子面前激烈争吵，让孩子无所适从。天长日久，孩子就会利用父母或者家庭成员之间的矛盾和冲突，投机取巧。所以，夫妻之间如果有不同意见，应该尽可能学会交流，学会妥协，就算无法做到这些而吵架，也一定要回避孩子，千万不要在孩子面前争吵。

　　父亲与母亲，在孩子的生命中扮演着不同角色，我们不能简单地说，在孩子成长的过程中母亲的作用就比父亲更重要。但是毫无疑问，在孩子诞生的最初阶段，母亲的作用没有任何人能够替代。苏霍姆林斯基告诉我们，"**童年是人生最重要的时期，它**

不是对未来生活的准备时期,而是真正的、光彩夺目的一段独特的、不可再现的生活。今天的孩子将来会成为一个什么样的人,这里起决定性作用的是他的童年如何度过,童年时期由谁携手带路,周围世界的哪些东西进入了他的头脑和心灵。人的性格、思维、语言都在学龄前和学龄初期形成。"因此,所有成为母亲和将会成为母亲的人们一定要记住:母爱也是一门学问,需要智慧与研习;母亲也是一门职业,需要学习和探究。因为,母亲就是女人最神圣的天职。

# 多一些宽容,教育才能从容

前不久去北京京郊考察一所位于果园里的学校。这所学校从2006年开始办学,起初只有三四个学生,现在学校幼儿园已经有了一百个孩子,小学和初中有了两百名学生。我从孩子们的笑容可以看得出,他们在这里是快乐的。许多家庭选择这所学校的理由,就是孩子相对自由,没有太大的压力。但是,这所学校一直没有拿到办学许可,属于"非法办学"。其实这样的学校国外早就有,尼尔的夏山学校就是一个让学生自由的学校,孩子们可以做自己想做的事情,学校里没有恐惧与仇恨。在北京,这样没有办学许可的"自救式"学校,可能有好几十所。为什么不能够对这些学校宽容一些,给他们一个办学许可证,既让他们堂堂正正地办学,也便于相关机构正常管理和规范呢?

叶水涛先生写的《平凡的极致:浪尖上的衡水中学》,也是一个很好的关于宽容的教材。2014年高考,衡水中学一本上线率86.6%,二本上线率99.3%,104人被清华北大录取,包揽全省文科、理科状元。但是,衡水中学的"军营式管理"遭到了许多专家和媒体的强烈批评。学校的许多规定如"自习课不能喝水,不能与同桌讲话,不能往教室后门看,不能照镜子,不能大声笑,不能走神,不能咬笔,短裤和裙子不能高过膝盖,不能留怪异发型,女生不能佩戴首饰"等也让人啼笑皆非。但是,在对该校的毕业生的回访调查却发现,几乎99%的孩子都表示,如果让他们再做选择,还是会去这所学校,他们对学校根本没有"怨恨"。为什么不能够对衡水中学宽容一些,给他们和风细雨的建议,而不是狂轰滥炸的批评,让他们按照自己的方式办学,在自己的基础上提升,做一个最好的自己呢?

再联想到杜郎口中学。杜郎口曾经连续十年成绩全县倒数,镇里每次人大代表评议都给学校亮黄牌,学生流失现象十分严重。1998年春,初三年级有个六十人的班,中考前只剩下了十一人;全校一年升入高中的不过十个人。穷则思变,崔其升校长上任后发现,问题的关键是:满是废话的课堂不仅浪费了学生的时间,而且还扼杀了学生学习的热情,导致了厌学和辍学。所以,关键是要解放学生,解放课堂,于是有了杜郎口中学的"课堂革命"。结果,学生成绩上去了,现在每天到学校参观的人络绎不绝,经常有几百名参观者同时出现在校园中,一年光"门票"的收入就达到一百五十万元。在遭到媒体追捧的同时,杜郎口中学也不断遭到批评,揭露其"骗局"的有,批评其"萝卜炖萝卜"的也有。我就想,虽然杜郎口中学还有不少问题需要解决,如专业引领等,但是作为农村学校的教学改革探索,为什么不能就事论事，在他们现实的教育生态之下进行研讨提升，同时也鼓励他们走自己的路，在实践中不断丰富和完善自己呢？

杜郎口中学之后，最近北京十一学校的课程变革也是风生水起，选课走班、打破班级管理制、取消班级授课制、取消班主任、学科教室等一系列举措颠覆了传统的课堂与教学模式，而他们开发的二百六十五门学科课程、三十门综合实践课程、七十五个职业考察课程，以及二百七十二个社团，也让许多人羡慕不已，并且一举获得了国家教学大奖。与此同时，批评声也随之而来，说他们把全国名师挖到北京破坏了教育均衡，说十一学校不可复制无法学习，等等。可是，中国也需要精英教育，也需要这种颠覆传统课堂的尝试，为什么急于下结论，为什么不鼓励他们成为未来教育的探路者呢？

是的，在这样一个社会急剧变革的转型时期，我们为什么不能够多一些宽容，多一些耐心呢？我们的各级教育行政部门，是不是可以更加宽容一些，更加善待那些小微学校、民办学校，更加鼓励各种形式的教育探索？我们的教育专家，是不是可以更加宽容一些，不要动不动教训别人、吓唬别人，而是积极参与到教育改革的实践中去呢？我们的媒体，是不是可以更加宽容一些，对那些别出心裁、与众不同的教育试验，既不要"捧杀"，更不要"棒杀"，不要一窝蜂地追捧宣扬，也不要一窝蜂地棒打"落水狗"，而是尽可能丰富客观地呈现、理性冷静地引导呢？

我不敢断言未来最好的学校就诞生在上述这些学校之中，

但是我敢说,未来最好的学校一定是最具探索精神,最具理想情怀,最具改革勇气的学校。而这样的学校,也必然是敢为人先、个性鲜明的。走近才会尊敬,宽容才能从容。教育改革尤其需要时间去积累和沉淀。让我们给这些学校多一些宽容吧,这样,我们的教育才能更加从容,更加精彩!

# 爱应该与智慧同行

这些天,"最美乡村教师"成为一个热门词汇。先是崔永元团队进行了乡村教师的培训,接着谢建华先生的"乡村教师培训志愿者联盟"又组织了甘肃、四川的百名最美乡村教师进京的活动,而中央电视台的"最美乡村教师颁奖晚会",更是把这个词加温到滚烫。

最美乡村教师,给大家留下的最深刻的印象其实就是一个字——"爱"。在这些教师之中,有些人身残志坚,用自己弱小的身躯扛起了乡村教育的重担;有些人关爱孩子,用自己为数不多的收入为孩子缴纳费用;有些人长期坚守,为了孩子多次放弃离开乡村的机会。许多悲悲惨惨凄凄切切的故事,让我们感动得泪流满面。

但是,感动之余若再细想,就会觉得少了点什么。

是的,乡村教育的重要性毫无疑问:乡村教育是中国教育的根,是中国教育的希望。中国教育的品质如何,很大程度上取决于中国的乡村教育品质如何。没有乡村教育的现代化,永远不会有中国教育的现代化。因此,乡村教师的重要性毋庸置疑:乡村教育的品质如何,又很大程度上取决于乡村教师的品质如何,因为决定教育品质最最关键的因素,就是站在讲台前的那个人。

在教育之中,爱非常重要。教育没有爱,就好像池塘里没有水,这是前辈先贤早就告诉我们的道理。但是,仅仅有爱又是不够的。因为,教师成长需要强大的专业支撑,没有对于教育的深刻理解,对于孩子的深刻了解,对于所教学科的深刻把握,永远不可能让教室成为汇聚伟大事物的中心,永远不可能真正地让孩子对知识产生无限的向往。

所以,决定教师品质的,除了爱,还有智慧。如果说,爱,更多的是指教师的职业认同的话,那么,智慧,更多的是指教师的专业发展。尤其对于乡村教师来说,如何在教育的物质条件相对而言更为欠缺的环境里,取得相同的教学成就,就更需要智慧去扬长避短、取长补短。在教师的成长历程中,职业认同和专业发展是重要的双翼,缺一不可。职业认同,是教师专业发展的动力,是教师成长的内在力量。

如何让教师拥有智慧?十三年来,参与新教育实验的教师们已经把新教育理论中设想的专业发展模式,变为了一个个鲜活的个人成长故事,那就是通过专业阅读、专业写作、专业发展共同体的"三专合一"之路。

专业阅读,是站在大师的肩膀上前行。在我们教室里面正在发生的故事,在别人的教室里早就发生过,在其他人的教室里还将继续发生。专业阅读,能够帮助教师拥有教育的智慧,避免盲目地尝试错误;能够帮助教师更好地理解教育,理解儿童,把握教育的内在规律;能够帮助教师寻找生活的榜样,汲取行动的力量。

专业写作,是站在自己的肩膀上攀升。真正的思考从写作开始,兰迪·鲍什在《最后的演讲》中说:"一个教育家能给我们的最好的礼物就是学会自我反思。"通过专业写作,能够让教师对自己的教育生活和经验进行深入的反思,从看似没有意义的教育碎片中提取有意义的东西并加以理解,形成我们的经验和观念,并使之成为我们专业反应的一部分,使我们的教育实践更加富有洞察力。

专业发展共同体,是站在团队的肩膀上飞翔。一个人走,可以走得很快;只有一群人走,才能走得更远。在一个团队中,成员彼此勉励彼此温暖,同甘共苦,分享智慧,是最美的教育风景。学会向同事学习,向学生学习;学会团队合作,与人共事,是现代教师成长的必由之路。

我们所处的时代,常常有人感叹缺少信任缺少爱,其实,只要有一双能够发现美的眼睛就能看见。无论是汶川大地震的全民参与,还是雅安地震后的社会救助,无论是乡村教师的低调坚守,还是他们与孩子一起成长的感人故事,都向我们诠释了爱的真谛。因此,在这个基础上我们更要清晰地看到,教育是科学,还有自身的规律必须遵循。即使我们的爱浩瀚汇成海洋,即使我们把爱作为高高飘扬的教育旗帜,如果没有智慧的参与,没有基于对人性、人的潜能和教育规律的把握,我们的教育仍然残缺一翼,无法腾飞。

爱应该与智慧同行,爱才有深邃隽永的价值。智慧应该与爱同行,智慧才有生命的温度。让爱与智慧同行,这不仅是教师成长的不二法门,也是我们在任何教育活动中必须做出的选择。

# 国庆读书记

以往的国庆节,我一般都要回到苏州,用这长假的整段时间,静心读读书,写写文章,见见朋友。2019年是中华人民共和国成立七十周年,今年的国庆当然是一个特别的国庆,我应邀参加国庆阅兵式和有关联欢活动,所以留在了北京。

国庆的序幕是从9月30日拉开的,这一天是烈士纪念日。上午十点,习近平等党和国家领导人与各界群众为人民英雄纪念碑敬献花篮。我也拿着鲜花走在队伍之中,缅怀为共和国牺牲的先烈们。晚上,又在人民大会堂参加了国庆招待会。

10月1日早晨四点半起床,写当天的"童书过眼录",算是正式开始了国庆读书时间。

每天早晨,读一本童书,在微博上发一则感想,这是每天早上的必修课。这一天读的是"花婆婆"方素珍与江书婷合作的图画书《闪电鱼尼克》。这是一本让孩子脑洞大开的图画书,也是方素珍老师首部亲笔手绘的原创图画书。故事讲的是在深深的海底,有一条与众不同的小鱼儿,它身上有一道闪电的图案,大家都叫它"闪电鱼尼克"。它不想当小鱼,想变成西瓜鱼、洋葱鱼、母鸡鱼……可是它的好朋友泡泡鱼都不喜欢。它实在想不出究竟还能够变成什么样子的鱼,于是决定去旅行。就这样,它看到了蓝天上的"白云鱼",品尝了天上落下来的雪,在陆地上看到了许多奇怪的事情,到处都是它没有听说过的事物。经过一番探险和游历,尼克决定要变成一条很有学问的"读书鱼"。于是,它和朋友们办起了海底图书馆,每天开心地和朋友们一起听故事、看好书。这也成为海底最美丽的一道风景。

我很喜欢方素珍的这本书,巧妙地通过闪电鱼寻找自我的故事,讲述了阅读对于成长的意义。其实,阅读就是一个不断发现和寻找自我的过程,就是一个不断地和伟大对话、相遇的过程,也是一个不断成就自我的过程。

早晨五点半从家中出发去中央统战部。各民主党派的观礼嘉宾都统一在这里集合去天安门观礼台。

上午十时,庆祝中华人民共和国成立七十周年大会隆重举行。习近平总书记发表重要讲话之后,是阅兵式和群众游行,各类兵种、各种武器装备接受检阅,尽显国威军威;各种主题、各个省市花车巡游长安街,共和国七十年发展的历史浓缩其中。总书记在讲话中最让人难忘的句子是:"没有任何力量能够撼动伟大祖国的地位,没有任何力量能够阻挡中国人民和中华民族前进的脚步。"阅兵式结束以后,我在接受中央电视台《新闻联播》采访时说:"总书记的讲话有豪气、有勇气、有底气,我们要花力气落实总书记的讲话精神,为国家的经济社会发展建言谋策,提建议出主意,贡献智慧和力量。"

晚上参加国庆联欢晚会。张艺谋导演的参与式大型联欢会,加上绚烂的礼花焰火,把天安门装点得五彩缤纷,国庆夜晚的星空格外璀璨。

10月1日的国庆日,是特别、充实、忙碌、幸福、兴奋的一天。

10月2日开始,是我的"辛庄六日",是我集中读书的六天。

2日早晨五点不到,我仍然像往常一样,早早起床开始晨读,写下了当天的"童书过眼录"。这一天读的仍然是方素珍前不久寄我的签名图画书《玩具诊所》。故事来源于台湾新北市新泰小学的一个"玩具诊所",一群年过七旬的爷爷奶奶在学校里为孩子们开设了一个专为孩子修理坏玩具的"诊所"。方素珍老师说,她想通过这本书,跟孩子们分享"爱物惜福"的人生哲学,同时让孩子们体会到:只要善加利用,任何旧东西都能拥有新的生命;只要努力发光,每个人都有用武之地。

10月3日到7日阅读的分别是《红发球艾米丽》《气球人巴纳比》《我有友情要出租》《好忙的蜘蛛》《奶奶逮到了一只小精怪》,读完之后,我都在当天的微博和头条上与网友分享。

发完当天微博和头条,完成当天的"晨课",我就出发前往辛庄——位于北京顺义的辛庄师范,提前二十分钟到达课堂,参加在这里举行的《黄帝内经》实修班。

早晨七点开始,练习站桩。每天的早课站桩一般是从静桩开始,接下来全天的功课就是诵读《黄帝内经》《心经》和《道德经》选段。然后是打坐、听行益老师讲解《黄帝内经》。中午稍事休息,下午两点半开始练习动桩、打坐,讲解《黄帝内经》、回答学员问题、学员分组讨论交流,一直到晚上七点半左右。实修班的学员大部分同时辟谷,课间可以喝水、吃一点儿大枣和苹果,但是不吃饭菜。每天晚上回到房间,再静心读两个小时的书后休息。

六天时间,读书、运动、交流,就这样周而复始地循环。

每天读的书,首先是《黄帝内经》。采用的方法是行益老师传授的"满腹经纶读书法"。为我们讲解该书的行益老师,生长于陕西渭南乡下一个祖传中医世家,虽然只念完小学,但对中医的经典以及道家和佛家的著作非常熟悉。他认为,《黄帝内经》其实是关于人生的一部经典,所以学习内经首先不是学习医学,而是学习人生,是学会"认认真真做事,踏踏实实做人,简简单单生活"。他很自信地说,很多学者讲《黄帝内经》是玩思想、玩主义,但是他的课是"玩生命",因为《黄帝内经》的最高境界是让人能够生活得更好。他认为,《黄帝内经》是方向、是方法、是中国古老的生命科学。在他看来,有形之病可通过无形气化进行逆反式的恢复,每个人都是自己最好的医生。"人最该修的课程是生命的课程:修身,自救救人;修心,自渡渡人。修行,就是用辛苦转化痛苦。"他强调人生就是舍得,舍什么得什么。人性和兽性,雅和俗,最大的区别是利他和利己。很多大智慧的警句,从他的嘴里经常不经意间说出,难怪台湾著名身心灵导师张德芬说他是"生长在厚实土壤里的瑰宝奇葩,貌不惊人的灵性医学传承者,大隐于世的民间高人"。

来辛庄时,除了每天阅读的童书和《杜威教育文集》外,带了一本余世存送我的《己亥》。这本书在10月1日带上了它,参加国庆观礼活动时,在几个小时的等待时光里,差不多读了一半,到辛庄后,用两个晚上读完了。

这是一本很特别的书,是余世存与龚自珍跨越时空的对话,是两位知识分子的心灵独白。一百八十年前的农历己亥年,龚自珍辞职离京,南下回家,后又北上接家眷返乡,其间行走九千里路,写成了中国文学史上罕见的大型组诗《己亥杂诗》三百一十五首。一百八十年后的农历己亥年,余世存在书中化身龚自珍,用现代白话文演绎这些诗歌,也努力还原龚自珍在己亥年间的心灵世界。

全书分缘起泉涌、辞官出京、青春壮盛、猖狂江淮、浮生家园、东山苍生、再度北上、吟罢归乡八章,按照龚自珍的生平叙事和《己亥杂诗》的逻辑结构依次展开。在书中,我们不仅看到了那个"九州生气恃风雷,万马齐喑究可哀。我劝天公重抖擞,不拘一格降人才"的壮怀激烈的龚自珍,也看到了那个"万人丛中一握手,使我衣袖三年香""可能十万珍珠字,买尽千秋儿女心"的柔软敏感的龚自珍。

余世存把龚自珍比为"中国的但丁",认为《己亥杂诗》既是他的自传,也是他的"神曲",是"传统中国的人格美学、生活美学的示范,全面反映了传统中国个体生命的大视野、大情怀"。他认为,龚自珍的意义远远没有被发现。如果说《红楼梦》是以小说的形式呈现传统文化的集大成之作,那么龚自珍则是以人格形式呈现传统文化的最后的里程碑。龚自珍完美阐释了一个知识分子知道、闻道、布道的使命,体现了他既能够锲而不舍地追求人生理想,又能够很妥帖地安顿自己的生命的人生境界。

对于今天的我们来说,龚自珍的确是一面镜子,他能够映照我们的灵魂,让我们学会回到自己的内心,自由地表达自己。

余世存在这本书的序言中说,他希望当代的读者能够注意到,"一个人,无论他是文明世界的国民还是古典世界的先知、圣贤、才子,其可能抵达的人生广度、密度、高度是什么样子;对比起来,我们的人生过于短浅,过于浪费"。读任何书,其实都是在读自己。我想,这也是读《己亥》的意义所在。

10月2日晚上的课程结束以后,与成都华德福学校总校长、中国第一位华德福主班老师李泽武先生见面,讨论学校课程建设等问题。泽武送我由他翻译的华德福创始人鲁道夫·施泰纳的著作《人的研究》。

《人的研究》是施泰纳的讲课实录。一百年前的1919年8月20日开始,施泰纳在斯图加特为第一批华德福教师进行了十四场讲座,这本书,就是当时的讲座整理稿。当天晚上回到房间,就开始翻阅这本书。一百年前的文本,加上有许多施泰纳自己创造的词汇,读起来有些费劲儿。总的来说,讲述了作者构建的大小宇宙。大宇宙,是讲精神、物质与心的关系。小宇宙,是讲感受、意志、思考与新陈代谢系统、肢体系统和神经系统的关系。从身前死后的宇宙图景,到对于教师个体成长的建议,内容丰富,思想深邃,体现了一个教育变革者的宏图大略与务实精神。

施泰纳在教师集训前夜的公开讲座中说:"为了让现代精神生活焕发新的活力,华德福教育应当是一场真正意义上的文化行动。"他指出,整个社会运动的终极基础是精神性的,而教育恰恰就是"激烈又重大的精神问题中的一个"。所以,教育的变革,其实本质上是一场文化行动。所以,对于教师来说,就不能只是做一个教育者,而应该成为"最高词义上的高层次的文化人"。

施泰纳对于理想学校的结构提出了设想。他主张华德福的学校不应该是官僚的,而是"集体参与管理式"的,是一个"真正的教师共和体"。所以,支撑学校运行的"不是安逸的靠垫和校长办公室发布的规章制度",而是工作的责任感和使命感,是工作给予"每个人的可能性和自己承担的完全的责任"。施泰纳对教师说:"我们每个人应当对自己完全负责!"

施泰纳对于教师的素养提出了四个方面的要求:对世界的兴趣、热情、精神的灵活性和奉献精神。他认为,一个好教师应该对当今世界发生的每一件事有"鲜活的兴趣",而不能够只对某些"特定的任务有热情"。而"通过对世界的兴趣,我们就一定对学校和我们自己的任务有热情"。施泰纳同时提出,精神的灵活性和对于职责的奉献是不可或缺的,"只有当我们把个人的兴趣投入到当今时代伟大的需要和任务中时,我们才能取得属于今天的成功。"

给我留下最为深刻印象的,是全书结尾的一段文字。施泰纳充满激情地写道:"想象力的需求,对真理的意识,对责任的感受——这些是教育的神经的三股力量。那些想做教育的人,必须写下这段格言:

> 让想象的力量充满你
> 拥有面对真理的勇气
> 敏锐你对心灵的责任感。"

10月6日中午动桩课程结束之后的课间休息时,与成都华德福学校的张莉老师交流未来学校以及新教育实验的课程体系与华德福的异同等问题。她转达了瑞士歌德馆人智医学部的前部长米凯拉博士送给我的一本英文新书《在数字媒体世界中健康成长》。晚上回到房间细读了这本书。它是由德国十五家公益组织联合发起,并由德国一个医疗组织具体落实编写出版的儿童与青少年网络教育指南,米凯拉博士参与了这本书德语原版的资料收集、整理校对工作,并且翻译和推动了英文版的出版。这本书详细介绍了在不同的年龄阶段,如何正确地使用数字媒体,培养孩子的媒体素养能力。对于父母、老师和专家来说,这是一本很好的指导手册,可以按照书中的理论和案例,更好地帮助儿童和青少年有能力以适当和适龄的方式来运用数字媒体，在需求和防护中取得平衡，促进儿童和青少年的身心健康。我们当即初步决定把这本书翻译成中文，由湖南教育出版社列入《中国家庭教育文库》正式出版。

在辛庄师范学习期间，还参加了林明进夫妇与学生的互动交流活动。林明进先生被称为"台湾最牛的语文老师"，他十九岁师从一代大儒爱新觉罗·毓鋆，成为追随先生数十年的入室弟子。他在台湾地区最牛的建国中学教语文，三十四年来坚持每周都要让学生读一本书，他认为没有阅读就没有写作。认为教语文不仅仅是教语文，更重要的是教学生成为一个顶天立地的人。他介绍说，他教学生写作文，第一篇作文，只让学生写最熟悉的题材，写自己的心里话，只要写一句话就可以，但必须是自己的语言。

林明进先生提出了教作文的三个理论：橙子理论、酱油理论和驾校理论。橙子理论，就是说你让学生写一个橙子的话，这个橙子不是让他通过到超市购买而得来，而是要自己栽树看它结出果实。酱油理论，就是要把土法制作酱油的办法用在写作上：把黑豆放进坛子里，经过多半年的发酵，才能够制造出地道的美味。驾校理论，就是说写作要像学习开车那样，分项学习，不能说一开车就上路，一开始就让学生写作文。他认为培养写作能力和鉴别写作能力是两个问题，培养写作能力是慢功夫。他曾经教一篇作文，让学生写学校里的莲花池，写了一年三个月。他认为，在平时对学生出一个题目就马上让他写，是不符合教育规律的。他对于新教育实验重视中国传统文化的教育非常欣赏,认为目前华人社会都面临着最伟大的机会,同时也面临着最可怕的危机,如果我们没有文化自信,没有真正意义上的中华文化的重建,就没有真正的未来。与林老师交流时,我一直在想,中国应该有更多的像他这样的学者型的中小学老师。临别时,林明进老师送我一些他的著作,包括《学"生"》《培养自然而然的写作力(基础篇、创意篇、技巧篇三册)》《笨作文(实战篇)》等。可惜还没有时间详细拜读。

辛庄六日,每天很充实。离开时,行囊中增加了一大包书,体重减轻了七斤。心灵与身体收获满满。心中想,这就是我想要的生活!

# 有阅读更美好

前不久看到网友说的一句话:"不翻书,生活就会给你翻脸。"颇有感触。是啊,一个人的力量总是有限的,不读书,我们就少了一个深入学习他人的机会,就会少了一些对生活的思考,少了一些生活的智慧与艺术,生活对我们"翻脸"也就很正常了。

读书为什么能够让我们的生活更美好?

阅读,能够让我们看到一个更加真实立体的生活世界。正如美国文化人类学者哈维兰所说:"好的阅读对于心灵就像优质的眼镜对于眼睛一样,它可以使你看到生活的细微之处。"我们看到的世界总是受到许多因素的制约,近视、老花等身体因素,或者粗心、马虎等心理因素,都可能让我们无法清晰地把握这个世界。阅读,就是帮助我们看世界的"眼镜",也是帮助我们看自己的"镜子"。如通过读托马斯·弗里德曼的书,我们就知道了"世界是平的"这个简单而深刻的道理;读基辛格的新著,我们就理解了为什么世界秩序"永远需要克制、力量和合法性三者间的微妙平衡";读弗洛伊德的著作,我们就发现了人其实有三个"我":

本我、自我与超我。走进那些伟大的著作,犹如与大师面对面对话,借他们的慧眼帮助我们更好地发现世界的细微与奥妙,自然有助于我们更轻松愉快地前行,这正是阅读的魅力所在。

阅读,能够让我们拥有生活的勇气。白岩松前不久在与龙永图对话时说:"读书久了你总会信一些什么,信一些什么就有了敬,有了畏。"其实,"信"就是生活的勇气,生活的信心,生活的信念。人是需要有信仰,有敬畏心的。读书会让人知道世界的深奥,会让人明白自己的无知与渺小,会让人产生敬畏之心。而敬畏之心是建立信仰的重要基础。这一切不需要刻意而为,会在读书中自然而然形成。德国作家黑塞说:"如果从阅读的时间里没有迸发出一点儿力量的火花,没有出现愈发年轻的预感,没有给读者散发出一丝新鲜有活力的气息,那么这样的阅读时间就被浪费了。"记得我上大学时,曾经读过一本日本医学改革家德田虎雄的著作《产生奇迹的行动哲学》。这本书让我知道,理想是人前行的灯塔,而行动才能把理想变成现实。我发起的新教育实验,之所以能够坚守理想主义与行动哲学,与这本书有着直接的关系。那些伟大的著作,一直陪伴着我们的人生。它像照耀我们的太阳一样,让我们的人生温暖而有方向。即使在漆黑的夜晚,太阳也从未离开我们,它照耀另外半个星球,照耀那些需要阳光的人们。再黑的夜,我们心里也有太阳的光芒。

阅读,能够使我们掌握生活的智慧。人的生活,包括物质生活与精神生活两个方面。无疑,读书是为了让我们的生活更精彩，更有条理，更有方向，更有智慧；让我们的心灵有一个安身立命之所。过去我们经常说，知识就是力量。其实，那些最伟大的知识，就藏在那些最伟大的著作之中。伟大的书，本身就拥有伟大的力量，我们只有通过阅读才能拥有这种力量。好的书会让我们更敏锐、更有力。

如何通过阅读让我们的生活更加美好？关键还是要选择那些优秀的著作。德国作家黑塞说，"只有当书籍将人带向生活、服务于生活、对生活有利的时候，它们才拥有了一种价值"。"开卷有益"的时代已经过去，在泥沙俱存、良莠难分的海量图书面前，我们的确需要认真选择最值得我们阅读的书。书有新旧之分也有优劣之别，选书的诀窍，就是选择经过时间的洗涤依然熠熠生辉的书。人生需要一些影响自己的世界观、价值观、人生观，影响自己的思维方式和生活态度的书籍，新教育称之为"根本书籍"，它会把我们带到更加遥远的地方。除了读有字书，还要读无字书。有时候，读无字书的价值不亚于读有字书。清代的张潮说："能读无字之书，方可得惊人妙句；能会难通之解，方可参最上禅机。"我们应善于向生活学习。

人与人的差别往往在于如何利用闲暇时间。台湾商界奇才陈茂榜甚至说："一个人的命运，决定于晚上八点到十点之间。"如果我们能够每天拿出两个小时阅读，每天不让自己的闲暇时间被电视麻将扑克喝酒等填满，就会有别样的生活，别样的人生。齐邦媛老人八十五岁时出版了一本《巨流河》，九十岁的她在总结自己一生时坦言"很够,很累,很满意"。她希望自己离开世界的时候仍然是个读书人的样子。是的,读书,不是我们无奈的选择,也不是用来打发无聊的光阴。读书,本来就应该是我们的生活方式。读书是人生活中最美的姿态,也是人生最美的状态。能够把这个姿态和状态定格多久,就拥有了多久的幸福美好。

# 从书写作品到书写人生

在座的都是写作者,而且是优秀的写作者。大家"过五关斩六将",才能来到这里。今天我想告诉大家的是,真正的写作者,不仅应该写出优秀的作品,更应该"写出"精彩的人生。

写作能力是可以迁移的。人在某一方面的能力,只要用心,可以迁移到其他方面。那么,我们如何把自己的写作能力迁移到我们人生的思考中去,迁移到我们人生的行动中去呢?我想与大家分享几个主要观点。

第一,写作者在为作品寻找原型的时候,应该为自己的人生去寻找原型。

写作者在创作的时候,心里面总会有一些原型,有你在生活中经历的,有你在阅读中体验的,各种各样的人会出现在你的作品里,组成新的组合。这些人物原型撑起了你的作品生动的画面。

我们的人生也是需要原型的。每个人的一生其实就是一个故事,你是你生命的主人公,也是你故事的"作者"。从呱呱坠地到离开人世,你用一生的时间书写你自己这个作品。你这个"作品"

是否精彩,取决于你身为作者是不是在用心书写。用心书写的一个重要标志,就是为自己的生命寻找原型。我们发现,那些伟大人物在他成长的历程中,总是有自己的生命原型,总是以某些人作为自己的榜样,作为自我的镜像。越是这样的人,他的人生越有目标,他就越是能够走得更远。

所以,爱好文学写作的你们,在绞尽脑汁寻找作品原型的时候,是不是也应该为我们自己的生命去寻找原型呢?你像谁那样活着?你像谁那样追求?你能不能把你自己的生命变成一个伟大的传奇?

总之,正如你认真用心书写自己的文字作品一样,我们应该努力"书写"自己的人生,而最关键的前提,就取决于你能不能为自己寻找一个伟大的原型。

第二,写作者在为自己的作品谋篇布局的时候,也应该对自己的人生进行规划和行动。

人生就是一个"大作品",也是需要谋划的。我们这个世界是由精神和物质两个层面组成,我们看到的风景,其实也是有两种不同的风景:自然的风景和精神的风景;而我们每个人其实也要过两种生活:物质的生活和精神的生活。许多人,包括接受过高等教育的人,都单一地生活在物质世界之中,满足于看自然的风景,却忘记了看精神的风景,过精神的生活。真正的精神风景、精神生活,有一个简单而重要的标志:阅读。

那么,我们有没有对自己的精神生活做过规划呢?有没有谋划过自己一生到底应该读哪些书呢？范曾先生讲得好："我们每个人都应该会背一千首诗，应该读一百部名篇……"这其实就像我们规划人生，要去看哪些好山好水一样，也应该规划一下应该读哪些书。这样，我们的人生就会更加主动从容，我们的精神生活也会更加丰富精彩。

再以时间管理为例。我们很多人每天总是忙忙碌碌、紧紧张张，总是担心时间不够用，总是为自己没有时间阅读、写作寻找各种各样的原因和借口。我一直认为，时间就像海绵里的水一样，总是能够挤出来的，重要的事情总是有时间的。这些年来，我出版了不少作品，其中仅仅是我参政议政方面的著作，就先后完成了《我在政协这五年》(2003—2008)《我在人大这五年》(2008—2013)《我在政协这一年》(2013—2017 五卷)《教育改变中国》(政协委员文库)和《朱永新：政协委员风采录》等近十部。许多人感觉很奇怪，开玩笑问我如何"变魔术"一样写出来的，其实，这是我每天坚持早上五点半左右起床阅读写作的成果。每天上班之前，我已经读书写作两三个小时了。

我早起的习惯固然是小时候父亲培养的，但是也与我自己刻意的人生规划有关。我知道，人与人的差异往往是业余时间造成的，我明白"早起的鸟儿有虫吃"。《我在人大这五年》这本书达一百三十万字，我把自己每次参加人大的活动用手记的方式记录下来，把每次视察、调研都原生态地记录下来，这是全国人民代表大会制度六十年来的第一本全景式记录的书。如果自己没有这样一个谋划,就算每天起得早,也是很难做到的。

总之,有规划的人生正如有谋划的文章一样,目标清晰、路线明晰,才能少走弯路。这种规划越是主动、越是具体,你就越能够把握自己的人生,就像你写作时的谋篇布局一样。

第三,写作者为创作优秀的作品应该不断地追求和坚持,人生更需要坚持,才能拥有水滴石穿的力量。

有些写作者幻想一夜成名天下知、一蹴而就登巅峰;有些写作者总是企图寻找捷径少费力、轻轻松松等灵感;更有写作者浅尝辄止不努力、功亏一篑无所成。其实,写作是一项艰苦的事业,是一项需要长期坚持的事业。

2002年,新教育实验开始不久,我在教育在线网站发过一个"朱永新成功保险公司"的帖子,要求新教育教师坚持写作,每天用心记录自己的生活,记录自己与学生的交流,记录自己的阅读与思考。坚持十年,每天一千字。赔率是一赔一百。我知道,行百里者半九十,大部分人是很难有坚持精神的。结果,凡是来投保坚持写作的老师,根本不需要十年,一般三年左右就已经非常优秀了,许多人成为全国有影响力的名师。所以新教育人有一句话:行动就有收获,坚持才有奇迹。

大家今天在北大培文获奖,是一个大大的成绩,也是一个小小的开始,未来的路还很长。写作最主要的目标不是成为作家,因为你们今后不可能每个人都成为作家。写作,是与自己的心灵对话,是真正思考的过程,最需要坚持。

在学习期间，我们很多人都酷爱写作酷爱阅读，都做过作家梦。但是一旦离开学校以后，一旦走上工作岗位以后，许多人就不再写作不再阅读了，他的整个的写作和阅读历史就中断了。其实，写得精彩与活得精彩是相辅相成的：活得精彩才能写得精彩，写得精彩才能活得更精彩。所以，坚持的力量是非常重要的，人生和写作一样，都需要坚持。

所以，对于写作者来说，他"写"的最精彩的作品不是某一部用文字写出来的作品，而是他整个人，而是他自己。今天是一个写作的盛典，更应该是人生的一个新的启航。期待大家在写作的同时，能够用心成长为更好的自己，让我们每个人都成为一部最好的作品。

# 第三辑　孩童是巨人

　　孩童真正的伟大，在于他们是用没有遭受污染的眼睛看世界，用没有任何功利的大脑思考世界，用没有任何条条框框的想象创造世界。在孩童的世界里，天空是湛蓝的，森林是茂密的，一切都是那么新鲜，那么神奇，那么值得深爱。

# 孩童是巨人

## ——读冯骥才著《炼狱·天堂——韩美林口述史》

这是一本读了两年的书。

2017年初,我去天津大学冯骥才文学艺术研究院拜访冯先生,他送了我这本书。回到北京不久就是春节,记得我是在除夕夜一口气读完的,合上书,灿烂的阳光已经透过窗户照在了我的床头。

这是一本作者和传主都分别送我的书。2017年10月18日,党的十九大在人民大会堂隆重召开,我们同时列席会议,韩美林先生见到我,他说:"永新,给我一个地址,回去给你寄书。"没几天,他这本书的签名本就寄到了。

这是一本在阅读时让我百感交集的书。为美林先生的非人遭遇和坎坷人生而伤悲,为他的艺术成就和创造才华而惊叹,为他和妻子周建萍的相遇相知和传奇故事而欣喜,为他与冯骥才先生之间的惺惺相惜和情同手足而感佩,为他那如孩童一般纯净的心灵和如巨人一样的情怀而景仰。

我和韩美林先生的所有交往，集中在两个场景。一个是在全国政协的各种活动中，每一次他的出现，都会成为众人瞩目的中心。绝大多数情况下，都是请他签名画画，好像他每一次都是乐呵呵地有求必应，让所有人满意而归。偶尔，我也会凑一个热闹讨一张生肖画等。

另外一个就是在冯骥才先生的活动上。第一次好像是2007年6月。那个时候，我还是苏州市的副市长，在苏州博物馆新馆参加"水墨诗文——冯骥才江南公益画展"的活动。韩美林先生在开幕式上说，冯骥才所做的民间文化遗产抢救是对社会的一项贡献，作为冯骥才的"铁杆队员"，自己会倾力支持他。他说，只要冯先生召唤，他随时响应。他还当场决定拿出自己的一幅画支持"大冯"的民间文化遗产抢救与保护事业。我在当天的日记中写道："听到了冯先生和他几个朋友的讲话，很有感触。他们的唱和，已经超越了文人之间的友谊，而是这个时代的知识分子文化自觉的声音。"最近的一次应该是2017年9月，在天津大学冯骥才文学艺术研究院参加"为未来记录历史——冯骥才文学与文化遗产保护"国际研讨会。就这十年间，大概不下于七八次，在参加冯骥才先生的活动时见到韩美林先生。

在这本书中，我们也会注意到，韩美林先生的重要著作，从《韩美林画集》到《天书》《嘁山嚼水》，写序言的都是冯骥才先生。韩美林先生的所有活动，从被称为韩美林先生的"三个孩子"的北京、杭州、银川韩美林艺术馆的开张，到韩美林艺术大展，再到前不久在故宫文华殿举行的"韩美林生肖艺术大展"等,冯骥才先生也从未缺席。用冯先生自己的话来说,"每次韩美林办展览,我们都不是招之即来,而是闻风而动,奔走相告,不请自来"。甚至韩美林在万里之远的海外办展览,冯骥才也会专门飞过去喝彩。而且,每一次,都会有一个情深意切的致辞。

冯骥才先生人称"大冯",一米九二的身高,让人群里的他宛如巨人。虽然韩美林先生也不矮,但和大冯站在一起,就好像孩童。可是,冯骥才先生说,与韩美林站在一起的时候,他必须俯视,但在自己的内心却经常在仰望。

冯骥才先生在书中说,许多人都把美林当作孩子,当作一个大小孩,因为他在历经了命运的很多曲折之后,仍然保持着孩子般的率性与任性,也保持着孩子般的真诚,对谁也不设防,整天脑子里全都是幻想。但他更是一个巨人般的艺术家,因为他拥有许多巨大的建筑,在不同的艺术馆里,装满了他万余件惊世骇俗的艺术作品;在天上飞来飞去的国航飞机的尾翼上,有他设计的朱红色的凤凰;他设计的生肖邮票、奥运会的福娃、城市雕塑,也是布满了大江南北神州内外。

在我看来,这两位先生都是孩童,也都是巨人。

说冯骥才和韩美林是孩童,是因为在他们身上有着许多成人已经失去的最美好的东西。孩童真正的伟大,在于他们是用没有遭受污染的眼睛看世界,用没有任何功利的大脑思考世界,用没有任何条条框框的想象创造世界。在孩童的世界里,天空是湛蓝的，森林是茂密的，一切都是那么新鲜，那么神奇，那么值得深爱。正是在这个意义上，蒙台梭利说："儿童是成人之父。"冯骥才和韩美林都是在精神上回到童年的人，无论遭受怎样的磨难，无论身处怎样的"炼狱"，他们从来没有失去对生活的信心，没有失去一颗赤子之心。这也是他们在生命的任何时候，都能够保持创造的激情与灵性的原因所在。

说冯骥才和韩美林是巨人，当然是因为他们在诸多领域的卓越成就，让他们成为独特的大写的人。冯骥才先生在书中用"四兄弟"形容韩美林先生在绘画、书法、雕塑、设计方面的成就，其中任何一类成就放在一个人身上，都是出类拔萃的，能够集中这四方面的成就，可谓卓尔不凡。非常巧合的是，冯骥才先生也曾经用"四驾马车"形容自己的事业追求。2012年9月，冯骥才在北京画院举办了一个题为"四驾马车"的专题展览，展示了他在绘画、文学、文化遗产保护、教育领域方面的工作。他在开幕式上说："我的四驾马车不是四匹马拉一辆车，我是用四匹马的劲儿拉着一辆车，这是因为我车上的东西太多。我可没说累，因为它们皆我之最爱。"我和韩美林先生一起参加了开幕式，见证了那个精彩的瞬间。

也许，冯骥才与韩美林这两个名字，是命中注定要联系在一起的。

因为，他们都是丹青高手，都是创造大师，都是文字的魔术师，都是中国民间优秀文化的传承人和守护者。

更因为,正如孟子所云:"大人者,不失其赤子之心者也。"他们,都是孩童,因此也都是巨人。

2019年1月31日晨,于北京滴石斋

# 解读儿童世界的风景

## ——《蒙台梭利教育箴言》自序

蒙台梭利,是研究儿童和家庭教育绕不过去的一座山峰。

从 2012 年开始,应新教育新父母研究所之邀约,担任《新父母晨诵》栏目主持人,由我选取不同教育家的家庭教育名言进行对话与解读,每天早晨在网络上与千千万万父母们共同阅读和分享。在确定的第一批教育家名单中,理所当然地就有蒙台梭利。就这样开始了持续两年的蒙台梭利阅读之旅。

首选蒙台梭利,除了她对于儿童研究的贡献外,还有一个重要原因——她是欧洲新教育运动的重要代表人物,在她的著作中,不断地出现"新教育"的概念,读来十分亲切。

1870 年,蒙台梭利出生于意大利安科纳地区的一个军人家庭。作为独生女,她得到父母的深爱,接受到良好的家庭教育。二十六岁时,她获得了罗马大学的医学博士学位,成为意大利历史上第一位女博士。

毕业以后,作为精神病临床医生,她对身心缺陷儿童的研究产生了浓厚的兴趣。在1898年的一次会议上,她明确提出了"儿童心理缺陷和精神病患主要是教育问题,而不是医学问题,教育训练比医疗更为有效"的论断,从医学开始走进教育。

为了提升自己的教育与人文素养,三十一岁的她再次进入罗马大学,学习哲学、教育学、实验心理学和人类学,并在著名人类学家塞吉的指导下从事教育人类学研究。

1907年,蒙台梭利在罗马的一个贫民窟创办了第一所"儿童之家"。她每天与这些来自贫苦家庭的孩子们生活在一起,让他们学会了礼貌、独立、自理、自尊,并且在智力活动上取得了优异的成就,被称为"神奇的儿童"。

1909年,根据三年探索的实践,蒙台梭利写成的《运用于"儿童之家"的幼儿教育的科学教育方法》一书正式出版。这本具有划时代意义的著作,产生了广泛的国际影响,奠定了她在幼儿教育研究领域的地位。欧洲和世界上其他许多国家纷纷以"儿童之家"为蓝本建立蒙台梭利学校。她一生写了许多著作,如《童年的秘密》《发现儿童》《家庭中的儿童》《有吸收力的心灵》《新世界的教育》《蒙台梭利手册》《教育中的自发活动》《开发人类的潜能》等。她本人于1949年、1950年和1951年连续三年获得诺贝尔和平奖的提名。

在教育史上,蒙台梭利是第一位真正走进儿童世界的教育家。此前,卢梭、裴斯泰洛奇、福禄贝尔等开创了自然教育的传统,提出尊重儿童的个性。福禄贝尔创立了世界上第一所幼儿园，并且提出了"让我们与儿童一起生活"的重要主张。但是，是蒙台梭利天才地发现了儿童具有完全不同于生理胚胎的"心理胚胎"和身心发展的"敏感期"，提出教育必须激发和促进儿童内在的生命力量，必须"让我们的儿童自己生活"。她发明的一系列训练儿童感觉系统的教具，至今仍然在许多幼儿园使用，她关于自由与纪律的理论，关于教师与父母角色的论述，也充满了睿智与机敏。

走进，才会理解。走进，才会尊敬。我在许多场合说过，童年的秘密远远没有发现。虽然蒙台梭利已经开始走进了儿童的世界，发现并解读了这个世界的部分瑰丽风景，但是，相对来说，这只是冰山一角。让我们沿着她的足迹，继续努力走进儿童的世界吧。

2014年7月27日，于北京滴石斋

# 瑰丽明天，恢宏世界
## ——《赵丽宏致少年书》序言

丽宏兄是我的老朋友了。

前不久，丽宏告诉我，他的一套散文集要出版，是专门为中小学生选编的一套《赵丽宏致少年书》，希望我写一个序言。

说句实话，这些年来，序言写了不少，但大都是为教育界的同仁而写。为丽宏这样的大作家写序，心里难免忐忑不安，于是，婉言谢绝了他的好意。

但丽宏不依不饶，坚持让我写。他说，为我们二十多年的友谊留一份珍贵的纪念吧！

我只能从命。

丽宏是一个重情重义的人。认识他，还是我在苏州工作的时候。他偶尔到苏州参加一些笔会、讲演等活动，我当时担任分管文化教育的副市长，有机会结识这位心仪已久的作家。他的儒雅、谦逊给我留下了深刻印象。

记得有一次，我把儿子朱墨的文章请他指教，他不仅认真阅读,而且亲自为朱墨的小书写了序言。朱墨的另外一本小书《背起行囊走天下》出版时,他还请他的好朋友梁晓声撰写了序言。朱墨在复旦大学读书期间,他主编的《上海文学》杂志,先后发表过朱墨的一些文学作品和文学评论。他对我说,朱墨的文笔和文学感觉很好,应该坚持写作。

丽宏和我都是中国民主促进会的会员。2007年底,我到民进中央担任专职副主席,我们之间的联系就更多了。每年年底或者全国两会期间,他到北京,都要自掏腰包请一些老作家聚会,我也有幸经常被邀请参加。这些年,我见到的作家如袁鹰、陈丹晨、从维熙、鲁光、刘心武、张抗抗、梁晓声、肖复兴、李辉等,都是通过丽宏介绍的。丽宏对我说,对有恩于己的前辈,对患难知交的朋友,永远不能忘记。

丽宏也是一位有文化情怀的政协委员。在政协会议上,常能听到他真挚的建言。早在1988年,他就在全国政协会议建议将清明节和中秋节定为法定节假日。从2003年开始他又连续四次在全国政协大会期间提交提案,呼吁重视中华民族传统节日。2007年12月,国务院终于颁布法令,决定将清明节、端午节和中秋节列为法定节假日。此外,他关于中国书法申遗、关于保护文人故居(如重建梁启超故居、建立巴金故居和柯灵故居)的提案,也都得到了很好的落实。

每年民进全会和全国两会,我们都在一起。我们经常一起交流政协的提案与建议,交流对一些社会问题的见解与看法。记得有一年政协会议上，我的一个关于"建立国家阅读节、推进全民阅读"的提案，得到丽宏的高度赞赏和鼎力支持，他还帮助我找了王安忆、张抗抗、梁晓声等一批著名作家签名附议。

2017年全国两会期间，习近平总书记参加民进与农工党、九三学社的联组讨论，赵丽宏作了一个《坚定文化自信，提升中华文化的国际影响力》的发言，当面向总书记提出了两条重要建议：一是不要在中国内地再建第二个迪士尼乐园，而应该花力气建一个以中国文化为背景、展示中国文化魅力，同时具有世界水平的主题乐园，让中国的孩子在他们的童年记忆中，留下和中国历史文化有关的美好而深刻的回忆；二是设立一个中国的世界文学奖。他指出，中国文学完全可以凭自己独特的魅力，雄踞世界文学之林。中国应该对世界文学表达我们的看法，不能一切都是外国人说了算。中国设立一个世界文学奖，用以鼓励和褒奖世界范围内最杰出的作家，让世界有效地感知当代中国的文化魅力，感受中国人宽广的文化胸怀，让更多热爱中国的外国朋友自愿做中国文化的传播者。这两条建议都反映了丽宏的文化自信与文化自觉。

文学，只是我少年时期有过的一个梦想。走进教育之后，我对于文学作品，只是一个欣赏者，不是一个专业的深入研究者，自然也不敢妄议。

不过，人们常说，功夫在诗外。了解一个写作之外的丽宏，或许，才能更深切地了解身为作家的丽宏，尤其是身为散文家的丽宏的精彩。

丽宏是一位诗人。早在二十世纪八十年代初，他的诗歌作品《友谊》《火光》《憧憬》《江芦的咏叹》等就被广为传诵。1982年，他的第一本书也是诗集《珊瑚》出版。作为诗人，他不断有新作问世，并广受瞩目。2013年，他获得了塞尔维亚"斯梅代雷沃诗歌节"颁发的国际诗歌"金钥匙奖"。

丽宏还是一位儿童文学作家。2014年，他创作出版的《童年河》是他的第一部儿童小说，讲述二十世纪五六十年代的一个小男孩"雪弟"从乡下到上海的生活。2016年，他出版了另外一部儿童小说《渔童》，讲述的是"文革"期间小学生童大路保护一尊明代文物德化瓷渔童的故事。虽然两部儿童文学作品的体裁是小说，但是叙事风格和语言特点，却别具诗情画意，耐人寻味。

丽宏最引人注目的文学成就，是他的散文。

散文因其真挚灵动、短小精悍、直抒胸臆，是一种备受读者欢迎的文体。散文看似入门容易，抵达高雅境界却格外艰难。散文讲究形散而神不散，散文所凝之神，与其说来自笔头的磨炼，不如说取决于心灵的修炼。

丽宏的修炼，从他的散文中不易看出，从他的人生状态中倒能寻找到诸多蛛丝马迹。正因为他的知识分子的身份，政协委员的担当，那一颗为国为民之心，始终在火热地跳动，那一颗渴望瑰丽明天的热情，始终在蓬勃地燃烧，才有了他诸多文字如岩浆喷薄，既有生命的温度，也有巨石的力量，还有气度的恢宏，才成就了作家赵丽宏,尤其是成就了散文家赵丽宏。因为,散文最能真实地展示写作者的灵魂。

丽宏的散文《雨中》《望月》《学步》《山雨》《与象共舞》《顶碗少年》《囚蚁》等,被选入人教版、苏教版、鲁教版、北师大版、鄂教版、香港版等小学教材,《为你打开一扇门》《假如你想做一株蜡梅》《炊烟》《致大雁》《蝈蝈》《周庄水韵》《晨昏诺日朗》《在急流中》《青鸟》《鸟谜》等篇什,被收入人教版、语文版、苏教版、浙教版、上教版、香港版、新加坡版等数十种中学教材,另有收入各类大学教材的散文若干……在中国现当代作家中,除去鲁迅之外,丽宏也许是作品被收入教材最多的作家。

任何时代,教材都是对文化的选编与传承。丽宏的作品受到如此器重,实至名归,也可喜可贺。这些被选入教材的文章,只是丽宏散文世界的冰山一角。在他以勤奋和才华构筑的恢宏散文世界之中,还有诸多篇章,毫不逊色于已被选入教材的这些文本,它们犹如颗颗珍珠,散落在文学的海洋之中。

电子工业出版社的编辑们编选的这套《赵丽宏致少年书》,正是以青少年的心灵需求为线索,将这些珍珠中的一部分连缀为一串串珍宝,让真善美辉映,让诗与史融合,最终催生思与行的并进。

对于孩子来说,最初也许是通过图画书、通过故事走进文学世界,但在成长的过程中,需要更多文学样式的陪伴和滋润,散文无疑也是其中非常重要的一种。费尔巴哈说过,人是他自己食物的产物。读什么，我们就会成为什么。阅读的高度直接奠定精神的高度。对于刚刚接触阅读的青少年而言，阅读什么样的文学，也就能塑造什么样的灵魂与格调。我想，对于青少年而言，通过这五卷精选的丽宏散文，一定能够从中汲取珍贵的情感、智慧和力量，引发丰富的思考；对于丽宏而言，这五卷散文精选集，也许只是一次对精神行囊的盘点。生命的意义在于创造，相信丽宏还会为读者奉献出更好的作品。

冰心先生曾经送给丽宏一句话："说真话就是好文章。"的确如此。当然，说出再真的话，写出再好的文章，也不是为了说说写写，而是为了让我们的生活更加美好，让我们的明天更加美丽。为了行动上建设更加美丽的明天，需要思想上构筑一个恢宏世界。谨以为序，与丽宏兄共勉。

# 种子与小鸟
## ——读金波的儿童诗

"不学诗,无以言。"

孔子的这句话,将诗歌的重要性推到了极致。

自古以来,中国就被称为诗歌的国度。诗歌,是最能体现中国人精神世界的一种表达方式。诗歌在中国,已经超出了简单的文学体裁,不仅与书法、绘画、戏剧等中国文化有着天然的联系,彼此互相促进滋养着,而且对中国人的生活方式、生活态度产生了重要的影响。虽然我们不能说学了诗歌就掌握了中国文化,但诗歌中承载的文化含量之重是毋庸置疑的。我们完全可以说,一部诗歌史,也是一部丰富、凝练的中国文化史、中华文明史。正如林语堂认为的那样,诗歌在中国很大程度上已经代替了宗教的作用,成为人们生活中的"一种灵感,一种活跃着的情绪"。我想,这也是近年来央视《经典咏流传》等节目广受欢迎的原因之一。

诗歌的熏陶与学习,应该从儿童开始。因为,诗歌的语言精练、含蓄,富有韵律感,有极强的感染力,好记好学,便于吟诵传唱，是积累词汇、淬炼语言最重要最有效的方式。因为儿童语言发展的难度，远远低于发展音乐、绘画等其他技能的难度，儿童从诗歌诵读中所获得的滋养，从语言发展中所获得的提升，是全面又持久的。正因为如此，中国古代的经典蒙学教材，几乎全部都是富有韵律感的诗歌体语言。正如金波老师所说："欣赏语言、创造语言最好的方式就是读诗、写诗。"

同时，儿童的语言，也是最接近诗的语言。记得有一次与金波老师讨论诗歌，他说："儿童是天生的诗人。"儿童的"诗性"是生命灵性的一种展现。儿童几乎不需要太多的学习，就能够说出富有韵律、充满想象力的句子，草木飞禽，云雾雨雪，世间万物，在儿童的眼里都是诗意盎然的。儿童在感悟中所朦胧思考到的哲理，将在漫长的岁月中逐渐清晰，将在行动中悄悄发挥作用。

所以，让儿童在人生起步的时光里，与美好的诗歌以正确的方式相遇，会在儿童心中播下幸福诗意的种子，会在潜移默化中鼓舞儿童创造诗意栖居的人生。这也是我们新教育实验一直倡导"晨诵·午读·暮省"的儿童生活方式、编写出版《新教育晨诵》的原因所在。

在我们的晨诵教材中，金波老师的诗歌自然是不可或缺的。据统计，《新教育晨诵》中选录了十六首金波老师的诗歌。在我们选诗的过程中，是有意控制同一位诗人的入选诗歌数量的，金波老师能入选这么多诗歌，可见他的童诗之精美和丰富。

因为，他的诗歌是离孩子们很近很近的。记得在北京北海幼儿园举行的一场以"让最美的幼儿文学走进孩子心灵"为主题的诗歌散文朗诵会上,有个孩子问:"金波爷爷,您为什么会给我们写诗?"金波老师的回答是:"为儿童工作的人,心中有两个孩子,一个是眼前的孩子,一个是童年时候的他自己。"

在金波老师的儿童诗中,很多故事是他童年发生过的,但是他同时又很清楚自己的使命:他的诗是写给眼前的孩子的。金波老师说:"不管是哪类创作,生活永远是灵感的源泉。关在屋子里'憋'出来的作品,和在生活中通过观察、感悟、提炼出来的作品,是完全不一样的。"所以,他的许多童诗很有现场感,小读者仿佛亲临其境。如:《在果园里》,我们听到了小时候偷摘苹果的金波与老爷爷的对话;《嫩绿的豆荚》,我们看到了他和邻居小丫的吵架;《在校外,我遇见了老师》,把一个小男孩在学校之外见到了一个与平常完全不同的形象的老师,从开始的忐忑不安到后来的亲切温暖的心理表现得淋漓尽致。

金波的儿童诗既富有浓郁的生活气息,又充满了儿童情趣,充满着想象力。曾经有媒体问他,创作灵感究竟是来自他的想象力,还是来自现实中的儿童生活?他的回答是二者都有,儿童生活激发了他写作的热情,而想象则让他思绪飞翔。在他的诗里,所有的动物、植物都是有生命的,都是可以和他交流对话的。在他的诗里,太阳是可以有翅膀飞翔的,可以是绿颜色的,天上的星星是可以与地上的花儿互相转换变化的。如那首《星星和花》:"我最喜欢夏天/满地的鲜花/这里一朵/那里一朵/真比天上的星星还多／到了夜晚／花儿睡了／我数着满天的星星／这里一颗／那里一颗／又比地上的花儿还多"。

金波老师的儿童诗韵律感、节奏感特别强，这也是他刻意为之的境界。这与他主动汲取中国民间童谣的滋养有很大的关系，他曾经介绍说："几十年来，唱诵童谣的声音一直在我耳边回荡，成为我童年重要的记忆，一直影响着我的创作。还有民间童谣，让我较早感受到了母语的音乐性。"金波老师曾经编选过一套十卷本的《中国传统童谣书系》，我记得封面上的一句话是："流淌在血液中的祖先的声音，蕴涵在基因中的民族的记忆"。

正是在这样的勤奋耕耘中，金波老师迎来了创作的丰收。金波老师说过，"有童心的生命没有老朽，有诗意的人生没有冬天"。这正是他自己的人生写照和真实的体会。这些年来，每年都要有几次机会见到金波老师，每次都会听到他激情而睿智的声音，感受到他温暖而慈爱的内心。虽然岁月流逝，但他童心依旧；虽然已经年逾八旬，但他依然不断挑战自我，不断创新创造。

金波老师的童诗形式很丰富，有抒情诗、叙事诗、童话诗、寓言诗、幽默诗、哲理诗，也有金波独创的为孩子们写的十四行诗。《我们去看海——金波儿童十四行诗》中的"花环"系列，特别是献给母亲的花环，读后不仅孩子们喜欢，也会让我们成年人潸然泪下。

种子和小鸟，是金波儿童诗中经常出现的形象。从《春的消息》到《小树谣曲》，从《红蜻蜓》到《黑蝴蝶》，从《记忆》到《小草》,从《泥土的馈赠》到《走进樟树林》,从《叶笛》到《送你一束蒲公英》,每一首诗中我们都可以听到鸟儿的歌唱或者看到种子的成长。在刚刚出版的《六十年儿童诗选》的序言中,金波也写了这样一段文字:"六十年,这是我诗歌创作的春天。我进入了一个诗的童话王国,我写下的诗行,愿每一个字,都是种子,都是小鸟,愿它们出土成苗,入云展翅。"

是的,金波是一只不知疲倦的小鸟,六十多年来从来没有停止过歌唱。在《白天鹅之歌》《红蜻蜓之歌》和《萤火虫之歌》这三本诗集中,我们可以读到他从上个世纪六十年代到2013年间创作的部分儿童诗,我想,这也是他为孩子们歌唱的乐谱。在这三本书中,金波老师还亲自为孩子们朗诵了自己的诗歌,他的声音也被原生态地记录在这本书中,这样,他的小鸟般的诗歌的声音也将永远留在孩子们的心中,回荡在蓝色的天空。金波说,那是与鸟声和鸣,与花香相融的声音。

是的,金波自己就是一粒美丽的种子,一粒诗歌的种子。他把心声播撒在孩子们的心灵,这些播撒的种子,许多已经开花结果。很多当年的读者,受他的影响成为诗歌爱好者和创作者,更多的人因为他的诗歌成为一个富有诗意的人。相信,未来还会有更多的孩子因为他的诗歌而热爱生活,放飞梦想。

我们正生活在一个特别需要诗歌的时代。在物质的丰富之后,只有精神的丰盈,才能实现真正的诗意栖居。

所以,我们在《新教育晨诵》中,也对推广诗歌做了新的探索,设置了"思与行"的问答环节,打通诗歌与读者的心灵通道。每一位读者在阅读的同时,也通过对问题的思考,创造出自己独一无二的诗意答案。

就像金波老师的那首《倒下的树》:"纵然倒下来,/还要活着;/为听鸟儿唱歌,/长出无数耳朵。/树和鸟,/毕竟在一起厮守过。/树曾经站立着,/等待鸟儿/飞起,/飞落。"在"思与行"环节,我们问道:"一棵树倒下了,可它还要努力活着,为什么?除了诗中写的原因外,你还能为这棵树找到更多活下去的理由吗?请你想一想:谁会为你活着感到更加幸福快乐呢?你又应该做些什么,让自己活得更精彩呢?"

当《新教育晨诵》围绕一首诗提出这一类问题,有多少读者就有多少不同的答案,就有多少种子开始萌芽,就有多少小鸟开始飞翔。生活在当下,用诗歌的力量,让孩子们真正过一种幸福完整的教育生活,能够在现实的土壤上,找到一种诗意栖居的生活方式,从而创造幸福完整的人生。我们正在和金波老师一起前行,相信会有越来越多的人和金波老师共同前行。

# 永葆童心,便是哲人

——读周国平先生《女儿四岁了,我们开始聊哲学》

日前,在新教育研究院与山西教育出版社主办的《新生命教育》新书发布会上,周国平先生送我一套四卷本的新著《女儿四岁了,我们开始聊哲学》。

最近几年,与国平兄的联系比较多,每有新书,经常是先睹为快。这一次也不例外,回到家,就迫不及待地读了起来。文字不多,但配有大量精致的插图,需要仔细体悟,所以用了两个晚上读完。

这是一套不太好定位的书。说它是儿童读物的话,其中许多内容是写给父母的;说它是成人读物的话,记录的又大部分都是小孩子的童言童事,而且几乎每一页都有美轮美奂、富有童趣的插图,几乎可以说是一本图画书。所以,我姑且把它定位为一本亲子共读的图书。爸爸妈妈与孩子一起捧读这本书,一定能够找到共同的乐趣,回忆自己与对方在一起的所言所行,在会心处相视而笑。

四本书，四个不同的主题。第一本是关于爱的主题，副标题是"你为什么爱爸爸妈妈"。作为父母，孩子害怕什么你知道吗？你会和孩子聊天吗？你会故意说错话给孩子思考和反驳吗？你会记录孩子的言语与行为吗？你会把自己的时间用来陪伴孩子吗？孩子有了心事会和你说吗？

周国平先生告诉人们，爱不是空洞的、抽象的、喊在嘴上的，更不是肉麻的，而是实实在在的、具备"精神性品格"的心与心的交流。他认为，父母能够做孩子的朋友，孩子也肯把父母当作朋友，乃是做父母的最高境界。而朋友式的关系，具有两个重要特征，一是独立，二是平等。在许多家庭，孩子有了心事，首先要瞒的人是父母；有了知心话，最不想说的人也是父母。这无疑远远没有达到"朋友"的境界。所以，周国平说，"要想做不后悔的父母，你们可以对任何人吝惜自己的时间，唯独对孩子不要吝惜"。他建议父母要尽可能多地与孩子在一起，因为父母与孩子在一起的时光，就是给孩子"人生打底色"的过程。只有家庭中充满欢乐和爱，亲子间充满对话和游戏，孩子的人生底色才会温暖而灿烂。

也正是基于这样的认识，周国平在繁忙的研究与写作之余，总是拿出大把的时间陪伴女儿，我们看到他和女儿下棋、聊天、郊游、出行，从女儿出生开始，就用心地记录她成长过程中的种种可爱表现。他说："做女儿的秘书是爸爸的第一职责。"女儿也因为他的"秘书"角色而"当仁不让"，甚至严肃地对爸爸说，以后出书时，"封面上不能写'周国平著'，只能写'周国平记述'，因为书中的话是我说的"。读到这段文字，我不禁拍案叫绝——这套书如果这样署名也是很有意思的呢。

第二本是关于认识的主题，副标题是"世界的一辈子有多长"。儿童究竟是如何认识这个世界的呢？在儿童的眼里，万物都是伙伴，所有的东西都是有生命的。所以，脚被蚊子叮了，女儿会把脚搂在怀里说："臭脚丫不哭了，噢，睡觉觉吧。"看见圆圆的月亮，女儿会说："月亮把太阳吃进肚子里了。"看到天上下雪，女儿会说："天在做手工，纸屑撒下来。"

儿童经常提出让父母无法回答的问题。如周国平的女儿会问他："究竟是火厉害还是水厉害？"在动物园，女儿看到了猴子、长颈鹿、老虎，可就是没有看到"动物"。女儿问："动物在哪里呢？"更有意思的是女儿"考"爸爸妈妈："火厉害还是水厉害？"爸爸说："火能够把水烧干，当然是火厉害。"妈妈假装反驳："水能够把火扑灭，应该是水厉害。"爸爸接着分析："一根火柴能把一锅水烧干吗？不能。一滴水能把大火扑灭吗？不能。所以，就看谁多了。"没有想到女儿会反问："那如果火和水一样多呢？"爸爸妈妈无言。女儿看到爸爸有一根眉毛特别长，建议爸爸拔掉。妈妈说这是长寿眉，不能拔。女儿问："女的为什么都没有长寿眉呢？怎么看女的是不是长寿呢？"爸爸妈妈仍然无言。但女儿却找到了办法——看看长寿的奶奶有什么特征吧！国平惊喜地发现：女儿找到了从个别上升到一般的认识论方法。

其实，儿童认识世界靠的就是这种好奇心与思考力。周国平在书中提出，随着儿童理性能力的觉醒，他们对周围世界会表现出越来越强烈的好奇心和追根究底的欲望。作为父母，最重要的就是重视和鼓励孩子的发问与思考，与孩子进行平等的讨论与交流，而不能嘲笑孩子的问题，批评孩子的思考。

第三本是关于审美的主题，副标题是"真有圣诞老人吗"。你能够想到，"口腔是牙的房顶""路灯没有睡，路灯要到天亮才睡""北京生病了，到处都挖。它疼，都流眼泪了""风把我们当高尔夫球了""我们的心就是相机""任何一个小男孩的玩具都是悲惨的"……这些话都出自一个四岁的孩子吗？正如周国平在这本书中所说，孩子是天生的诗人。作为诗人的儿童，应该生活在诗歌、童话、故事中，才能拥有幸福的童年。周国平特别强调故事在儿童心智成长中的作用。他认为，听故事和讲故事是培养孩子好奇心、想象力和语言能力的重要途径。作为父母，特别要学会倾听，鼓励孩子自己编故事、讲故事。

这本书还特别关注了孩子的梦的问题。周国平认为，梦是想象力的一个奇特的世界。每个人在做梦的时候就是一个天才的艺术家，而艺术家其实就是善于做白日梦的人。梦中的景象之奇特，梦中的情节之怪异，是任何天才的想象都难以抵达的境界。在梦的世界里，无奇不有，无所不能。在梦中，经常有一个独立的、超越肉身的另外一个我。按照周国平的说法，这个更高的"我"的出现，对于儿童有着特殊的意义。这个"我"来自何处？又去向何方？一旦开始追究这个问题，就进入了哲学与宗教的领域。

这本书专门有一节讨论"圣诞老人的秘密"。虽然所有的孩子迟早都会知道圣诞老人只是一个美丽的童话。但是,从第一棵圣诞树进入家庭,第一个圣诞礼物放到树下开始,儿童就渐渐懂得了爱、善良与感恩,懂得了人性的美好。尽管后来知道了圣诞老人的真相,但是,这些美好的种子早已经在心中扎根。正如周国平所说:"一个相信童话的孩子,即使到了不再相信童话的年龄,仍是更容易相信善良和拒绝冷酷的。"

第四本是关于生命的主题,副标题是"长大是怎么回事"。其实,儿童也会对生命有许多思考,他们会问:爸爸的爸爸是谁?我为什么要长大?为什么时间会过去?拉钩管用吗?我能不能做天上的彩虹?儿童会自觉不自觉地关注到生与死、今生与来世等问题。儿童的这些问题,经常就是哲学家的问题。我们不妨看看女儿与妈妈的一段有趣而深刻的对话:

啾啾:下一世我会不会变成一个外国人?

妈妈:有可能。

啾啾:我不想做外国人。

妈妈:你可以选择做中国人。

啾啾:我还会不会做你的女儿?

妈妈:你可以选择我做你的妈妈呀。

啾啾:时间太长了,我怕到时候会忘记。

啾啾:妈妈,我爱你多长时间才够?

妈妈：一万年。

啾啾：那个时候我们都已经死了，没法爱了。

妈妈：到了天上还可以爱。

啾啾：到了天上，我们都不是原来的样子了，认不出来了。

妈妈：那就先做好记号吧。

啾啾：没有用，记号也会丢的。

这样的对话，在书中随处可见。有时候充满欢喜，有时候带有淡淡的忧伤。看似幼稚，其实很有哲学味道。生命是否有轮回呢？人的自我是否有连续性呢？周国平说，问这些问题，其实正是对当下的关注，因为，"升天也罢，轮回也罢，真正要紧的是我们在现世所珍惜的价值能否因此保持住"。

在《新生命教育》的新书发布会上，国平正好也谈到了他对生命的理解。他说："热爱生命是幸福之本，同情生命是道德之本，敬畏生命是信仰之本。"这三句话正好对应着新教育提出的自然生命、社会生命和精神生命的三个维度，也透露出他对于儿童生命教育问题的重视。

在送我的这套书的扉页上，国平为我写了这样一句话："永葆童心，便是哲人"。是的，对于生命而言，保持童心，本来就是生命的最高境界，因为儿童的天性是至纯至清的，是明亮美好的。作为成人，应该谦逊地向儿童学习，在陪伴儿童成长的过程中不断丰富自己，提升自己。"永葆童心，便是哲人"这八个字，也正是这套书的精确概括：从儿童的心中折射出哲学的世界。正如女儿认为这套书应该署名"周国平记述"那样，这四本书其实是父女二人共同完成的一部返璞归真的作品，是生活之树的果实，应该由父母与孩子共同品尝。

# 有担当的文学才能走远
## ——曹文轩教授印象

曹文轩先生荣获有"儿童文学界的诺贝尔奖"之称的安徒生儿童文学奖的当天,我给他发去了祝贺的短信。

前不久与他一起参加"美丽广西,书香八桂——广西少年百场图书阅读分享系列活动",在少儿家庭阅读论坛上,他发表了一个精彩的演讲。他说,只有阅读才能成为高尚的人、高贵的人、丰富的人、姿态优雅的人、有境界的人、有眼力的人、有创造力的人、快乐的人、获得平等人权的人、享有公民称号的人、到达天堂的人。在对话环节,他还特别赞赏新教育研制的书目。他还开玩笑说,这个书目的研制工作是一个叫朱永新的人做的,朱,朱德的朱,永,永远的永,新,新旧的新。为我们做了一个大大的广告。

其实,早在 2012 年 9 月,我就预料他将是中国儿童文学的骄傲。因为,那一次,我受邀参加了一个重要的活动——"世界的认可——曹文轩作品走向海外"版贸成果展。

记得展览的前些天,曹先生给我打电话,说在考虑出席仪式的嘉宾时,他和出版社不约而同地想到了我。能够被人记得,是一件非常开心的事情,能够被朋友在重要的时刻想起,更是一件非常荣幸的事情,所以,我愉快地接受了邀请,不仅利用人大常委会会议中午休息的时间,赶去参加了这个重要的仪式,而且阅读了我能够看到的部分他的重要作品。

我在致辞时说,我参加这个活动,不仅仅是为朋友捧场,更是为了向曹文轩先生致敬,向这位有追求、有担当的儿童文学作家致敬。

在中国的儿童文学作家中,曹先生一直是一个异类——优异的"异"。他是作品长期高居畅销书排行榜的作家,也是版权输出成果最多的作家。他的作品被译为英文、法文、德文、日文、韩文、希腊文、瑞典文、爱沙尼亚文、越南文等文字,被外国出版社购买版权的作品达三十种,已出版和即将出版的外文版本有三十五种,据说有些甚至被选入了国外的高中课本。

但是,曹先生当然不是那种为了销售榜单而写作的作家。他是北京大学的名教授,完全可以像许多教授那样在象牙塔里做学问;他是现当代文学研究者,当然比我更清楚,儿童文学在中国的很多人眼中,仍被视为"小儿科"。这样的状况下,曹先生却选择了儿童文学创作,而且,他不仅笔耕不辍,创作了丰富多彩的儿童文学作品,还抽出宝贵的时间为推动儿童阅读、全民阅读,一路行走、呐喊。

我想,正是作者的人格力量,才诞生了作品的精神力量。尽管曹先生一直高举的，是"美"的旗帜——在他笔下，这个世界的景是美的，人是美的，人性闪光之处则更是美的。他曾说："美是文学的基础，是我们活下去的理由，是我们得以升华的动力。"为此他甚至宣称："美的力量大于思想的力量，再深刻的思想都会过时或成为常识，唯独美是永远的。"但阅读曹先生的作品，我正是从那宁静而深邃的美中，感受到了思想的力度——那源自一种理想的力量。

从曹先生的文章尤其是小说中，我们可以清晰地看见另一个世界，那是他理想中的国度，一个纯净而美好的国度。他的作品通常不会直接鞭挞丑恶，而是热烈地讴歌美好；不破不立，他是以立为破，用尽全力去挖掘、呈现美好，从而让丑恶自惭形秽地退却。

这种"美"，既是儿童文学创作的要求，也是曹先生个人性格使然。所以，他与儿童文学互相选择了对方，就诞生了如《草房子》这样优秀的作品。他的作品并不是一种炽热灿烂、咄咄逼人的美，而是如月般皎洁静雅、耐人寻味。当越来越多的外国孩子看到了桑桑、纸月、白雀、杜小康……就看到了发生在我们中国孩子身上的故事，看到了这种饱含中国古典含蓄之韵味的美好。最终，大家用不同颜色的眼睛，透过不同形态的语言，看到自己的童年，看到一个真善美最终战胜假丑恶的世界。与此同时曹先生仍在继续探索：《大王书》《我的儿子皮卡》，以及最近出版的《丁丁当当》……这些风格多变的作品不断问世，充分说明他的追求从未止步。

从某种意义而言，我也是曹先生的同路人。多年来，我一直把阅读推广视为我生命的重要一部分。因为工作原因，我常常在各地行走，与各个民族、各个地区的孩子沟通、交流。在旅行和考察中，我惊讶地发现，虽然中国已是世界上最大的图书生产国，却是人均阅读量最少的国家之一，而这一点发生在孩子身上，就更让人痛心疾首！所以，我才会一直呼吁：一个人的精神发育史就是他的阅读史，一个民族的精神境界取决于这个民族的阅读水平，一个没有阅读的学校永远也不可能有真正的教育，一个书香充盈的城市才能成为真正的家园！

我在致辞中还强调：童年的秘密我们远远没有发现，童书的价值我们远远没有认识。格林在《消逝的童年》里说："或许只有童年读的书，才会对人产生深刻的影响。孩提时所有的书都是'预言书'，告诉他们有关未来的种种，就好像占卜师能通过纸牌看到的漫漫旅程一样。"我绝对支持这个观点。在我看来，儿童时期的阅读体验，对一个人的成长至关重要，成年的生活历程只不过是童年精神世界的展开。也就是说，一个孩子在童年构建的价值观、世界观，以及感恩、善良等品德，就是构筑自己成人世界的基石，而且这种构建相当程度上是以阅读为手段。因此，对儿童文学这个"小儿科"缺乏足够的重视，我们将会眼睁睁看着成年后的疑难杂症而痛感无处下手甚至无药可医。

从这一点，我们更应该感谢曹先生。在曹先生身上，有着一种近乎可爱的固执,我认为这正是一种可贵的儿童精神。正是因为有了这种儿童精神,他才会在商业大潮冲击下,以美为武器,选择了为儿童而坚守,而担当。他的作品,在孩子们幼小的心灵中播下一颗颗美与善良的种子,今后若逢阳光雨露,迟早会发芽、生根、开花、结果。

我和曹先生出生在共同的家乡——盐城,是地道的老乡。而在我们许多新教育学校里,曹先生的《草房子》都被列为师生共读书。记得一个午后,我走近一间乡村教室,听到曹先生的文字被孩子们用清脆嘹亮、抑扬顿挫的童声念出。那时那刻,我仿佛也重新站到故乡的阳光下,回到了自己的童年……

世界属于儿童。儿童的世界没有国界。有担当的童书,才拥有直抵人心的力量,创造出美好与感动,才会让读者忘记彼此间的文化差异、地域差异和年龄差异,让每个读者都在那一刻成为幸福的孩子。我想,这就是曹文轩的作品能够走得如此之远的原因。

# 相信童话,呵护童年
## ——梅子涵教授印象

梅子涵老师是我非常尊敬的儿童文学作家,也是一位优秀的儿童阅读推广人。他一直主张,我们应该相信童话,相信童话里的美好情感,相信童话里那种快乐的情绪,相信童话里的乐观,相信童话里的豁达,相信童话里的智慧,相信童话里具有的很多我们在日常生活里想不到的生命原理、生命规则,相信童话里的很多对我们一生有用的能帮助我们去度过一生的那种哲学。

梅子涵老师坚信:孩子从小阅读童话书,记忆里面就会有这种颜色,会有那种快乐。童话书里面的笑声会变成他心情里的精神里的笑声。没有在童话的摇篮里躺过、睡眠过的孩子是不幸的,没有童话的阅历和记忆的孩子是可悲的。而儿童文学就是寒冷中盖在孩子身上的那条暖暖的毯子。

梅子涵老师是一个演讲高手。这些年来,他一直奔走在全国各地为儿童阅读鼓与呼。每一次听他讲话,都如痴如醉。他在中国儿童阅读论坛上的每一次致辞,都是一篇可以传诵的美文。

梅子涵老师也是一个讲故事的高手。每一次听他讲图画书，他都能够讲出一些我们没有看到的东西。他大概是中国最懂图画书的人了。他说，图画书是带儿童进入文学的最初的媒介。

我曾经读过他撰写的图画书《麻雀》。著名儿童文学作家王晓明说，这是一个伟大的童话，他还希望大家快点看，放久了也许会看不懂，因为懂的人正在逝去。

是不是伟大的童话，可能要让时间去评说。但是，它无疑是一本值得好好读的图画书，适合所有人，成人和孩子。无论是文字，还是图画，都非常精彩。

这本《麻雀》讲述了一个荒诞时代的故事：大人们决定消灭麻雀，敲锣打鼓，麻雀们被惊吓，纷纷掉下来。年龄大一点儿的朋友，应该对这个曾经在生活中发生的场景并不陌生。

其实，我们这个时代是不是同样荒诞呢？也许后人也会认为是的。虽然今天的我们不再打麻雀了，但是我们砍伐森林，污染河流，糟蹋天空，我们是在打更多更大的"麻雀"。

《麻雀》作为一本图画书，不仅故事有吸引力、文字有张力，图画也很有震撼力、冲击力。黑白的色彩，有着历史的沧桑感，上海弄堂的幽静与人物表情的张狂，形成了鲜明的对照。据说，画作者为此专门"打飞的"去上海，我想大家都会对那从黑色到铜黄的屋顶留下深刻的印象。

梅子涵老师在送我的书扉页上，写了这样一段话："如果所有的麻雀和鸟儿都可以自由飞翔了，那么人类也就有了真正的自由和强大了。人类啊，你是需要养育世界的一切呼吸的。"我想，这是他对于这本图画书的解读。

其实，哪怕从同样的一本书中，每个人读到的，都是他自己能够读到的东西。梅老师说，这本书，孩子们可能比成人更容易读懂。因为孩子们的童心天生是善良的，怜悯的，孩子们会知道，麻雀是人类的朋友，知道麻雀救了男孩的命，知道应该善待麻雀和所有的鸟儿，所有的生命。而成人，总是喜欢把自己当作世界的主宰，当作唯一的英雄。

的确，最懂得动物语言的是孩子，最能亲近动物的也是孩子。

可我相信，最起码有一个成人不是这样，那就是梅子涵老师。生活中的麻雀不会说话，但梅老师却像能够听懂麻雀的语言一样，创造出这样一部为麻雀代言的作品。

小小的麻雀，又何尝只是小小的麻雀呢？那分明是一颗小小的跳动着的童心啊！我们的梅子涵老师显然就是跳动着这样一颗童心的人，正因为有着这样一颗自由自在、无拘无束的童心，才能放飞想象，让《麻雀》终于飞到了童年的天空上。

梅子涵老师也是一位优秀的父亲。

二十年前，他写下了感动了几代人的《女儿的故事》，不仅记录了一个小女孩的成长历程，也记录了一个父亲的喜悦与悲伤、梦想与惆怅、努力与无助、刚强与柔弱。二十年后，他的女儿梅思繁以一本《爸爸的故事》，续写了两代人之间的情感与思想交流的故事，丰富了这个小女孩成长的心路历程，也丰富了那个父亲的可亲可爱的形象。这两本书，让我们看到了作为一位父亲的梅子涵。

虽然父亲们从事的职业不同，对孩子的期望也不一定相似，但我相信，每个父亲都可以从梅子涵的身上找到自己的影子，找到我们这个时代的特质，找到我们教育的问题。

不是吗？如果我们的孩子没有考上一所好学校，我们会不会像梅子涵对女儿说的那样"发神经病"呢？在幼儿园和小学让孩子们学钢琴拉小提琴，到了中学让钢琴小提琴睡大觉，是不是都在"下赌注"呢？发现孩子偏科，数学或者某一门功课特别糟糕，是不是也会"咆哮如雷"呢？

幸亏，梅思繁遇到了梅子涵。虽然梅子涵有着所有父亲的苦恼和无奈，但是，他毕竟是懂孩子的。他知道，对于孩子来说陪伴是最重要的，所以，尽管作为大学教授和作家的他，有那么多的事情要忙碌，但是我们看到他一直在女儿身边。他和女儿玩"胡子"游戏，一起买生煎包、小馄饨、排骨年糕，一起喝咖啡，他和女儿一起看戏剧和电影。他知道，女儿总是要长大的。

最让我感动的是女儿准备放弃索邦大学的比较文学博士学位而从事专业写作时，父亲与女儿的纠葛与矛盾。一方面，是非常清晰的康庄大道——在世界著名的大学拿到博士学位，有一个体面而稳定的职业。另一方面，是充满了不确定性的艰难险恶之路，"我不要自己的女儿有一天也许凄风苦雨饿肚子，我就你这么一个女儿！"但是，既然女儿选择了文学梦，父亲最终还是选择了接受、尊重与支持。梅子涵对梅思繁说："你也许一生都会过得很简单很清苦，但是我会拉着你的手，站在你的边上，我会像当年一样，支持你，帮你把那个梦想的风筝放飞起来。"

我是含着眼泪读完这个故事的。其实，这也是我自己的故事。我的儿子朱墨，也是一个文学青年。梅思繁在书中提到的那篇《朝北教室的风筝》，后来被上海少年儿童出版社作为一本书的书名，朱墨与梅思繁是这本书的共同作者。我也曾经像梅子涵一样期待他在读完博士学位以后轻轻松松做一个大学教授，而朱墨也像梅思繁一样，有着自己的人生梦想。我也曾经苦口婆心劝说朱墨，最后，我也选择了梅子涵的选择。

这两本书虽然讲述了一个家庭中父亲与女儿的故事，其实，也是我们这个时代的教育故事。我们从中是可以学习和思考许多东西的。我之所以说，写作的人是幸福的，不仅是因为他们通过文字记录了自己的生命故事，让读者与他们同悲共喜，更重要的是，他们自己也在写作中思考与成长。

写作本身就是一种治愈，一种疗伤，一种分享。希望有更多的父亲和女儿，母亲与儿子，像梅子涵和梅思繁一样，拿起自己的笔，记录自己的生活，书写生命的传奇。

# 为人为文为官的好教材

——读《世俗的圣贤——欧阳修传》

认识敬平很偶然。

2003年,我被《南风窗》杂志评选为"为了公共利益年度人物",杂志社委托主笔章敬平先生送来获奖证书。

那一场偶然的邂逅,成就了我们近二十年的友谊。我很珍惜我们的交往,正如敬平说的那样:"我们每个人,终其一生,能够打败时光的朋友,没有几个。"

就在第一次见面时,我无意中讲到了我们的新教育实验。记者职业的敏锐性让他兴趣盎然,很快就写出了《新希望工程》一文。他在文章中说:原先的希望工程是一项增添书桌的工程,侧重于物质。"新希望工程"是一项有了书桌后塑造一个什么样人的工程,注重于精神。可以断定的是,作为一场对抗教育异化的实验,理想主义者试图从源头上救赎中国教育危机的努力,起码可以视作以"人的教育"为旨要的"新希望工程"的剪彩仪式。

以后,他又撰写过多篇关于新教育和我本人的评论。每一篇，都视角独特，深刻犀利，好评如潮。

我也读过他的一些著作，如《向上的痛：目击2000年以来中国转型之痛》《权变：从官员下海到商人从政》《新闻人的江湖》《皇上走了》《今天，我们怎样评论中国》《拐点》《浙江发生了什么》《南平寓言》《中国的自我探索》《国家与教堂》等，每一本，都精彩纷呈，好看耐读，深受欢迎。

后来，敬平的职场生涯几经变动，从记者转向律师，从律师转向上市公司的CEO，但他一直举重若轻，一直没有停下手中的笔。

前不久，敬平寄来了他的新著《世俗的圣贤——欧阳修传》。我知道，这是一本他最为看重的书。我们多年的交往中，尤其是近年来，"欧阳修"三个字经常从他的嘴里脱口而出，在很长的一段时间里，他就生活在欧阳修的时代，生活在欧阳修的身旁。

他曾经告诉我，要写一本生动、鲜活、真实、有趣，"可以让欧阳修活过来的传记"。现在，他做到了，他把欧阳修带到了我们这个时代，带到了我们的身旁。他给我们带来了一个活脱脱的欧阳修，带来了一本为人为文为官的好教材。

这本书记录了为人的范本。

欧阳修热爱生活。他的人生坎坷不平、灾病交加，三任妻子死了两个，八个儿子夭折了四个，三个女儿全部先他而去。他的职场也是几起几落，大多数时光在贫穷中度过，但始终微笑着面对这个世界，极端地热爱生活，琴棋书画无一不精，爱收藏爱喝酒爱品茶，爱看菊花牡丹花。欧阳修重视友谊，他一生交友广泛，仅墓志铭就写过一百多篇。敬平在书中用大量篇幅写欧阳修与梅尧臣的"君子之交",可谓感天地泣鬼神。

世俗的人能不能成为圣贤?敬平告诉我们,只要学习欧阳修,我辈俗人同样也可以走上一条上进的路。为人,关键就是要心怀梦想、立志圣贤,就是要热爱生活、享受友谊。

这本书讲述了为文的范本。

敬平的这本书虽然是一部人物传记,但是在一定意义上也是一本宋代文学的"入门书"。他用相当多的笔墨写了欧阳修与同时代的文学家晏殊、王安石、苏东坡等人的关系,晏殊如何用俯视的眼光打量欧阳修,王安石如何用平视的态度对待欧阳修,而苏东坡则一直仰视、感恩欧阳修,同时讲述他们那些流传千古的名文是怎样写出来的。

敬平在书中专门用一章的篇幅讲述欧阳修主持"高考改革"的故事。作为不朽名篇《醉翁亭记》的作者,作为"唐宋八大家"之一的一代文豪,欧阳修"改考风""革文风"的故事很值得一读。当时的"高考"作文,流行的是所谓"浮夸靡曼"的骈文,讲究声韵对偶辞藻典故形式华美,欧阳修主持"高考"时对这类文字一概给予低分,而对那些言之有物、语言平实、文风朴实的文章给予高分,这样利用"高考"改革变动文坛风气,是宋代文坛的一个佳话。

其实,敬平自己的这本书就是为文的样本。我是一口气读完这本书的。一般来说,我很少能够像这样畅快淋漓地一口气读完一本书。敬平告诉我,他的文字一定要让中学生就可以真正读懂,一定要让欧阳修真正走进普通大众的日常生活,"希望大家知其文,也知其人、知其事、知其时代,知道他对中国历史文化的影响"。但是,他同时要求自己治学严谨,不能把通俗读物变成庸俗读物。

这本书提供了为官的范本。

应该说,欧阳修是一位清正廉洁刚正不阿的好官。他去世的时候,前任宰相韩琦评论他"天资刚劲,见义敢为,襟怀洞然",还说他"无有城府",曾经得罪过很多人,但是从来没有考虑过个人利益。

欧阳修做开封地方官的时候,连个安身的破房子也没有,只能跟贩夫走卒杂居在一起。开封发大水的时候,他家徒四壁。这些都说明他是一个清廉的官员。

欧阳修之所以在历史上有那么高的地位,不仅因为他的文学成就,也因为他为中国文化创造性地明确了三个原则,面向皇帝的正统理论、面向臣子的忠君思想和面向大众的名节观念。

在欧阳修出生前的五代十国时期,是一个君不君、臣不臣、父不父、子不子的时代,"部下杀皇帝就像杀猪一样稀松平常",皇权不断更迭,百姓生灵涂炭。所以,欧阳修提出的这三个原则,为维系当时的社会秩序和规范人们的行为提供了基本准绳。从这个意义上看,他可以被视为宋明理学的开山鼻祖。

欧阳修不仅要求别人做到,自己也是严格按照这三个原则处理各种问题与人际关系的。他最早当谏官的时候，就知无不言言无不尽，不断给皇帝写报告，反映问题，发表意见。他鼓动皇帝搞人事改革，选拔优秀干部，支持范仲淹的改革新政。书中记述欧阳修对待军事大将狄青和龙图阁学士包拯包青天的故事，就很能说明问题。

狄青军功显赫，皇帝想让他担任最高军事统帅，但欧阳修坚决不同意，他不断谏言皇帝不能这样做。因为他担心狄青文化修养比较低，这样的武将一旦被手下蛊惑，动了谋反之心，就可惜了一世英名。最后皇帝采纳了他的建议，给狄青戴了一顶"高帽子"，夺了他的兵权。在欧阳修看来，他是在保护狄青。另一个人包拯，是当时的开封"市长"。包拯弹劾财政部长，找出了财政部长"德不配政"的许多证据，皇帝建议包拯取而代之，包青天也乐意为之。但欧阳修坚决不同意，他对包拯说：你弹劾别人，然后取而代之，那你原来弹劾他的动机就存疑。这就是有损名节的大事啊，所以这个财政部长，你不能当。其实，欧阳修与他们两位都没有任何私人过节，包拯还是欧阳修竭力推荐过的人才。

敬平的这本与众不同的欧阳修传，用通俗的文字，写活了一个不寻常的人物。我很喜欢这本书的书名"世俗的圣贤"。一般而言，我们很少会把世俗与圣贤两个词联系在一起。在许多人的印象之中，圣贤总是高大上的，总是不食人间烟火的，总是天衣无缝完美无瑕的，因此也是离我们很遥远，无法学习和模仿的。

但是，敬平笔下的欧阳修不是如此。他是圣贤，是曾国藩煞费苦心地挑选出来与孔子孟子齐名的三十二位穿越华夏文明三千年的"圣哲"之一。年轻的时候,欧阳修就有着远大的人生理想,就有着"志在圣贤,舍我其谁"的抱负和气概。此后,无论顺境还是逆境,无论是在京城还是在偏乡,他都没有放弃自己的追求。如同敬平在书中说的那样,欧阳修的一生提醒我们,成才成功是一个穿越漫长时光滴水穿石的过程,也是一个可以学习,然后学而时习之的过程。而这本书所记录的过程,相信会给更多追求者带去启发,带去力量。

# 我们，也可以改变世界

## ——向新教育人推荐《如何改变世界》一书

一

最近写了一组感动了我与许多新教育人的人物，如义工营伟华、上海王先生、嘉兴钱老师、聊城朱春华等。

当我用不同的词汇形容他们的时候，却一直没有办法用更简单的语言概括他们。恰巧在这个时候，我读到了《如何改变世界》这本书，它的副标题是"社会企业家与新思想的威力"。我终于找到了"社会企业家"这个概念，我发现，我描写的这些人物，甚至包括我们自己，我们新教育人，都是可以归到这个概念下的。

什么是社会企业家（Social entrepreneur）？该书作者戴维·伯恩斯坦认为，他们就是那些为理想驱动、有创造力的个体，他们质疑现状、开拓新机遇、拒绝放弃，最后要重建一个更好的世界。"社会企业家"首先一定是务实的人。其次，他们不投机，不放弃，他们的目标是社会上存在的各种问题……这些人受到"社会良心"(social conscientiousness)的驱使,就像商人受到利润驱使一样。该书的译者吴士宏也写道,社会企业家以改善社会造福人类为自己的事业,执着地经营所认定的"社会企业"。

其实,这些社会企业家并不是我们想象的那些伟大的高不可攀的人物,相反,他们更多的是非常普通的人。在这本书中出现的人物,大多数是平凡得不能再平凡的人,他们是普通的教师,是普通的医生,是普通的律师,是普通的记者,有些甚至是普通的母亲。在美国,一个叫J.B.施莱姆的男人帮助了数以千计的来自低收入家庭的中学生进入大学;在南非,一个叫维洛尼卡·霍萨的女人发展出一种以家庭为基础的艾滋病病人护理模式,改变了政府的卫生医疗政策;在巴西,因为法维奥·罗萨的努力,数以十万计的边远农村居民用上了电,并使巴西无树大草原的环境得到保护;在印度,杰鲁·比利莫利亚创建了儿童热线,为千万流浪儿童提供二十四小时救援;还有美国人詹姆斯·格兰特领导和"行销"了一场全球儿童免疫运动,挽救了二千五百万个生命。更有美国人彼尔·德雷顿,创建了一个志愿者基地"阿育王"——资助和支持了这些社会企业家,以及千余个像他们那样的人,将他们的思想撒播到了世界各地。这些社会企业家做的往往是政府和企业相对忽视或者相对失败的领域,他们往往没有权力,没有金钱,但是他们靠自己的理想、热情和坚韧,凭着他们的决心和创造精神,最后往往会感动那些拥有权力和金钱的人,从而创造出非凡的成就。正如爱迪生所说:"如果所有人都能真正做到其能力所及的事情,结果会使我们自己震惊。"

在过去的几年,我们新教育人提出了"改变教师的行走方式,改变学生的生存状态,改变学校的发展模式,改变教育科研的范式"的目标,我们努力地去做,结果,我们的确改变了许多教师、学生、学校,也改变了传统的科研方式。尽管这是一个漫长的历程,但是新教育人没有放弃。我相信,只要我们坚持下去,我们还会继续改变。

## 二

在读这本书的时候,我经常有找到"同志"的感觉。

在字里行间,我看到社会企业家最显著的品质——理想主义!在该书的开头,戴维·伯恩斯坦形容这些人的时候说:"他们拥有改善人民生活的强大理想,并致力于在许多城市、国家乃至在全世界的范围内,实施他们的理想。"

在第八章讲述社会企业家的角色时,作者引用了著名作家雨果的一段话:"世上有一种东西比所有的军队都更强大,那就是,恰逢其时的一种理想。"在分析社会变革的动力时,作者对"理想占据了中心,而人始终是观众"的理论不完全同意,但是他对理想还是充满了敬意。他说,最成功的社会企业家,"是那些矢志不渝地要实现一种对于他们来说意义重大的目标的人们"。尤其是作为社会企业家们的核心团队,理想就显得更加重要。

戴维·伯恩斯坦写道:"如果理想要扎根并且蔓延的话,就需要有领袖。"他告诉我们,他曾经追寻许多变革的源头,结果经常会发现一个在幕后工作的执着的人——"一个有远见、有动力、有完整的目标、有强大的说服力,并有不同寻常的韧性的人。""他们是一心追求理想的人,拥有技能、动机、精力和坚忍不拔的精神,他们愿为实现理想做一切事情:说服、激励、劝导、启发、感化、消除恐惧、转变看法、说明意义,并巧妙地把握操纵,使其理想得以在体制内通行。"

当然,这些理想主义的人们,同时是行动着的人们,是坚持着的人们。戴维·伯恩斯坦说,一个理想就像一出戏剧,即使是一个杰作,它也需要一个好的制片人和一个好的推广人,否则就要么无法开演要么开演以后没有观众。因此,"一种理想,不会仅仅因为它是好的,就会从边缘变为主流",同样需要进行巧妙的市场推广,才有可能真正改变人们的看法与行为。

其实,与理想相伴随的应该是行动,是智慧的行动,是坚韧的行动。所以,新教育人在提出了"追寻教育理想,享受教育幸福"的目标时,同时强调"只要行动,就有收获;只有坚持,才有奇迹"。在过去的几年中,我们之所以能够"改变",能够前行,与我们的行动精神是分不开的。

## 三

该书第十六章是"革新型组织的四种实践"。内容不多,但是对于我们新教育人,尤其是对于我们核心团队的建设,非常有借鉴意义。

"制度化倾听",是作者提出的革新型组织的最重要品质之一。戴维·伯恩斯坦说,对于倾听应该有"强烈的自觉"。"一旦你开始倾听人们的话,机会就是无限的。"真正的智慧在民间,在周围的人们,"每一个电话都是重要的"。说得多好啊!我们认真对待了每一个实验学校的电话了吗?我们认真倾听了每一个实验老师的意见了吗?我们可以有一万个理由解释没有这样做的原因,但是我们没有一个理由可以不这样去做。

"关注例外",是作者提出的革新型组织的最重要品质之二。戴维·伯恩斯坦说,从革新的立场来看,许多成功的案例,许多洞悉精髓的观点,"看起来都是来自例外的或意想不到的信息,特别是一些意外的成功"。其实,例外的东西,往往是人们熟视无睹的东西,是许多人不去想、不敢做的东西。新教育实验不也是如此吗?在书香离我们远去的时候,我们提出"营造书香校园",让读书成为教师与学生最日常的生活方式。这些看似"例外"的东西,恰恰是教育的最根本的东西。因此,我们得到了最热烈的欢迎,取得了初步的成效。所以,不要轻易否定任何意见,永远尊重和关注"例外",应该成为新教育人的共识,应该成为我们的团队文化。

"为实实在在的人设计实在的解决方法",是作者提出的革新型组织的最重要品质之三。戴维·伯恩斯坦说,社会企业家的特点之一,就是对于人类行为持非常"现实的态度",他们花费许多时间与思考,如何让别人真正接受他们的意见,"如何能使客户真正去使用他们的产品"。其实,这又是对于新教育人非常有启迪的意见。新教育的六大行动,从理念上讲应该是没有问题的,因为它是几千年最伟大的教育智慧的结晶和成功教育实践的总结。但是,仅仅有这些是不够的,我们应该为实验学校"设计实在的解决方法",如"皮鼓"、干干的团队的"毛虫与蝴蝶"项目一样,实实在在。新教育深入的程度会影响我们推进的速度和品质。

"专注于人类的品质",是作者提出的革新型组织的最重要品质之四。戴维·伯恩斯坦说,那些依赖于高质量的人际互动而取得成功的组织,在招聘、雇用和管理工作人员的时候,通常密切关注一些"软性品质"。也就是说,他们关心的不是文凭、技术,而是诸如同情、灵活的思想方法和"强大的内核"(道德品质)。他举了发生在巴西的一个真实的故事:在一所专门招收低收入家庭的姑娘的芭蕾学校,许多教师都辞职了。创办人多拉·安德雷德说:"我们需要那些真心相信变化是完全可能的人。那些留下来的人,之所以留下来,是因为那是他们天性中本来就有的东西。"是的,新教育主张让师生与人类的崇高精神对话,如果没有这样一群理解教育的崇高目标的人,没有这样的信仰与执着,也是很难真正实现我们的梦想的。

## 四

该书的第十八章是讲"成功的社会企业家的六种品质"。我把它看成是我们新教育人的行动指南。

一是"乐于自我纠正"。乐于和善于自我纠正错误,是成功社会企业家的重要品质。戴维·伯恩斯坦指出,这一点看上去可能很简单,但是怎么强调都不过分。因为自我纠正需要有"冷静的头脑,又需要谦卑,还要有勇气"。他认为,自我纠正的倾向,"是出于其对一个目标而非对某个方法或项目的眷念"。

其实,任何组织和个人都不可能不犯错误,不可能不经历许多反复,"否则,一个组织不太可能达到具有重大影响力的地步"。因此,这就需要我们有自我纠正的能力与机制。新教育实验也是如此。在坚持我们的追求的同时,应该善于纠正自己的各种可能的错误。

二是"乐于分享荣誉"。戴维·伯恩斯坦指出,如果我们不在乎荣誉归于谁的话,我们所获得的成就是没有限度的。对于社会企业家来说,乐于分享荣誉是通向胜利的"关键路径"。其实,这个道理非常简单,与他们分享荣誉的人越多,就会有更多的人愿意帮助他们。

我参加过许多次新教育实验的"毛虫与蝴蝶"项目组的讨论,他们的争论经常是无比激烈,但是他们之间的友谊却非常浓烈,他们总是把荣誉与团队的其他人一起分享,许多新教育实验学校也是如此。

三是"乐于突破自我"。戴维·伯恩斯坦指出,社会企业家可以通过改变现存组织的方向来造成变革。但是,他们往往是在民营的部门发现最大的自由，去试验并且推广新的想法的。他认为,变革、创新、发展,都需要一种"能与过去分离的能力"。

其实,这对于新教育实验尤其重要。从1999年到2006年,我们虽然很艰难,但是我们还是收获得很多很多。这非常容易让我们自我陶醉,让我们自以为是,让我们舍不得"与过去分离"。因此,不断地自我突破与自我超越,应该成为新教育人的自觉意识。

四是"乐于超越边界"。戴维·伯恩斯坦指出:"从既定的结构中独立出来,不仅有助于社会企业家们摆脱那些主导概念的控制,而且给了他们以新的方式组合资源的自由。其实,社会企业家们的主要作用之一就是作为社会的炼丹术士:以一些社会不会自然地形成的配置方法,将人们的想法、经验、技能和资源组合在一起,去创造新的社会合成物。"他告诉我们,社会企业家面对许多复杂性的问题,需要整体性的思维。他们会超越组织、学科、纪律的边界,把不同的人集合起来创造不同的全新的方法。"社会企业家们因为需要整个世界参与进来,就要重新安排这个次序"。

在新教育实验中,这种超越边界的方式也非常重要。我们六大行动有不同的项目组织,但是许多问题只有在超越边界的时候才能取得最佳的效果。由于分工的局限,导致工作效率的低下,是我们应该警惕的。

五是"乐于默默无闻地工作"。戴维·伯恩斯坦指出,许多社会企业家花费几十年的时间,坚持不懈地去实践他们的理想,他们以小组或者一对一的方式去影响他人。要理解和衡量他们的影响力,通常是非常困难的。"他们得到承认时,往往都是在他们默默无闻地工作了多年之后。"他举了创立"阿育王"组织的德雷顿的故事,我们很难相信,他会在三十年的时间内连续进行了十万次访问和谈话,在静悄悄地、不变地、不懈地坚持着。而正是这种坚持和默默无闻,"是这个世界上的变革的一个重要的动力"。

其实,默默无闻地工作,也是我要对新教育人说的。新教育实验一直是在媒体的关注与呵护下成长的,我们许多人可能习惯了轰轰烈烈,不习惯默默无闻;习惯了在别人的注意下工作,而不习惯独立地耕耘。默默无闻是一种心态,更是一种坚韧。我也真诚地希望,对于新教育人来说,有一天,"任何想找到他们的人,都不得不抛弃聚光灯下的显赫"。

六是"强大的道德推动力"。戴维·伯恩斯坦指出,道德准则是社会企业家的"基岩",道德境界是他们的根源。他说,企业家和社会企业家其实是非常相似的动物,他们以同样的方式思考问题,他们问一些类似的问题。"区别之处不在于性格或能力,而在于他们的远见的本质。问题是:这个人是梦想建立世界上最大的跑鞋公司,还是给世上所有的孩子接种牛痘疫苗?"

我经常对我的朋友说,不要问新教育人的动机,只要他去做,就足够了。现在看来,过去的想法不完全对。其实,"强大的道德推动力"同样应该是属于新教育实验的,只有这个力量才是永恒的力量。法维奥·罗萨说得好:"我是我的梦想、思想与理想的奴隶。"

# 五

不能不说起这本书的译者——吴士宏。

是那个曾经担任IBM、微软、TCL集团高层管理职务,入选美国《财富》杂志"全球五十位最具影响力职业女性"的吴士宏吗?

是那个1957年生于北京,兼满蒙汉血统,初中毕业(后取得成人高考英语大专文凭)曾做过护士的吴士宏吗?

是那个写过自传《逆风飞飏》、翻译过尤努斯的自传《穷人的银行家》的"打工皇后"吴士宏吗?

是那个已经从公众面前消失三年多的吴士宏吗?

正是她。一个总能够找到自己方向的女人。2003年退出商界以后,她就在给自己寻找归属。现在我们惊喜地发现,她已经成功地实现了从"商业企业家"到"社会企业家"的转变。她翻译这本书,是为了弘扬社会企业家的精神。在她的译序中,她虔诚地写道:"奉献、爱心,是人类公认的美德,也是人类之所以为人类的根基所在。一个人做点好事并不难,难的是一辈子做好事;更难的是,将好事做成可以使人类持续受益的事业,从而使世界因此变得更好。"

是的,我们太缺少吴士宏了,我们太需要更多的"商业企业家"同时是"社会企业家"了!

吴士宏的转型并不是孤立的现象。在一定意义上讲,它预示着中国民间力量在社会变革中的地位悄悄地成长,意味着服务、奉献、爱心、责任这样一些观念开始走进我们的生活。

吴士宏是一种象征。新教育人也是一种象征。

在我写这篇读书笔记的时候,新教育人中的一个团队正在贵州的农村默默工作着,他们没有吴士宏那样出名,但是他们有着同样的激情与梦想,同样的爱心与责任,他们也在做着可以称之为"社会企业家"的工作。

在教育在线的网站上,我看到许多怀疑的声音,更有许多期待的眼睛。他们为什么要去做?为什么是他们在做?他们在做什么?当我们看到他们不断地引用《阁楼上的光》中的那则《总得有人去擦擦星星》时,似乎明白了,我也愿意把它再抄录一下:

>总得有人去擦擦星星,
>它们看起来灰蒙蒙。
>总得有人去擦擦星星,
>因为那些八哥、海鸥和老鹰,
>都抱怨星星又旧又生锈,
>想要个新的我们没有。
>所以还是带上水桶和抹布,
>总得有人去擦擦星星。

是的,"总得有人去擦擦星星"。吴士宏来了,灵山来了,营总来了,王先生来了,新教育人来了,还有更多的人正在和将要来。

星星会亮起来的,我相信。

我们,也可以改变世界,我相信。

2006年9月2日下午

# 朗读者,领读出时代的心声

多年前,我曾经写过一篇文章:《电视应该赎罪》。电视的出现,让许多人在夜晚远离了书桌,疏远了书籍。那时我就呼吁,电视应该把黄金时段留给阅读,应该通过电视把那些最伟大的思想、最美好的诗篇、最优秀的著作给成长中的孩子,给最需要精神营养的青少年,给需要过精神生活的成年人。

我的这个梦想,在《读书》《中国诗词大会》《朗读者》等电视栏目中看见了端倪,也在《朗读者》这本书中看到了希望。作为国家全民阅读形象代言人,作为一个长期为阅读鼓与呼的教育学者,我要向所有为《朗读者》做出贡献的电视人和出版人表示敬意!

许渊冲先生在这本书的序言里说,人生最大的乐趣是发现美、创造美,这个乐趣是取之不尽用之不竭的。而美的乐趣的一个重要来源,就是阅读,阅读这些名篇佳作。

是的,不仅阅读是美的乐趣的重要来源,我认为,阅读也是人之所以为人的前提。人,是这个星球上唯一能够用文字记录自己的生活与智慧,唯一能够通过阅读充盈自己的心灵,丰富自己的精神世界的生物。一个人的精神发育史就是他的阅读史，一个民族的精神境界也取决于这个民族的阅读水平。

正是基于这样的认识，十七年前我发起的新教育实验，就把阅读作为教育的抓手，把营造书香校园作为学校的基石，把建设书香中国作为新教育人的使命。这些年来，我们先后研制了中国幼儿、小学生、初中生、高中生、大学生和教师、父母、公务员、企业家的书目，我们的新教育实验学校把"晨诵·午读·暮省"作为师生的生活方式，去年（2016年）9月28日，我们也在国家图书馆召开了中国首届领读者大会，将痴迷阅读与推广的国际同行请到现场，共同交流探讨。

领读者，就是阅读推广人，就是愿意带领大家一起阅读的人。如果说，读书是一件幸福的事情，领读则是创造着幸福；如果说，读者是一个美好的身份，领读者则是传播着美好；如果说，读者是一个美丽的称呼，领读者则拥有双份的美丽；如果说，读书是一件快乐的事情，领读则是双重的快乐。

朗读者，其实就是领读者，而且是借助了科技的力量，用智慧的方式更为有效地传播，从而说出时代心声的人。所以，我要特别感谢董卿和她的团队，感谢中央电视台和人民文学出版社，你们通过《朗读者》，成为我们这个时代的领读者，是领读者的骄傲。

现在，推广阅读面临的形势仍然严峻。除了电视这个大屏以外，我们还同时面临着另外两个屏幕的冲击，手机的小屏幕和电脑的中屏幕。在网络时代碎片化信息汹涌而来的情况下，"低头族"越来越多，如何回归真正的阅读，让浮躁的心灵有安顿的地方，仍然是我们这个时代的重要课题。

所以，我们希望有更多的人成为领读者，使用更多科学的工具，发明更多巧妙的方法，希望有更多的机构像中央电视台、人民文学出版社这样，创作出更多像《朗读者》这样的节目和作品，一起为建设书香中国而继续努力！

# 方言是文化的活化石

## ——《大丰本场话集萃》前言

"少小离家老大回,乡音无改鬓毛衰。"长期在外地,虽然不再用家乡的方言交流,但是听到乡音,总会感觉特别亲切。

两年前,曾经在网络上看到,据说江苏最难懂的十大方言中,大丰话名列第八。不信的话,可以听听:大丰话里有一种交通工具叫架踏差(指自行车),有一种扯淡叫嚼糟宝(指瞎说八道),有一种蔬菜叫番瓜(指南瓜),有一种感叹叫没得命(不是真的出人命),有一种鞋叫搭帅子(指拖鞋)……

这些外人很难听懂的话,在让故乡人会心一笑的同时,对故乡的思念也会油然而生。所以,当大丰政协的朋友寄来这本《大丰本场话集萃》,希望我写点儿文字的时候,我又情不自禁地破了自己的规矩——不为非本专业的书写序。

大丰话的土名叫"本场话"。为什么叫本场话呢?这与大丰曾经是盐场有关。

据考证,大丰古代以烧盐为业,是两淮盐场的一部分。所谓两淮盐场，是指江苏沿海从海门县的吕四场到赣榆县的典庄团场，从事煮海为盐的淮南、淮北两大盐场，又分作上场、中场、下场各十场共三十场的地区，是我国盐业的重要产地。其盐业发展起源于春秋，持续于隋唐，振兴于宋元，鼎盛于明清。由于海水东迁，从秦汉以后历经千年，诞生于黄海母腹中的中华大陆架的新生儿——大丰，加入了两淮盐场的行列。在地理位置上，处于中心地位。"大丰信史即事实起点是宋初《太平寰宇记》所载的丁溪场和伍佑场，而大丰盐业历史的逻辑起点应追溯到唐代宗宝应元年（762年）刘晏指置四场十监时。"到1956年全境兴垦废灶，达千年之久。其所产之盐，论其质量，"品天下之盐，以淮南之熬于盘者为上"，大丰各场所产之盐正是盘熬之盐。论其产量，历元、明、清三代，大丰境内的丁溪、小海、草埝、白驹、刘庄五场之总产量为两淮盐场的四分之一至三分之一，可见昔日大丰盐业的辉煌。

这块广袤的滩涂上，起初是周围来自泰州、高邮、兴化、江都、盐城等地的贫民、渔民煮海为盐。由于盐是人类生活不可或缺的物质，盐赋又是封建王朝收入的重要来源，有利于国脉民生，因而历朝历代为了促使盐业持续而盛大发展，在劳动力不足的情况下，采取了移民政策。比如"洪武赶散"，朱元璋迁徙苏州、嘉兴等地的无业游民到两淮从事煎盐劳役达十万之众。他的继任者又规定：将福建、广西的罪犯及通、泰、淮三司的充军人员为盐丁。至清代，人数不断增加。而这些"划入盐藉的人户，则永世为业，代代相传，不得转藉"。这批湿地的开拓者说的话是江淮口音,居住在大丰各场的移民的口音,在漫长的时光中渐渐融合于江淮口音里。问他们是哪里人,自称是本场人,讲的话是本场话。

方言是文化的活化石。从文化的角度来看,大丰本场话有两个基本特点。

一是广博性。世世代代来自各地的众多盐官、盐商,以及被充军发配的文武官吏、儒家士子,带来了中华的各种文化。宋代先贤范仲淹主持复修了捍海堰工程(后称"范公堤",即今之204国道),他的"先天下之忧而忧,后天下之乐而乐"的论述,成为盐民的一种精神支柱。到明代,逐步开设了不少"社学",即书院,弘扬了儒家文化。而历代都有一些著名文化人,如著《水浒传》的施耐庵、著《镜花缘》的李汝珍、著《桃花扇》的孔尚任逗留、居住于此,使中华民族大文化中的官方文化、市井文化、民间文化大量地注入这片地区的盐民心里和日常用语中。这在古代经典、史书、诗词、戏曲、小说及各种书籍中得到印证,可见有着深厚的文化底蕴。

二是自创性。"一方水土养一方人。"作为麋鹿故乡、多彩湿地、海洋风光的欲待开发的大丰,作为来此从事盐业生产的先行者,衣食住行各方面条件简陋,劳动繁重。"白头灶户低草房,六月煎盐烈火旁。走出门前炎日里,偷闲一刻是乘凉。"就是当时盐民贫困生活的写照。他们近取诸身,远取诸物,也产生了传统性的特殊用语。有对困苦生活的不满,对美好生活的憧憬,有对贱民地位的怨恨,更有对坚韧精神的歌颂,产生的这些语言,具有一定的自然性、直率性、娱乐性和幽默感。同时,在原本江淮口音中,也融入了外来口音,出现了许多"跑音"现象。又由于盐民在当时被视为卑贱之人,在交谈中自觉地位低下,往往语调低沉,出现了许多入声和轻声。

党的十八大以来,习近平总书记多次强调传统文化的重要性。"对绵延五千多年的中华文化,我们应该多一份尊重,多一份思考。"属于江淮语系的大丰本场话,是中华民族语言的一个分支,从一个侧面揭示了中华文脉的传承、发展、变化的轨迹、规律。它是盐文化的一个重要组成部分。盐,只要是水或各种液体都能溶于其中,本场话容纳了种种语言,包括一些外国语,可称官俚并蓄、庄谐兼有,显示了大气、包容、求实、创新的特色。

《大丰本场话集萃》分五个部分:词汇释义、古词今用、土话杂谈、俚俗泛录、读音对照,由四位退休老同志编纂而成。他们或接近古稀,或由古稀而至耄耋,怀着一片贡献余热之心,鼓足精力,不辞辛劳,广泛搜集,周密考证,反复推敲,审慎落笔,努力把沉睡着的本场话资源加以挖掘,其用心就是为后代子孙留存一点儿文化遗产,为大丰增添旅游资源,为中华文化添彩,为圆中国梦助力。

时光如同河流,如同那条大丰主干河的卯酉河,朝朝暮暮只顾向前流去。可是,乡情也是川流不息的卯酉河水,乡音更是波浪涌动的黄海涛声。作为大丰的游子,每每在央视听到那句"大丰好玩呢!"的广告语时,总是产生许多本场话的联想。现在有了这本小书放在案头,多少也能够解些乡愁吧!

# 有游戏才有真正的童年

——李涵《童戏图》序言

游戏在儿童成长的过程中具有特别的意义。对于儿童来说，一切都是游戏。他们在游戏中学会交往，在游戏中认识世界，在游戏中发现自我。

现在的儿童，生活富裕了，游戏时间却少了；与电子产品里的游戏打交道多了，与人和自然的游戏却少了；用钱买来的玩具多了，自己动手制作的玩具却少了。

今年三月，著名图书装帧设计家周晨先生寄来他本人装帧设计、范小青撰文、周矩敏绘制的《江南童戏百图》一书，读完以后，我在微博和头条介绍，当天就有超过二十万的阅读量，好评如潮。这本书介绍了许多我们童年时的游戏，如捉迷藏、挑绷绷、踩水车、编柳叶帽、抽陀螺、绕饴糖、钻山洞、接板凳等，勾起了我许多童年的回忆。这本书的作者都是苏州人，也都是我的好朋友：我和小青同是苏州大学七七届的校友，同是苏州首届十大杰出青年，苏州青联副主席；我和矩敏同是中国民主促进会的会员，同时在民进市委的班子共事；而周晨当年在我分管的古吴轩出版社当美术编辑，因为工作关系也有许多接触的机会。

作为作家、画家、装帧设计师，小青是江苏省作家协会的主席，矩敏是苏州国画院的原院长，周晨是多次获得世界最美图书奖的设计师，都是业内的佼佼者，三人强强联手，为孩子们奉献了这本好玩有趣的书。

矩敏的图画特别生动传神，小青的文字也很灵动鲜活，但美中不足的是，游戏的具体玩法却没有详细展开。我告诉周晨，如果能够对游戏的玩法详细介绍，让现在的孩子们能够有机会玩玩父辈的游戏，真正复活这些传统游戏，一定会更有价值，更有教育的意义。我当时提议，是否请我的学生、《吴地传统游戏集锦》的作者来补充具体的玩法，出版一个修订版？周晨笃定地告诉我，另外一位苏州朋友的新书，会弥补这个缺憾。

几个月以后，周晨发来了李涵老师的这本《童戏图》。他告诉我，李涵老师是苏州市工艺美术学会副理事长，也是苏州市职业大学艺术学院原院长，在中国画的人物画尤其是吴地风俗画方面造诣深厚，出版有《江南烟景》《童趣诸事》等个人画册及《沈三白》连环画册，《吴地绘画》《吴地工艺美术》等专著。李涵老师的作品多次入选全国重要展览，并被选为中国邮政2018年元宵节特种邮票。他的这本书，也是一本儿童题材的吴地风俗画，具有鲜明的地域特点和个人风格。

细细阅读，果然如我所愿，这本书不仅有精美、生动、有趣、直观的图画，也有具体、翔实、清晰的文字，更有我特别感兴趣的作者亲身体验、现身说法的游戏玩法。

全书分为七个部分，对江南的儿童游戏进行了全面、生动的介绍。第一部分是"集体游戏"，主要包括捉迷藏、春游、丢沙包、丢手绢、堆雪人、打雪仗、击鼓传花、开火车、老鹰捉小鸡、摸瞎子、抬轿子、做广播体操、打仗、抢凳子、找朋友等团队活动的游戏项目。第二部分是带有博弈输赢的游戏，主要包括飞洋画、拍拍子、猜冬里猜、打弹子、打康乐球、斗草、滚铜板、七彩游戏棒、打算盘棋、斗蛋、斗纸飞机等。第三部分是竞技对抗的游戏，主要有拍台球、拗手劲、拔河、搏跟斗、斗鸡、拍羽毛球、踢毽子、踢足球、跳绳、跳橡皮筋、头顶头、驮妈妈背娘舅、两人三脚齐步走等。第四部分是文化艺术活动，包括乘风凉听故事、看小书、吹口琴、搭积木、打沙哈牌、折纸飞机、玩手影动物、万花筒、看露天电影等。第五部分的游戏是技巧技能类型的，包括风风车、挑绷绷、打弹皮弓、放风筝、竹蜻蜓、包纸粽子、折纸等。第六部分是亲近自然的游戏活动，如斗蟋蟀、爬树、玩水枪、削水片、粘知了、钓鱼、摸鸟窠、喂养小鸡、捉麻雀、捉蜻蜓等。第七部分是逗乐趣味方面的，如戴嘝面头子、鼻子眼睛嘴、车铁箍、吹肥皂泡泡、荡秋千、放炮仗、拍手游戏、骑竹马、跷跷板、套大鱼小鱼等。

这是一本传统游戏的小百科，对于现在的孩子来说，书中的游戏他们大部分都没有玩过，有些可能听也没有听说过。现在的孩子，要么玩电脑、手机，要么买各种现成的拼装玩具或者电动玩具，因此，许多玩具只是玩几次就玩腻了，坏了也就随手丢弃了。但是，传统的游戏不是如此，当年的儿童基本上没有玩具可买，玩游戏的过程，从制作玩具到玩游戏，是需要真正的手脑并用的。

如书中提到的"打水枪"的游戏。现在的水枪，一般是塑料制造，在某些旅游景点和庙会集市的小摊上销售。但是书中介绍当年的水枪，却是孩子们自己动手做的："水枪的原料是竹子，找栽有竹子的院子，就地取材折一根，也可以偷偷把家里晾衣的竹子锯一段下来（这可要冒被爸妈发现后挨打挨骂的风险）。水枪要有一粗一细两段竹子，而且细的要能塞进粗的竹子里，粗竹子前端端口要正好有竹节，在竹节的顶端再打一小孔以便吸水和射水。然后，将细竹子一头扎上布条紧紧塞进粗竹子后端口，细竹子要长于粗竹子十厘米左右，以可抓手为限。这样一支自制的水枪就完成了。"介绍制作方法之后，李涵老师又介绍了如何玩打水枪的游戏：玩水枪应先打一盆水，水枪的前端放进水里，将细竹子往后抽，粗竹管中就产生负压，这样水就从前端的小孔吸进竹管内，直到粗竹管吸满水为止。这时若拿着水枪对准小伙伴向前推细竹子，一股水柱就从前端的小孔喷射而出，小伙伴立刻被射得一身凉水，旁观者幸灾乐祸哈哈大笑。"如果有几支水枪的话，大家既要互相喷射，又要逃窜躲避，你追我逃，水花四溅，场面更是混乱搞笑。这种游戏通常会在春夏秋季进行，这时气温尚高，冷水洒到身上不一会儿就干了，大人也不会责怪。"

书中的百余种游戏，李涵都用文字和图画详细介绍了玩法，为孩子们复制、复活传统游戏提供了可能性。在一定意义上可以说，这就是一个传统游戏的"纸上博物馆"。

传统游戏中，蕴藏着民间的智慧，蕴含着人与自然的美好，蕴含着人际交往的互动。有游戏才有真正的童年，好游戏是润物无声的教育。为孩子们提供更多的游戏时间，创造更多的游戏空间，让传统的游戏走进孩子们的生活，让童年为一生奠基，是我们的心愿，更应该成为我们的行动。

2019年12月12日，于北京滴石斋

# 人世真局促,伴君茶诗在

五月,收到了上海作家潘向黎寄来的五本书:《看诗不分明》《茶可道》《万念》《如一》《梅边消息:潘向黎读古诗词》。

一个多月以来,这几本书或在书桌上,或在枕头边,或在汽车里,断断续续读完,感触颇多。

虽然向黎是我们民进会员,是民进上海市委会的副主任委员,也读过她的一些文字,但对她的了解,仅限于知道她是《文汇报》副刊部的主任,是很有影响力的作家。另外,今年全国两会期间,她在全国人大的提案《建议春节延长到15天》上了微博热搜第一,是参政议政的高手。所以,这次比较密集地读她的几本书,让我看到了一个不一样的潘向黎。

向黎爱诗。不是一般的爱,是爱到骨髓里的那种爱。在《看诗不分明》和《梅边消息》中,我们看到了她的诗缘诗才诗魂。从小就沉浸于诗的世界中,她是读着父亲手抄的古诗词长大的,是在和当代著名文学评论家的论辩中成长的。诗和她的职业没有关系,诗是她的生活方式。她谈论古诗词,就像谈论家里的油盐酱醋一样,亲切自然。她把诗读活了,诗人们如何唱反调,如何发牢骚,如何思家乡,如何别友人,经过她的阐发,那些遥远的故事仿佛就发生在当下。她带着我们穿越了千年的时光与诗人见面、交流。是的,正如向黎说的那样,现在的日子太忙太紧太实用了,如果能够"背对潮流坐下来,静静地读读古诗",是一件多么美好的事情啊!

向黎爱茶。也不是一般的爱,是不可一日无此君的那种爱。《茶可道》中的文章,曾经在《新民晚报》的《夜光杯》专栏连载了四年。在她的笔下,从茶叶的起源与发展,茶叶的品种与味道,茶叶的功能与价值,到茶叶的制作与加工,茶叶的文化与文学,茶人茶事与茶具,各种历史掌故、名人逸事信手拈来。她对茶的一往情深,在我认识的女性中大概无出其右者。她能够听到茶叶的哭声与愤懑,她能够看见茶叶的圆满与从容。她早上一杯"还魂茶"晚上一壶"安神茶",她"一春心事在新茶"。她如此醉心于茶,是因为茶滋润了她。她爱茶与爱诗一样,茶里安顿了她的灵魂,她在茶中悟出了人生的活法。

向黎爱朋友。更不是一般的爱,是比爱诗爱茶更甚的爱。《万念》《如一》中有许多描写她与朋友交往的故事,陈忠实、陆文夫、毕飞宇、裘山山、丁帆、李子云、范小青、徐风等,虽然不是每个故事都荡气回肠感人肺腑,但能够感受到向黎对于友谊的渴望,对于友情的在意。而从《万念》中看到的她对于陶文瑜、荆歌、叶弥等朋友的激赏评论,也更让人感觉向黎是一位性情中人。

《万念》，收录的是偏思辨性质的随笔，注重对于生活的观察与人生的思考，许多应该是她每天的日记或朋友圈的点评文字；《如一》，收录的是偏抒情性质的散文，是她读山水、读故乡、读人物、读书籍、观戏剧的感悟。冯骥才先生曾经评价："她已然将抒情性散文与思辨性随笔融为一体，驾轻就熟，这或许能成为她未来的独具魅力的一种文风？"

读这两本书的时候，突然发现了我们许多共同的特点和共同的朋友。我们都是中国民主促进会的会员；我们先后在日本学习，我是1990年到1991年在日本上智大学做访问学者的，向黎是1992年到1994年到日本东京外国语大学留学的；向黎父亲的好朋友范伯群先生，也是我在上智大学时的同事和朋友；而她书中写到的陆文夫、范小青、陶文瑜、荆歌等，也都是我的好朋友。

向黎在书中多次提到的陶文瑜先生，是苏州的一位作家，《苏州杂志》的执行主编，可惜在去年年底因病去世了。她书中那个开朗乐观、通透洒脱、真挚细致的文瑜兄离去后不几天，向黎就来北京参加民进的代表大会。当时她的心情很糟，她告诉我，读到我微博上关于文瑜的文字，一下子觉得与我之间完全没有距离了，"你当时坐在主席台上，我就坐在下面。心中有一种奇怪的感觉，如果有人引荐，我只想对你这个陌生的领导，自我介绍我是文瑜的好朋友，然后就放声大哭。当然，那是不可以的，但这是我当时仅存的一点儿现实感。终于可以对你说，你说的这番话太好了。对朋友而言，文瑜就是一个完人。"她告诉我，文瑜走后，她和范小青一直在彼此安慰。"因为他那么精彩地活着，我作为他的朋友也要有配得上他的修为。"她还告诉我，之所以选择走出"舒适区"，人到中年才选择当初不想走的道路，去当专业作家，也和文瑜的离开有关：人生苦短，我还没有写出自己满意的作品，所以决定调整路径去专心写作。"我对向黎说，一个人走了，那么多的朋友还在谈论他想念他，真是让人羡慕。

我特别喜欢《万念》中那些温暖而睿智的文字，在或俏皮或幽默或开心或伤感的言谈中讲述人生的感悟，让人或会心一笑，或若有所思，或顿然明亮。比如，关于女人的特点，她说，女人应该向男人学习，"将感情只当作人生的一个频道，这样可以避免毁灭性的痛苦和终生动荡不宁"。比如，关于人生的辉煌，她说，一个人要活得精彩，让人竖大拇指，就要生很多次，死很多次。而"当许多人竖起大拇指的时候，这个人往往也不在乎了，他的心已经超越了人群"。比如，关于人与书的缘分，她说，人与人的缘分到了，就会相见恨晚，就会一见如故，而人与书的缘分到了，就会突然互相吸引互相接纳，这时候，翻哪一页都能读进去。比如，关于儿童文学，她说，好的少儿作品，应该是成人和孩子都看，孩子和成人都喜欢，"不论成人或孩子都值得反复读它，不同年龄阶段获得不同的滋养和启迪的"。再比如，关于家庭教育，她说，管孩子，其实是悔自己，骂孩子，其实是恨自己。后悔得越厉害的人，对孩子遗传的"缺点"越容不得，越想赶尽杀绝。

向黎爱诗爱茶爱朋友，她最心醉神往的茶诗是这两句："乳瓯十分满,人世真局促。"大意是说,茶器里的茶汤可以注到十分满,而人生在世很难如此圆满。是啊,也许正是人世间有太多的缺憾与无奈,太多的冷漠与争斗,我们才需要诗歌,需要茶,需要朋友。好诗、好茶、好朋友,人生有此三者相伴,无憾也。这就是向黎的书带给我们的启示。

# 用"新孩子"培育新孩子

在儿童的世界里,文学与教育紧密相关。将文学和教育结合,是不少童书努力的方向。

但是,创作出真正的儿童教育文学是困难的,既需要有教育上的理论体系为筋骨,也要有文学上的感性描述为血肉。

创作出赢得儿童喜欢的儿童教育文学,则难上加难,需要把教育上的思想性和文学上的可读性合二为一,真正做到寓教于乐,儿童才会喜闻乐见。

童喜喜老师用十年磨一剑的专注,潜心创作的"新孩子"系列,以风趣幽默的文字,描绘活灵活现的人物,讲述引人入胜的故事,将新教育的探索深入浅出地蕴含其中,让孩子通过自主阅读达成自我教育,节省孩子的时间,降低父母的成本,节约老师的精力,可谓一举多得,堪称儿童教育文学的典范之作。

"新孩子"系列具有非常重要的意义。它从传统的儿童校园小说发展到儿童教育小说,有着非常独特的创造性。儿童校园小说,更多的是直观反映校园生活,儿童教育小说,不仅仅反映我们的校园生活，更是来源于生活又高于生活，把教育的理念、教育的思想、教育的智慧融合进一个个故事中。

"新孩子"系列童书更是把孩子自主学习的课程，融合进喜闻乐见的故事里，并组合成有主题、有结构的整套体系。所以它既是儿童教育小说，其实也是新教育实验的教材，能够同时帮助我们的教师、父母，在家庭、在学校中更好地实践新教育的理念、思想、课程，帮助孩子们更好地成长，帮助学校更好地发展。

"新孩子"系列的诞生，则更让知情者对喜喜老师充满敬意。

作为专业儿童文学作家，喜喜老师从2003年出版第一部儿童文学作品《嘭嘭嘭》开始，就获得了广泛关注。该书荣获十几个国家级奖项，畅销十余年共计百万余册，首印稿费捐赠资助了三十名失学儿童重返校园。国际安徒生奖评委、美国圣地亚哥大学阿丽达·埃里森教授听到口译的《嘭嘭嘭》《影之翼》两部作品的简介后，一听倾心，当场泪流满面，并主动要求将这两部作品组织翻译为英文，亲自编辑润色。阿丽达·埃里森教授说："我想我理解为什么《嘭嘭嘭》对很多中国孩子来说是一本如此重要和独创的书——它展示了孩子们对他们所承受的教育压力和父母缺席的看法，同时也向孩子们展示了父母那么努力工作的原因。即使是成年人——或是一些成年人，也能保持（或被唤起）一种嬉戏的感觉，就像王杰的父亲在《影之翼》中那样。"《窗边的小豆豆》的出版人、日本知名翻译家猿渡静子博士直言童喜喜是"中国作家中故事讲得最好的"。国际儿童读物联盟（IBBY）张明舟主席、国际安徒生奖评委会前主席帕齐·亚当娜等国内外诸多专家，均对喜喜老师的作品盛赞有加。

成功者容易倒在成功的路上，喜喜老师却没有止步于一般的儿童文学创作。

2009年7月，童喜喜老师偶然接触新教育实验，被深深吸引，从此担任新教育义工，深入一线。五年耕耘后，2014年她出版了"新孩子"系列第一辑作品《新教育的一年级》。这套书受到追捧，成为许多学校一年级的入学必读书。

从那时开始，我一直期待她尽快完成这个系列的写作，为新教育实验留下一个特别的课程与记录。这五年中，我早就读到她的一些新作片段，但她坚持一定要打磨成熟后，才能正式出版。

的确，写作之余，喜喜老师承担了太多教育公益事务。

她启动"新孩子"乡村阅读公益行，只身一人，一年中日夜兼程，走过一百所乡村学校，免费作了一百九十六场阅读推广讲座，总里程接近绕地球四圈。

她担任总统筹，带领团队完成从幼儿园到高中二十六册《新教育晨诵》教材和一本教学指导手册的编写。她将这套书的稿酬100%捐赠新教育实验的公益项目，又带队制作出全套晨诵PPT课件，向全社会免费赠送。

除此之外，她还负责新教育出版事务，义务创刊并主编《教育·读写生活》杂志，为一线教育行动搭建展示平台，挖掘和帮助有潜力的老师成长为榜样；她作为新教育年度主报告研究团队的核心成员，持续进行教育理论的研究探索；她担任新教育理事会副理事长和新教育研究院副院长，分管新阅读研究所、新家庭教育研究院等机构；她创始、资助并主持着新教育种子计划公益项目和萤火虫亲子共读公益项目……

喜喜老师是一个性情中人。她喜欢的事情，她认准的道理，就会义无反顾，有时自己没有条件就去创造条件，也会全力以赴地投入，尽力完成。她在生活中，继续锤炼自己。

我曾经说过，喜喜老师对理论有着天然悟性。读她的《影之翼》《嘭嘭嘭》《我找我》《织梦人》等作品，能感受到她在童书创作中的哲学思考。读她为《教育·读写生活》写的每一期卷首语，更会直接认识到她对教育的思考力度。哲学功底，教育悟性，人文素养和文字能力，再加上过人的勤奋，让她脱颖而出，成为新教育主报告研究团队的核心成员和定稿人，也让新教育主报告的研究团队如虎添翼。

这些繁重的教育工作，无疑占用了许多文学创作的时间。但是，也正因这样的百炼成钢，让喜喜老师的教育人生有了更为充足的底蕴。如此又一轮五年深耕，以十年积累酿造的"新孩子"系列，果然让人惊喜。

"新孩子"系列首创了"童书即课程"的创作手法。

文学作品是珍珠，课程是珍珠项链。课程是作品的集中与升华。真正的课程和孩子生命融合，会影响其一生。这套书依托于新教育实验丰富独特的课程体系、富有新教育特色的课程，通过作品中的人与事，达到润物细无声的教育效果。

"新孩子"系列首创了以文学提升核心素养的童书体系。

根据教育部推出的《中国学生发展核心素养》要求，结合耶鲁大学耗时四十年的儿童心理研究成果，喜喜为"新孩子"系列提炼出好奇观察、主动模仿、认真钻研、专注细致、思辨求精、忠诚感恩、自主、自信、自立、自制、自省、自强、热忱、勇敢、乐观、谦逊、博爱、坚毅、友爱守信、善良包容、坦诚尊重、分享合作、正直担当、勤奋创新二十四大主题，每一本书侧重一个主题，以螺旋上升的方式，对六大核心素养持续细化、深化、内化、强化，帮助孩子汲取精神力量，养成说写习惯，提升核心素养。

"新孩子"系列以新教育"午读"的主题推出，也有特别意义。

整本书共读，既需要阅读经典著作，也需要阅读反映当下的佳作。这套书中的故事原型，全都来自新教育实验。如果说《窗边的小豆豆》记录了一位日本教育家的传说，"新孩子"系列则是书写了中国新教育人的传奇。因此，这也是一部新教育实验的教科书。我们身处的网络时代，是前所未有的时代。我们所遇到的很多教育问题，是此前从未有过的挑战。新教育的美好，是由一线行动者不断创造，这些教育智慧来自火热的教育一线，可以给孩子、父母、老师最直接的启发。所有经典都来自时光的沉淀，我们相信孕育十年而生的"新孩子"系列，也能够经得起时光的淘洗。

"新孩子"系列中配套的"说写启蒙"课程，则是一项让众人惊喜的教育研究。

以说为写、出口成章是写作教学的理想。喜喜老师研发的说写课程，将理想变成了现实。经过多轮实证研究证明，参与"童喜喜说写课程"的孩子和接受传统写作教学相比，写作兴趣、写作自信、写作习惯和观察思考的能力的提高幅度达到了极其显著水平。定南中学高三（4）班在叶娇美老师的带领下开展说写课程四十天，在期末考试中得到了前所未有的成绩：全班作文平均分荣获年级第一名。美国波士顿麻州大学教育领导学系主任、"中国教育三十人论坛"成员严文蕃教授评价说，世界范围内来看，说写课程对写作和阅读方面，都是很具有引领性、创新性和引导意义的。"新孩子"系列童书，作为说写课程启蒙读物，让孩子通过阅读故事，学习说写，通过附录的趣味习题，自主说写，打通阅读和写作、思考与行动之间的最后一道关卡，是前所未有的创造之举，是开展新人文教育的抓手，是落实"师生共写随笔"和"培养卓越口才"两大新教育行动的高效途径。

2020年，正值新教育实验诞生二十周年。这一套"新孩子"系列童书，历经十年终于全面出版，正是为新教育二十周年献上的一份厚礼。

曾经有人问我，新教育的彼岸是什么？我说，新教育的彼岸是一群又一群长大的孩子，从他们身上能清晰地看到：政治是有理想的，财富是有汗水的，科学是有人性的，享乐是有道德的。

这就是新孩子的模样。这也是我们新教育人孜孜以求的共同朝向。

用"新孩子"培育新孩子，也许就是这套书最独特的价值和可能。新时代需要新孩子，因为，孩子的模样，就是未来的模样。

# 第四辑　我们正在涨潮的海上

　　我们已经赢得世人垂注的目光,我们已经获得或浓或淡的掌声。那目光,是期许;那掌声,是勉励。我们不能停,不能歇,我们的脚步只能向前,我们的选择只能是跌倒后马上爬起,接着往前走。这是时代赋予我们的使命,在你的肩头,也在我的肩头。

　　我们原本卑微,因为新教育,因为一份使命,我们的生命由渺小而庄严,我们的工作由稻粱谋扩充至千古事,我们的世界也从柴米油盐放大到家国天下,感谢你,感谢他,感谢我,感谢每一个醉心于新教育的同仁,放飞了我们共同的理想,在我们平凡的生活中注入了意义,使我们琐碎的人生变得贵重,让我们的生命从此荡漾着爱、诚恳、付出,以及智慧。

# 我们正在涨潮的海上

何谓新教育?

新教育"新"在哪里?

我们为什么要做新教育?

新教育能给我们带来什么?

新教育能为我们这个时代做点什么?

亲爱的新教育的同仁们,我在问你们,我也在问我自己。每逢岁末年关,我总要不断地追问这些老问题。答案越来越清晰,使命感也就越来越强。

因为使命的驱赶,因为新教育,偶然间对着镜子,看鬓角的头发日渐斑白,想消逝的岁月永不回头,我会庆幸,我的心灵没有陪着轮回的日月慢慢变老。我感到幸运,我的生命在新教育中一日日走向丰盈。我虽年过半百,却能在新教育的体验中,倾听灵魂深处生命拔节成长的回音。

我得谦卑地承认,几十年前,在我初为人师的时候,我并不懂得教育与生命的密不可分;十年前,在我萌生新教育理想的那一刻，我也绝不可能像今天这样明了新教育之于时代之于生命的意义。

且不论我的想象力如何的局限，即使插上想象的翅膀，我也难以想象，八年，仅仅八年，新教育会由一项理想主义的研究，变成一种现实主义的耕种；由一个书斋的念想，变成一个团队的行动。新教育，这个梦想的花园中，爬出了毛虫，飞出了蝴蝶。新教育，在那片古老的黄土地上，在那片遥远的田野间，撒下了一颗颗种子，开出了一朵朵顽强的灿烂的拥有春天的野百合。

是他们，不，是你们，不，是我们，是每一个对新教育怀有宗教般情怀的人们，以堂吉诃德的勇气，将苏南一隅的点点星火，欢愉地撒遍广袤的天南地北，以西西弗斯的坚韧，将"晨诵·午读·暮省"的生活方式，柔软地植入未来的中国心灵。

多少回，我无法抑制我的泪水。当我们的魔鬼团队以田野作业的方式，布道于穷乡僻壤，我的眼泪为他们欢腾的理想为他们憔悴的容颜而流。当绛县的蒙学孩童以惊奇惴惴的眼神，遥望那天际苍穹，我的眼泪为他们农历的天空为他们润泽的童年而流。

我一直在说，新教育不是我一个人做的，新教育也不是我一个人的，新教育是你的，是我的，是每个需要新教育的孩子们的。至于我，最多只是一个在时代急促的呼吸声中，大着胆子，跑出来喊了一嗓子的家伙。因为有孩子，因为有你们，我微弱的声音才能在中国教育的沉疴里激荡。

感谢你们，亲爱的新教育同仁们，在改良中国教育的集体行动中，给了我义无反顾的勇气，让我找到了属于后半生的罗盘。我愿意追随你们，为了孩子，为了幸福完整的教育生活，无论前面的路有多遥远，有多艰难，我会始终和你们一起奔跑，愉快地吹着口哨，不惧忧烦，不问明天。

我们要像一群仰望星空的孩童，从不抱怨星星又旧又生锈，只是拿着抹布和水桶，一路踉跄，擦拭盖在星星之上的灰蒙蒙。我们不在乎别人说我们是疯子，还是傻子；我们不在乎我们的队伍，是幼稚，还是弱小。我们在乎的是，我们是否真的带着一颗心来，不带一棵草去；我们是否付出了全部的努力，让新教育之于中国教育，之于心灵建设，之于世道人心的正面价值，变成了最大值。

我们已经赢得世人垂注的目光，我们已经获得或浓或淡的掌声。那目光，是期许；那掌声，是勉励。我们不能停，不能歇，我们的脚步只能向前，我们的选择只能是跌倒后马上爬起，接着往前走。这是时代赋予我们的使命，在你的肩头，也在我的肩头。

我们原本卑微，因为新教育，因为一份使命，我们的生命由渺小而庄严，我们的工作由稻粱谋扩充至千古事，我们的世界也从柴米油盐放大到家国天下，感谢你，感谢他，感谢我，感谢每一个醉心于新教育的同仁，放飞了我们共同的理想，在我们平凡的生活中注入了意义，使我们琐碎的人生变得贵重，让我们的生命从此荡漾着爱、诚恳、付出，以及智慧。

亲爱的新教育同仁们，滴水穿石的成就，只问耕耘的精神，高于命运的理想,历史选择的天时,花开处处的地利,八方护持的人和,犹如一张张鼓起的风帆,将我们推到涨潮的海上。世事常呈波浪式起伏,世事难逃潮涨潮落的规律,让我们把握属于我们的机会,担起时代赋予我们的使命,随潮而歌,踏浪而行,以免潮水退去,折戟沉沙,空怀使命,黯然神伤。

我知道,新教育还有很多问题,有的是旧的,有的是新的。请你相信,问题是我们收到的礼物,没有问题的烦冗晦涩,就没有答案的妙不可言。捡拾新教育深深浅浅的足迹,我们或许会发现,正是层出不穷的问题成就了今天的新教育,在为问题寻找答案采取行动的过程中,新教育人慢慢凝合了乐观、坚韧、正向思考的气质。

亲爱的新教育同仁们,新年的钟声就要敲响,从我们的指尖匆匆溜走的岁月,催促我们整点行囊,听从内心的呼喊,跟随自己的使命,站到涨潮的海上,乘风破浪,向着彼岸,开始人生的又一次出发。

2010年元旦,致新教育同仁

于北京滴石斋

# 出发吧,带着使命,带着爱

亲爱的新教育同仁:

明天,我就要出发,赶往苏州——我的第二故乡,和我的学生们一起度过一年一度的元旦聚会,听他们回顾已经过去的2010年,听他们遥望迎面走来的2011年,听他们言说成功、挫折、梦想与未来。

这一天,是我一年殊为快乐的一天,看着他们一茬接一茬、一浪推一浪地向前,如海潮生生不息地奔涌激荡,每逢此时,我的心,总因与他们的汇聚而激越,而年轻。

这就是岁月。我们可能看不到自己变老,却能看到学生们人到中年,看到他们的孩子在渐渐长大。更能够在同行者的身上,看到生命被雕琢、打磨,光芒日渐闪耀。

新教育也是这样,我们可能没有注意到自己生命的丰盈,却能看到润泽未来的新教育,在孩子们身上焕发出新的容颜。

过去的一年,我们的成绩前所未有:一直在稳步前行的网络师范学院,已经越过了"千师门槛",吸收了千名以上的学员;期待多年的新教育基金会,已经取得了合法身份,以昌明教育基金会的法定名称,在上海闪亮登场;凝聚多名优秀学人的新阅读研究所,在北京正式成立。我们苦苦探寻的机制建设,也在问题的碰撞中,打开了一扇门。

过去的一年,我们遇到的问题也史无前例:虽然有的实验区在经年累月的探索中形成了自己适合当地的新教育模式,让我们惊喜莫名,有的实验区却在人事变迁中走向了彷徨;虽然我们的管理水平上了一个大大的台阶,但专业人士的欠缺、专职队伍的不足,时常让我们的运营捉襟见肘,让我们建设一个现代化教育类NGO的进程磕磕绊绊。

除了这些新教育共同体全局的成绩与问题,具体到每一个新教育的参与者,有的人成绩更大,有的人问题更多。

在这年终岁首的时刻,我想跟你们说:祝贺每一个人!知道了成绩,我们就有了前进的动力;搞清了问题,我们就有了改进的方向。哪怕我们的问题超过成绩,不要紧,之所以有了问题,是因为已背起出发的行囊,已挪动前行的脚步,已经开始出发。出发是关键中的关键,只要出发了,不管碰到多少问题,离理想的终点都会越来越近。就像我们喜欢的那只犟龟,只要上路,总会遇到庆典。

十年前,我向世界大声"宣读"了"我的教育理想":理想的教育,理想的学校,理想的校长,理想的教师,理想的学生,理想的父母,理想的课堂。由此,我懵懵懂懂地发起了以理想主义为原动力的新教育实验。

那时,我只是做了一个梦。

那时,我所谓的教育理想,更像是一个梦想。

没想到,因为有你,因为有他,因为有你们,因为一个又一个亲爱的新教育同仁们,而今,我的梦想变成了我们的梦想,我的教育理想变成了我们的教育理想,变成了我们共同的行动。

走在由梦想而理想的道路上,我们经历了不知凡几的苦难,我们承受了种种不为人知的误解,为什么我们从未退缩,为什么我们的同仁越来越多?

——是使命!

是一种为重建心灵凤凰涅槃的使命!

是一种以生命为笔不懈书写的使命!

是一种让教育生活幸福完整的使命!

是一种对中国教育添砖加瓦的使命!

正是这种使命感,我们才当仁不让地将千千万万师生的事,当成自己的事;我们才以杜鹃啼血式的呼唤,期待教育者和受教育者的生活,都是幸福的,享受的,愉悦的,完整的。

正是这种使命感,我们才能够在成堆的问题前咬紧牙关,我们才能够在伤感的瞬间,克服了人性的弱点,收回了蹦到嘴边的"不干了"。

在江苏昆山,在河北桥西,在山西绛县,在河南焦作,在浙江萧山,在四川北川,在重庆长寿,在内蒙古东胜……在新教育同仁踏足的所有地方，为什么新教育的理想种子能扎根于现实土地？我感受到那是一种生命的强大力量，这种力量叫使命！

是什么让我们的新教育同仁，在用水、用电都极其不便的塞外安营扎寨？又是什么让大家在分歧不断时，仍能携手共进？是什么让大家在因缘还不具足时，还能结缘八方负重前行？

——还是使命！

在一个人生价值受到市场价格冲击的时代，唯有使命，以及使命背后的大爱，才能让生命的尊严重于生活的压力，才能让平凡的生命焕发出蓬勃的生机；在生命意义不时被生活现状困扰的当下，唯有使命和大爱，方能鼓起遥望远方的风帆，让我们从麻将桌上，从柴米油盐，从声色犬马，从官宦资财，从一切世俗的羁绊中，找到一个教育工作者的方向。

亲爱的新教育同仁，我要向你们致以一个同道的敬意，因为你们没有沉醉在俗世的尘烟中，你们没有将教书育人变成谋生饭碗，没有将升官发财变成人生方向，没有将莘莘学子变成客户市场。

我向你们致敬，因为你们没有加入愤世嫉俗的合唱，没有将抱怨与懈怠变成日常生活的一部分，没有将诲人不倦、勤勉精进、传道授业解惑这些古老的训诫丢弃一边，而是以一个普通知识分子的良知，以一个普通人的爱，担当起教师对世界对学生的责任，教书育人，导风化俗，培植善根，在默默无闻的生活中，在践行新教育的日子里，将使命变成了行动，将爱化为了力量。

偶尔,有人向我表示钦佩,赞扬新教育之于这个时代的意义,对此,我都满怀惭愧。如果时间允许,我总会虔诚地告诉他们,应该享受这份赞扬的不是我,而是你们,一个个散布在祖国各个角落的新教育人,是你们不计名利的辛劳,创新了新教育的理论,丰富了新教育的内涵,逼近了新教育的理想。

行动,就有收获;坚持,才有奇迹——这是我们的口号,也是我们的指南。新教育能够走到今天,能够给这个时代的教育带来一点点正面的影响,能够在善与恶的博弈中增益善的力量,仰赖的,正是你们源于神圣使命的行动和坚持,源于你们的爱。

在这新年钟声即将敲响的时刻,请允许我这个始终和你们站在一起的普通教育工作者,向你们说一声感谢,道一声辛苦,贺一个新年。我相信,无论何时何地,使命和爱的种子一旦落入泥土,就会开出迷人的花,结出善良的果。2011年的新教育,将会因为你们的使命,你们的行动,你们的坚持,焕发出更为蓬勃的生机,将会有更多的人受此感召,以同样的使命,以同样的爱,开始新的出发。

祝福大家!

2010年岁末,致新教育同仁
于北京滴石斋

# 让爱陪我们一起走

亲爱的新教育同仁:

午夜的钟声骤然响起,喧天的鞭炮冲天而去,我看不到烟尘,却可以想见此刻缭绕的云烟。

直到此刻,我们才心甘情愿地接受2010年已经过去的事实,我们才开始将2011年说成今年。

这就是春节,作为传统意义上的新年,它的力量远非法定意义上的新年——元旦可以比拟。

此时此刻,无论你有多少不如意,你都是快乐的,因为你在过年,因为你有家人相伴。家人,不是缭绕的云烟,他们是具体的,温暖的,感性的,他们的表情,他们的笑容,他们的嗔怨,都是"爱"的源泉,都在事无巨细地感染着我们,左右着我们。

他们让我懂得,过年的所有秘密,都在于爱。

亲爱的新教育同仁们,新教育的秘密是什么? 随着情境语境的转移,个人经验的差异,答案也会不断地变化。此时此刻,我的答案是爱。

新教育,是爱的教育。

爱,是新教育存在的理由。

如果没有爱,新教育人和所有视教书为饭碗的人,没有任何两样。除了爱自己,我们新教育人还爱自然,爱世界,爱国家,爱社会,爱朋友,爱家人。

我们爱自然。面对苍茫的宇宙,康德的星空,哲人的追问,就是我们内心深处的道德律令。我们不仅乐山,而且乐水;我们乐于在农历天空下,"采菊东篱下,悠然见南山";我们乐于在现在这样的季节,歌咏"昔我往矣杨柳依依,今我来思雨雪霏霏";尼罗河不是我们的母亲河,地中海的白云很少从我们头顶飘过,可是,这并不妨碍我们像爱长江、爱南中国海一样爱它们;我们无法参与坎昆气候峰会,并不意味着我们在自然面前毫无作为,在一个日益变暖的愈发拥挤的世界,新教育同仁可以通过细枝末节的努力,将我们对自然的热爱,对蓝天白云的恋情,装进孩子们一个个小小的"火柴盒"。

我们爱世界。我们希望,聚合在新教育理念之下的人们,能够超越肤色、种族、国度、语言的同异,用我们对世界的爱,树起一座通天塔,让战争远离,让硝烟不再,让争斗平息。恐怖袭击,巴以纷争,一个个无辜的生命正在悄无声息地离去,我们所能做的,绝不止于乏力的叹息。的确,我们不能像联合国秘书长那样天马行空,我们不能像外交使节一样合纵连横,但是,我们可以用三尺讲坛,我们可以用教鞭黑板,在日复一日的教学生涯中,

"在孩子的心田，在战争与和平的边缘，拉出一根细细的红线，隔离暴力、仇恨与恶。"

我们爱国家。理论上，国家不过是契约精神的产物，自然法意义上的国家是虚幻的。但是，在国家没有消亡的现实中，在民族国家的旗帜高高飘扬的世界中，爱国，是每个公民应尽的义务。我们希望，面对祖国，新教育同仁，不仅仅是一群坐而论道的人，还是一群身体力行的人，除了指点江山激扬文字，他们还起而行之从我做起。每一个看似微小的课堂，都是我们爱国的道场。我们可以回顾历史，对孩子们说，曾经有一个时代叫汉唐，曾经有一件羽衣叫霓裳。我们还要正视当下，对孩子们说，一个被全球化重新定义的中国，正面临什么样的问题。问题面前，我们既要问"国家能够为我做点什么"，更要问"我们能为国家做点什么"。

我们爱故乡。我们希望，很多年以后，当我们的孩子渐渐长大，当我们的孩子懂得用理性的目光打量世界，即使他的故乡并不美，他们还能欢快地哼唱《我的故乡并不美》，愿意用勤劳和汗水，去滋养他们的故乡。故乡的杨梅，故乡的人物，故乡的风土——为什么我们的教科书，总不能摆脱这样的篇章？因为故乡有我们的童年，有母亲的记忆，有长辈的坟茔，有祖宗的风俗。在我们这个人口急速流动的国度，当春运的人流，动辄与上个世纪欧洲的移民相比拟，新教育同仁们鼓励孩童对故乡的爱，本质上，是在教育未来中国的主人爱山爱水爱人爱文化。

我们爱朋友。每个人都有很多朋友。这里，请允许我将朋友的内涵缩小到新教育共同体。尽管很多新教育人，我们都不曾谋过面，不曾有过哪怕一分钟的沟通，但是，我们爱他们。每当我走近新教育人，我的内心，除了感动，还有担忧，我担忧自己辜负了大家的期待。我们的生命有限，你自己，他和她，你们和他们，他们和我们，你们和我们，无论什么样的组合，当我们因为共同的新教育的梦想而聚合，这个梦想就引导我们，在不同的时空条件下，彼此占用了对方的一段生命。你与我吃了一顿饭，就减少了你和家人吃饭的次数；我听了你一堂课，就减损了我做其他事情的机会。如果我不能给你带来价值，我就在谋财害命；倘若你不能让我收获幸福，你就在耗费光阴。在新教育共同体中，这个道理，适用于每一个人。所以，你，我，他，每个新教育人，都需要珍惜彼此聚合的缘分，尝试用我们生命的火柴，划亮哪怕一厘米的空间，让每个接近过我们的人、我们接近过的人，都能求同存异，都能感受到理解、宽容、关心和爱。

我们爱家人。我们希望每一个走进新教育的同仁，都能将生命融入新教育，但未必要以牺牲亲情为代价。骨肉分离，天各一方，是世界既存的现实，却非我们追求的目标。爱天下者必爱天下人，爱天下人者必爱自家人。我们的条件还有限，我们还不能让每个新教育共同体的成员，在爱家庭和爱学生之间两全其美。然而，我们得往这个方向奔。今夜，声声不息的爆竹再次提示我，家人是人生的驿站，春节是示爱的契机。

走在新教育追梦的路上,我们提倡"过一种幸福完整的教育生活",如果没有爱,我们的教育生活就不可能幸福不可能完整。在黎明即将到来,正月初一的阳光即将爬到你的窗户的时候,我真诚祝愿亲爱的新教育同仁们人生幸福、家庭美满,祝愿大家在家人的护佑下,过个有爱的新年。

2011年新年,致新教育同仁<br>
于北京滴石斋

# 正确的琐碎创造伟大的历史

亲爱的新教育同仁：

今天是五一国际劳动节，是全世界劳动者的节日，也是我们教育工作者的节日。作为一个志同道合者，请允许我向你们表示祝福，祝你们在日复一日的劳动中感受幸福、收获快乐。

对于你，对于我，对于每一个新教育同仁，这个五一劳动节，有两个无法剥离的背景性事件——一个是清华大学百年校庆，一个是西安音乐学院药家鑫交通肇事杀人灭口一审被判死刑。这是我们教育界的两件大事，我想，你们可能和我一样，关注很久、思考很久。我一直在想，我们的大学究竟需要培养什么样的人才？走过百年的中国教育现代化，究竟要往何处去？

看上去，这是一个宏大的命题，一个只有教授、学者、教育官员才会思考的大问题。它与我们新教育同仁，一个又一个劳作在中小学第一线的教师们似乎没有什么关系。其实不然，大学生不是一天炼成的，没有不读小学不念中学的大学生。你说，哪一个大学生身上没有我们的基因？大学生素质的高低，高等教育的成败，绝非与我们毫不相干的另一个世界的事。可以毫不夸张地说，你们的工作，哪怕给一个小学生批改一份作业，与一个中学生谈一次话，都与中国教育的未来息息相关。

众所周知，你们是辛劳的，你们是中国殊为忙碌的一群人，从霞光微露的早晨，到星星睡去的夜晚，从操场到自习室，从教案到家访，你们在一件件琐碎的工作中，辞别学生，送走岁月。每天晚上，我离开网络的时候，还经常看到飓风大姐、桃花仙子、凤冈秦政等在记录自己的教育生活。我经常感叹，你们面对的面孔总是那么清新稚嫩灿烂青春，而你们却在长年累月的操劳中渐渐变老。你们当中，有的人是幸运的，他们看到了自己的学生从幼苗长成了栋梁，他们收获了桃李满天下的喜悦。然而，更多的人，可能没有机会直观地领受过"得天下英才而教育之"的喜悦。

我知道，琐碎、重复、繁重，是你们工作中的常态。这样的状态，容易让人懈怠，容易让你们在某一天的某一个时刻，突然生发出蹉跎岁月的叹惋。

作为你们中的一分子，我能理解这份叹惋背后绕梁的余音，我能掂出它对于一个长期劳作者的分量。我常常禁不住想为那些我所认识的我所接触的新教育同仁们鼓掌，不是因为他们从不懈怠，不是因为他们从不叹惋，而是因为他们会在偶尔的懈怠之后，马上坐起，接着干活；在一两声叹惋之后，打起精神，勉力向前。

人类起源于劳动，劳动创造历史。我相信这样的世界观，但是，劳动创造的历史未必就是伟大的历史。如果方向不正确，无论我们怎样劳动，都不能创造伟大的历史。英文将"长城"翻译成GREAT WALL，我们再将GREAT WALL翻译成"伟大的墙"。穿越历史，我们从这堵墙中，不但看到了古代人民的智慧，还看到了统治者的残暴，传说中的孟姜女那样的底层人民的血泪。

方向正确的劳动，或许不曾创造历史，却能在琐碎中累积出伟大的国家伟大的民族伟大的时代。放眼人类文明史，伟大民族的诞生，从来离不开英雄人物。然而，伟大民族的缔造者，不是几个英雄人物，而是千千万万站在英雄人物后面的影子群众。是他们，默默无闻地选择了正确的方向，而后创造出伟大的历史。

回到我们的教育，如果方向不正确，无论我们怎样地披星戴月，不管我们怎样地含辛茹苦，都不能避免播下龙种收获跳蚤的尴尬。在这个人性善恶还没有定论的世界，在这个湛蓝的天空纯真的感情美丽的心灵——受到污染的世界，如果我们的教育不能增益绿的色彩善的力量，我们的教育工作就丧失了方向。也许我们制造了骄人的高考榜单，赢得了家长的赞誉歌颂，却不能阻止药家鑫悲剧的上演。法律家眼中的药家鑫是个加害者，教育家心中的药家鑫，何尝不是一个受害者？如果我们不能避免药家鑫式的悲剧的重演，劳动就不再光荣，教育就不再崇高。

我要诚挚地向辛勤耕耘在杏坛的新教育同仁鞠躬致敬，因为你们的劳动不仅辛劳，而且方向正确。你们中的大多数人，没有在大庭广众之下高谈过理想的教育，宣示过教育的理想，但是，你们在乎孩子的眼神,关心他们头顶的星空,重视他们心头的道德律令。你们教他们不要为了写一篇"感人"的作文而伪装一个灵魂,不要为了讨好老师而去打同学的小报告,你们教他们己所不欲勿施于人,你们教他们爱是撬动世界的杠杆,改造世界的前提是建设自己的心灵。

诚实、宽容、勤劳、爱国、重然诺、守信用、公平竞争,这些古老的价值观,不是你们率先发现的,但是你们继承了它,相信了它,并在琐碎的日常教育中,将它传递给你们的学生。你们中的多数人,可能没有理论建构的能力,不能用华美的语言严谨地引述论证这些古老的价值观,然而,你们用粉笔、教鞭、幻灯片、三尺讲台实践了它,让这些古老的价值观因为你们而历久弥新。你们中的绝大多数注定将默默无闻,但是,你们相信岁月,相信种子,相信种子在岁月的泥土中会吐露新芽,会花开满园,会硕果累累。

谢谢你们,亲爱的新教育同仁,谢谢你们在这个属于你,属于我,属于所有劳动者的节日,让我看到一条路,沿着正确的方向,通往我们梦中的教育王国。

2011年五一,致新教育同仁
于北京滴石斋

# 做贵人,不做匠人

亲爱的新教育同仁:

秋风起,夜乍寒,又是一年教师节,又是一年月儿圆。我在北京,在家中,向你们,我尊敬的同道人,致以深深的祝福。

这几天,祝福你们的短信、电话、电子邮件,一定包围了你们所有的人,一句问候,一张贺卡,一束鲜花,一盒水果,犹如秋天里吹过湖面的微风,荡漾着你们的心田,快意着你们的人生。

我也是。作为一个有着三十年教龄的"老教师",我和你们一样,收到了学生、家长、社会各界一长串的祝福。

我以为,这是社会对为人师表者的褒奖,这是父母对传道授业者的礼赞,这是学生对躬耕杏坛者的感恩。

接受这些褒奖、礼赞、感恩的时候,我的内心充盈着兴奋,也潜伏着不安,特别是接到学生祝福的时候,我不知道,在教书育人的生涯中,我有没有忽略哪个曾经对我充满期待的眼神,有没有辜负我和他们的师生之缘。

有位年轻的朋友曾经告诉我,每逢教师节,他都会思念高中时候的一位女老师,教英文的。这位英文老师不是他的班主任,与他素无瓜葛。在他接连一个来月没有上学,远在乡下的父母一无所知的日子里,这位英文老师在县城的某个出租屋,发现了他的踪迹,给他丢下一张规劝他好好读书的字条。他没有因为这张字条马上返回教室,此后十年,他和她几乎没有一丝联系。最近十年,随着年岁的增进,他对她的感激与日俱增。他开始给这位已经退休的英文老师邮寄贺卡和一些小心意。他说,有的年份,他也会因为忙碌而耽搁了礼物的邮寄,但他对她的敬意丝毫没有减弱,挂念越来越多。

有意思的是,这位朋友认为,这位英文老师可能根本就不记得他是谁,因为他的农民父母不可能像一部分干部家长那样,让一部分老师对他照顾有加,何况,她只教了他一个学年的英文,而他差不过旷了一半的课。

我不知道这位英文老师姓甚名谁,但我感佩于她对一个"问题学生"没有分别的爱。依我看,虽然她没有在那个时候解决这个"问题学生"的"问题",却不失为这个朋友生命中的"贵人"。因为,她将爱的种子,播进这个朋友的心灵深处。很多年之后,那个在县城巷道找他的身影,那张早已无处可觅的字条,让他对善良、平等、同情、爱有了切身的体验。

我们应该感谢这位英文老师,是她,还有无数像她这样的老师,捍卫了我们所从事的这份职业的尊严。他们告诉我们,一个好的教师,应该是学生心目中的贵人,而非匠人。

贵人和匠人的区别在于,匠人只教书,不育人;贵人不但教书,而且育人。教师节里,育人的贵人会受到祝福,教书的匠人也会受到礼赞。所不同的是,育人的贵人会受到学生终生的惦念,并将爱的教育传承下去,而教书的匠人犹如旧日私塾的先生,他们教授学生以知识,家长回馈他们以衣食。

亲爱的新教育同仁们,教师节里,当我们收到一份来自学生或者家长的祝福,我们有没有想过,表征祝福的载体,究竟是一担柴、一斗米,还是一颗心、一份情,抑或兼而有之?

小心翼翼地区分一下吧,因为这关系到新教育的宗旨,关系到我们的来路,关系到我们每个人的幸福。前些天,中央电视台就中小学教师评正教授的事情,采访了我。这是教师节到来之前,属于我们教师的一件好事。但是,我有一个小小的建议,大家不要因为职称评审,因为论文和专著,疏远学生和课堂,从而远离了"贵人",靠近了"匠人"。一个好的老师,是将根扎在教室,把心献给孩子,与学生一起成长,让学生在成人之后仍然瞧得起的老师,而这与论文专著关系不大。

幸福的教育生活,需要从教育本身去寻找。如果有一天,我们能在教师节前后,能从一个学生的祝福中,感受到自己作为他们生命中的"贵人"的欣喜,还有谁会觉得教书育人的工作是无边苦海中无尽的苦役呢?

祝福大家!

2011年教师节,致新教育同仁<br>于北京滴石斋

# 我的下一个十年

亲爱的新教育同仁：

前几天，有朋友问我，2012年元旦，你要和新教育人说点什么？一时间，我真的不知道如何回答这个突如其来的问题，但我觉得，我应该在新教育十年的时间维度下，和大家说点什么。

说点什么呢？

我想，我就趁着祝福大家新年愉快的机会，向各位新老朋友，做一次思想汇报。作为新教育共同体的一员，我要向各位亲爱的同仁，报告一下：我要怎样迎接我的2012，走向下一个十年？

我要跟大家一起，把"苏北人"的拙诚、善良、勤勉、专注、认真、坚韧，带入下一个十年。

苏北人，这个概念，对我而言，本来是个地理意义上的旧概念，因为我出生于盐城市大丰县一个靠海很近的小镇，是个地地道道的苏北人。这几天，见我忙着遵循旧例从北京返回苏州，和我的学生共度新年，一个朋友为我解读出人生意义上的新概念。他说，自2007年调入民进中央机关赴北京工作，我这个不时在苏州和北京之间往返奔波的人,既不像苏州人,也不像北京人,既像苏州人,又像北京人,合称"苏州北京人",简称"苏北人"。

这是一个笑话,于我,却像冥冥之中的天意,充满着生命的暗示。苏北人,不仅是我生命中挥之不去的生命符号,也是我血液里流淌的文化印痕。三十多年前,当我背上行囊,离开故乡,苏北人的拙诚、善良、勤勉、专注、认真、坚韧,就一直指导着我的生命远征,若隐若现地浮现在新教育的历史中。比如说,小时候,黎明即起,临习字帖,寒暑易节,从不间断,虽然我的毛笔字写得不好,书法颇让各位见笑,但我的精神世界却得到了洗礼。拙诚、善良、勤勉、专注、认真、坚韧,这些向上的人生中须臾不可或缺的精神元素迄今仍在哺育着我的精神家园,鼓励我在十年新教育的旅程中,勉力前行。下一个十年,在新教育的征途上,我能走出多远的路,取决于我在多大程度上蹈袭这些旧有的精神元素。

下一个十年,我要跟大家一起,仰仗拙诚、善良、勤勉、专注、认真、坚韧,播下一粒种,追寻一个梦。

2012年,新教育将迎来她的十周年庆典。新教育共同体如何总结这十年,我尚不清楚。在我个人看来,新教育十年,只是播下一粒理想教育的种子,给新教育的追随者许下了一个梦想——"过一种幸福完整的教育生活"。

这个十年,我一直提倡"过一种幸福完整的教育生活"。下一个十年,过一种幸福完整的教育生活,仍然是我这个苏北人所理解的新教育实验的宗旨,是我遥望未来的指向标。我希望这个宗旨能够进一步延及孩子的生命。我清楚地知道，我个人的力量是多么地卑微，我想做的很多，我能做的很少。我要矢志不渝地站在新教育的队伍中，和各位亲爱的同仁一起，上下求索，为中国教育的进步，向着彼岸，尽一个教育人的心力。

彼岸是什么模样？

受伟大的印度贤者甘地的启发，我想，彼岸是一群又一群的孩子，待他们长大为一代新人，走向世界大舞台，我们能从他们身上清晰地看到：政治是有理想的，财富是有汗水的，科学是有人性的，享乐是有道德的。

祝福大家！

2011年岁末，致新教育同仁

于北京滴石斋

# "龙"的教育

亲爱的新教育同仁：

龙的图腾在人世间游走，龙年的气息在空气中飘荡，龙年的喜庆已经把我们团团包围。在这个华人世界普天同庆的时刻，我，一个醉心于新教育的同路人，祈请除岁的爆竹，瞳瞳的阳光，屠苏的美酒，向您，我亲爱的新教育同仁们，捎去龙年的祝福。

龙，是中华民族殊为热爱的象征，是人父人母对人子的最大期望，所谓望子成龙是也。我们做教师的，也跟随这个期望，一下子"贵为龙师"。过年了，贵为"龙师"的你，肯定在"感恩老师"的名义下，接受过学生或者家长的祝福。当你收下这份祝福，你是否想过，你应该以什么样的方式，履行"龙师"的义务？作为一个新教育人，你应该以什么样的理念，担负起"龙的教育"的责任？

在我收下这份祝福的时候，我思考过这个问题。

我的思考，是从龙的起源开始的。

早先的龙，是人类进入农耕时代的文化创造。农耕时代，幸福和水休戚相关。当干旱将先祖们的幸福高高举起即将摔得粉碎的时候，春日登天秋日下渊腾云驾雾兴风作雨的龙，就在先民们的想象中，应运而生了。可以说，没有干旱，就没有龙，没有龙，干旱中的人们就没有了希望。只有懂得幸福、干旱与水的关系，我们才能明白，先人们为什么会将"久旱逢甘霖"视为人生四大喜事之一，和"金榜题名时"放到同等重要的地位。也只有懂得幸福、干旱与水的关系，我们才能懂得，龙，这个虚拟的蛇形动物，为什么会被我们的先祖崇拜得五体投地，直到今天仍然接受后人无休无止的赞美。

早先的龙，融合了传统文化中天人合一的古老思想，反映了人与自然和谐相处的愿望。贵为"龙师"的新教育同仁们，不会每年都过龙年，当然也不会时时刻刻将龙与天人合一的文化关系挂在嘴上。但是，在日常的教育生活中，心中常念天人合一的文化传统，适时适机地引导学生珍惜人和自然的和谐共处，并不为过。

读到这里，你可能已经发现：表面上，我们探讨的是"龙的教育"，实质上，我们讨论的是新教育面对传统文化的态度。不是所有的传统文化都是垃圾，也不是所有的传统文化都是国粹。在"地球村"的预言已成现实的今天，在天安门孔子塑像一不留神就成为公共事件的当下，我们需要明确新教育人将传统文化引入教育生活的原则和方法。

直接回答这个浩大的问题，易于落入概念的窠臼。还是回到具体的问题上吧，以龙为例，见微知著，或许更能清楚地表明我们的态度。

汉代以后的龙,渐渐成为帝王的标志,为帝王所垄断所独享。龙表征的文化,开始异化为少数人对多数人的统治,在"龙袍龙颜龙子龙孙"的概念之后,是专制对自由的打压,是特权对平等的蔑视。时至今日,望子成龙的"龙",在世俗人心中,或多或少,还有一点儿高人一等的"皇家龙"的色彩。

我们不需要高人一等的"皇家龙",我们需要平等博爱的"民间龙",他们是中国的,也是世界的。拿我们新教育研究院院长卢志文的话说,就是"走向世界的中国人"。我个人理解,一个走向世界的中国人,骨子里一定有中国文化的精神元素,世界大同兄弟怡怡的情怀理念;一个走向世界的中国人,可以有雷霆万钧的力量,崇山峻岭的雄姿,水中鱼儿的快乐,空中鸟儿的自由,却不可以有君临天下的霸道,唯我独尊的乖张,龙行天下的惊悚,为所欲为的狂妄。

亲爱的新教育同仁们,贵为龙师的我们,是一群致力于中国儿童心灵建设的普通教育工作者,我们最大的成功,不是培养出"皇家龙",而是"民间龙"。待我们的学生长大成人,他们中的少数人可能是政治家、企业家、艺术家等所谓成功人士,而他们的大多数,可能只是司机、矿工、会计等普通劳动者,无论是出类拔萃的杰出人士,还是普普通通的芸芸众生,我们希望,其行为,其言谈,无不闪烁着天人合一的和谐理念、人人平等的法治思想、兄弟怡怡的大同观念、谦虚礼让的道德情怀。

这是我们的希望,也是新教育的使命。这个使命不是因为我们才开始的,还记得解放前的那首童谣《读书郎》吗?"小嘛小儿郎,背着那书包上学堂,不是为做官,也不为面子光,只为那穷人要翻身,不受人欺负,不做牛和羊。"

好了,爆竹声声,普天同庆,在这辞旧迎新的欢乐时刻,跟各位聊这些正儿八经的话题,未免有点儿不合时宜。就此打住。且借千门万户用来置换"旧符"的"新桃",恭祝各位新教育同仁,祝你们,还有你们的家人幸福安康,龙年吉祥。

2012年除夕,致新教育同仁

于北京滴石斋

# 向没被污染的远方重新出发

亲爱的新教育同仁：

此时此刻,我们已并肩站在2013年的门口,携手站在新教育第十一年的开端。

是的,新教育已经诞生了十年。对任何人来说,十年都不是一段短暂的时光。可以长叹十年一觉苏州梦,也可以长呼一声：大梦谁先觉？

幸运的是,我们是后者。

十年的耕耘,我们用或多或少却无愧于心的劳作,让新教育的花朵,在大地上绽放。十年的行走,我们用弯弯曲曲却一路向前的脚印,把"新教育"这三个字,印在了大地之上。

大江南北,寒来暑往。这十年,我在祖国各地,见过无数天真的新教育孩子,见过无数质朴的新教育老师,见过无数勤勉的新教育工作者。无论是久别的故交还是初遇的新朋,因为新教育,我们每每一见如故。大家纷纷介绍自己的新教育生涯,诉说新教育带给自己的成长。

其实，从新教育中得到最大成长的，应该是我。是新教育，让我一直能触摸到这片大地跳动的脉搏，让我感受到民间智慧的博大精深，让我惊叹着生命苏醒的蓬勃力量。三人行，必有我师，行走于新教育的这一路，与一百六十万新教育师生同行，我向我的新教育老师们一路学习着。亦师亦友，且歌且行，与大家一起继续走下去。

我们是行者，因为我们相信。我们相信种子，相信岁月，我们相信行动的力量。我们点亮自己，照亮他人，我们相信理想的光芒。

因为相信，新教育在以令人难以置信的速度发展。从2002年秋正式启动时的一所新教育实验学校挂牌，到一年后的研讨会上全国各地汇聚而来的五百位参会实验者，到十周年之际的三十七个实验区，一千四百五十多所实验学校，十万实验教师，一百五十万实验学生，这是一个从规模而言，在全世界都堪称佼佼者的教育实验。

但是，与其说这是新教育的魅力，不如说这是相信的传奇。

生活永不完美，教育总有难题。有人抱怨，有人放弃，但总有一些人，会相信自己的双手能够擦亮星星，这样的一群人，终会默默提起水桶，举起抹布……最后，他们发现被擦亮的星星是自己，他们发现普通的生命也有微光，也在照亮世界。他们发现众人点点微光汇聚，也在书写出新的传奇。只是，这一次故事的名称，叫——新教育。

所以，我们宁静而庄重地度过了新教育十周岁。在十周岁的这一年,新教育没有举办任何额外的仪式。年会、开放周、国际论坛、成百上千所学校、成千上万间教室……我们在不同的地点,用最日常最朴素的教育生活,去创造着完整的幸福,这就是我们最美好的庆典。我们更是反复研讨,冷静反思,提出:十年新教育,重新出发。

这十年,我与大家一样,灵魂被理想的激情燃烧,心灵被行动的热血淘洗,新教育,已经完全改变了我的人生。无数双眼睛的关注,无数声担忧的叮咛,无数句诚挚的祝福,我们能够感受到肩头担子的重量。我们不停叩问自己:对我们自己,对这个世界,我们想做些什么?应做些什么?已做了什么?能做些什么?我们因什么而来?我们为什么而行?我们要去往哪里?

是啊,重新出发,我们要去往哪里?我想,正如诗句所言:

> 只凭一个简单的信号
> 集合起星星、紫云英和蝈蝈的队伍
> 向没有被污染的远方
> 出发
> 心也许很小很小
> 世界却很大很大

是的,我们要重新出发,要继续走这条路。延续之前的行走,继续踩出一条新的路。这,是心之路。

我们要回顾内心，回到自身。当我们回到心的原点，那里是距离成年已经遥远的地方，那里是童心从未被污染的圣地。在那里，梦想的种子不断悄然落地，始终欢喜成长，最终结出的果实，叫理想。

当然，理想在现实中再度扎根，并不容易。当仰望星空的我们环顾四周，总不免为尘埃叹息。在缺乏信仰、丧失诚信的喧嚣日渐蒙蔽我们的双眼，当拜金大潮、浮世虚名拼力裹挟我们前行时，我们还能相信什么？

相信自己。相信生命的力量，相信真理的力量，把所思所想一一践行。活出一个真实的自己，活成一个美好的自己。不断追寻，永不放弃。如此，世界就因为自己，真实美好了一分。

或许，相信自己，才是相信的真谛。

因为我们相信自己，我们才会听到那一个简单的信号，那是一句简洁的话：过一种幸福完整的教育生活。

在这时光洪流中的一瞬，在这崭新的黎明里，在这新一年的第一天，在新教育第十一年的开端，亲爱的新教育同仁，让我们集合起这支星星、紫云英和蝈蝈的队伍，向着没有被污染的远方，出发吧！让我们相信自己，相信一个个"我"就能汇聚为我们，相信"世界也许很小很小，心的领域很大很大"！

2013年第一个黎明，致新教育同仁
于北京滴石斋

# 高扬起信念之帆远航

亲爱的新教育同仁：

日子过得好快啊，又是一年教师节。

如果没有教师节，今天或许是平淡而平常的一天。但"教师节"这三个字，让这一天在我的心中，闪闪发光。

如果没有你们，我的新教育同仁，今天或许也不会是一个令我感慨万千的日子。众所周知，中国教育迎接着时代的挑战，问题重重。但因为你们，我对这场教育的突围，始终充满信心。

因为，我一直能够看见你们，在今天之外的更多时刻。

在那激情点燃的火热的黎明，在那无法安睡的求索的深夜，在那周遭喧嚣而内心宁静的一刻，在所有那些远离了节日光环的平凡琐屑的日子里，甚至在那些似乎与教育教学无关的柴米油盐里，我始终能够看见你们。

城乡的失衡，择校的狂热，考分的高压……是的，我知道，我们教育直面的现实，其实波浪汹涌，甚至暗礁重重。你们身处教育一线，就像一艘艘小船在茫茫大海中漂流。我能看见那小小的船帆,既被海风鼓舞,更被风暴撕扯。

然而,我看见你们在早晨,吟诵着各自的诗歌。你们借纪伯伦之口询问:"一粒珍珠是痛苦围绕着一粒沙子所建造起来的庙宇。是什么愿望围绕着什么样的沙粒,建造起我们的躯体呢?"你们借泰戈尔之语自省:"我要唱的歌,直到今天还没有唱出。每天我总在乐器上调理弦索,时间还没有到来,歌词也未曾填好;只有愿望的痛苦在我心中……"

我看见你们默默耕耘,坚守于各自的教室。在每个晚上,你们自言自语般"暮省"着,记录下这一天的点点滴滴:某位学生父母终于开始对亲子共读入迷,教室里增添的绿色植物,哪个学生的身上又出现了新的问题,正在开展的课程还存在的疏漏……

就这样,因为网络时代的便利,因为从未停止的行走,我得以通过各种途径看见你们。我看到你们或哭或笑,有哭有笑,却以那颗坚固而不坚硬的心,始终坚定地前行,从现实的此岸,执着航向理想的彼岸。

是这样,你们孜孜不倦地行动着。每个人都是自己心灵的建造者,有怎样的心灵,就有怎样的人生。最高贵的心灵,应该是最坚固的。每个人都会遭遇各种各样的困境、磨难和挑战,脆弱的心往往经不起轻微一击,从此一蹶不振,坚固的心则能够从容应对。于是,你们既是教育着孩子,更是建造着自己的心灵。

我热切地看着你们,无论你们在塞北大漠,还是在江南水乡；在偏远乡间，还是在繁华都市，我看见你们在阅读，在求索，在成长。一位位教师，有如一艘艘教育的小船，载满了孩子，满载着梦想，坚定地航行。

是你们这样的坚守和坚定，让我对自己、对新教育、对中国的教育永远充满着信心。我们无限相信教育的力量，也正是这种最根本的信心、信任、信念，乃至信仰，才会让我们像汪洋中的那条小船，在嘈杂中拥有宁静，在怒海上找到方向，在风雨里扬帆远航。

从你们身上，我也看到了自己。我为自己是教师，是新教育人，而倍感自豪，我因自己是你们中的一员，而不敢懈怠。

亲爱的新教育同仁，让我们继续前行吧！

教育，是被信念之帆鼓舞的远航，是通向明天的航程。一个个日子是一页页纸，书写着我们的人生。在这段艰难的征途中，只有"信"，才能让我们屡被痛苦打磨的灵魂之上，绵延生长出不绝的希望。在这片广袤的土地上，让我们信教育、行教育，让我们继续努力，以此再建一个诚信的社会、美好的世界——这，正是国人共同的梦想！

                2013年教师节，致新教育同仁
                    于北京滴石斋

# 每朵乌云背后都有阳光

亲爱的新教育同仁：

时光正在以不变的步伐从容前行,我们跟随着来到了又一年的关口。面对崭新的 2014 年,我们准备好了吗?

这一年来，和大家一样，我也在新教育的路上继续行走。和往年一样，这三百六十五天一天天地走过，我也一天天地收获着感动。

7 月的新教育萧山年会，11 月的新教育国际论坛,更有全国各地新教育实验区几乎全年无间断举行的开放周……在一个个不同的场合下，我看到那些埋首教室潜心耕耘的新教育教师，那些幼吾幼以及人之幼的新教育父母，那些满怀理想又脚踏实地的新教育管理者，当然，我更能看到那些成长中的孩子，他们欢笑着,勇敢地向前奔跑……

这动人的一幕幕，一次又一次地让我笑容满面,让我热泪盈眶。

我越来越清晰地感到，我心中萌动的希望，那对新教育的希望、对中国教育的希望，那希望的幼苗，正是由于扎根在这现实的大地之上,由于这些感动的滋养,才日复一日地愈发茁壮!

银蛇曼舞恋安泰,骏马驰骋逐春来。我相信,2014年,注定是一个不平凡的年份。因为,在刚刚结束的党的十八届三中全会通过的《决定》中,关于教育的七百二十三个字的表述里,有着自十一届三中全会以来前所未有的深度、广度与力度。

近些天,我也连续写下了好几篇文章,展望着教育的未来——我关注这新的一年里,立德树人,有无新的举措?教育公平,有无大的进展?民间才智,能否受到重视?慕课浪潮,能否席卷大学?减负困局,能否有效突围?就业难题,有无破解之道?高中教育,能否创新变革?高考改革,能否如愿试水?

这些问题,其实也是我对中国教育的期待和希望。希望,永远在我们自己身上。

我一直相信,教育可以改变世界,但这个改变,不是从改变社会、改变别人开始,而是从改变自己开始。当我们真正改变了自己,让自己不断变得美好,就必然影响、改变着别人,事实上也就已经在改变着社会。我们永远不应该把希望寄托在别人身上、寄托到外部环境上。

亲爱的新教育同仁,真正的希望,就是理想。路是自己走出来的,在不理想的境况面前,只有坚持行走,才有可能走出一条路。如果因为害怕碰壁而裹足不前,就只能在家面壁,就永远没有机会。碰壁并不可怕,可怕的是我们在心中给自己建筑起一堵高墙,成为"面壁先生"。只要上路,就有希望,就有各种可能性。怀着这样的希望上路,就是把理想装进了行囊,把动力装进了心中。

亲爱的新教育同仁,希望的最高境界,是志向。志向是已经被现实磨砺过的理想,也就是最为从容坚定的希望。它就像一轮明月,或许会随着境遇时有圆缺,但是,越在黑暗的夜里,越会发出宁静圣洁的光芒,指引着我们前行的方向。在志向的光芒下,越是崎岖的山路,越是人迹稀少的小径,越是风光无限。

亲爱的新教育同仁,新教育实验就这样满怀希望地一路走来,成为我们共同的理想,更是一道指引我们人生的志向之光。我们为此汇聚着,截至2013年,已经有四十二个实验区、一千八百多所学校和二百余万师生参与实验。

在越来越多的人用"星火燎原"来形容我们的实验时,我则想用新教育人常说的另一句话,来形容我们自己:心为火种。

心为火种,所以,只要我们愿意,我们的生命一定能够绽放光芒。这火光,将随着我们心脏的每一次跳动而明亮,而温暖。这火光,当我们聚集在一起时,它是如此蓬勃而灿烂;当我们分散在各地时,也同样平静而有力。只要活着,火种就不会熄灭。这火种,就是希望。

我们永远不可能攀上比我们的希望更高的山峰。我们对明天的希望,决定了今天的行动。如诗人所说,每朵乌云背后都有阳光。那么,在我们遭遇的每次雾霾背后,蓝天其实一直存在。

希望,就是阳光,就是蓝天。当我们深信希望的永恒存在,把希望变成理想去坚守,把理想作为志向去践行,我们就能过一种幸福完整的教育生活。

亲爱的新教育同仁，新的一年，让我们热切地拥抱希望吧，让我们把心中的希望之火，燃烧得旺一点儿，再旺一点儿，更旺一点儿！在教育之道上，我庆幸这一生能与大家为伍，在新的一年，让我们继续坚定地行走在路上！

2014年元旦，致新教育同仁

于北京滴石斋

# 心灵的建设

亲爱的新教育同仁：

在这个"千门万户曈曈日，总把新桃换旧符"的日子里，愿屠苏美酒带去我的祝福，祝福您，亲爱的新教育同仁，健康，平安，欢喜，吉祥。

2000年，在《我的教育理想》一书中，我描摹了我的理想教育的蓝图，新教育作为一种教育思想，从此萌芽。十四年来，我与新教育同仁每日耕耘。

可是，直到今天，我们新教育实验的课程体系还没有研发完毕，在刚刚过去的年会上，我们才梳理出新教育的课程体系。当然，我一直觉得新教育做得还很不够。

可是，新教育之外，很多朋友对我们赞誉多多，说我们从事了一项伟大的事业，说我们有着惊人的生命力，说我们是中国民间最大最成功的教育实验。赞叹之余，有许多人曾经对我表示不解：新教育的影响波及海内外，取得了如此巨大的成功，你为什么还不知足？

我想,所谓"成功",特别是世俗意义上的"成功",其实是一个误解。如果我能代表新教育共同体,我想说,新教育期待的成功,不是世俗意义的"影响",而是心灵世界的美好。

两年前我曾说过,新教育的彼岸,是一群又一群的孩子,待他们长大为一代新人,走向世界大舞台,我希望,我们能从他们身上清晰地看到:政治是有理想的,财富是有汗水的,科学是有人性的,享乐是有道德的。这也是十年前媒体把我们的事业,评价为"新希望工程"的原因。与致力于失学儿童重返课堂的"希望工程"不同,"新教育工程"致力于"心灵的建设"。

心如宇宙,其间万物流转。建设心灵,是一项无法竣工的工程,我们始终是个建设者。在新教育的工地上,我愿意日复一日地,进行我的人生的建设,肩负一个公民对这个国家的使命,履行一个新教育人对这个世界的责任。白发只会警醒我岁月之流转,人生之短暂,使命之维艰,白发只会警醒我不要因为世俗意义上的成功而止步。所以,我,和各位同仁一样,始终在路上。

前不久,在南通,新教育理事们济济一堂,谈到2014年新教育建设的要点,我谈了三大建设:

新教育理论体系建设。说理论体系建设,不是好大喜功,而是希望我们能够超越形而下的经验,扎根于中华传统文化的沃土上,朝向世界,在理论的探索中,把蓝图逐步绘制为地图。

新教育基地学校建设。办学校不是我们的目的,但我们需要"基地学校",践行我们的理论,检验我们的成果,创新我们的实验，从而更好地服务于更多实验学校，提供临摹的蓝本、创造的坐标。

新教育组织能力建设。我们是一个 NGO，一个非政府组织，作为一个社会企业，组织能力的好坏强弱，直接关系到我们履行社会责任能力的高低上下。

过年，本应是报喜不报忧，你好我好大家好的时刻，向各位同仁提出我们的问题，不是泼冷水，而是探讨我们的建设，期待新教育能有姿态良好的第二次出发。

各位亲爱的新教育同仁，我不知道，你们是否认同这些建设的急迫性。于我，是感觉到这些建设的刻不容缓。这种紧迫感，并非来自我日益增多的白发与皱纹，而来自人们沉郁的心声，来自这些手足同胞们越来越迫切的呼吁和呐喊！

一个个新的日子如期而至，一个个新的生命正在诞生。在我们这个近十四亿人口的国家里，在这片广袤又拥挤的土地上，好的教育，会让庞大的人口成为财富，差的教育，却会让庞大的人口成为包袱。

亲爱的新教育同仁，生命是无法重来的历程，而教育是涵养生命的唯一可能。我们的建设早一天完备，我们的行动多一分力量，就有可能多一个生命得到这份新的滋养。

而我相信，我们每个人的生命，都将能通过建设新教育的行动而更加完整，我们每个人的心灵，都将会通过践行新教育的行动而日益丰盈。最终，我们会在此完成人生的建设，那不是来自外界的奖赏,而是我们终将微笑着对自己轻声说一句:我没有辜负此生。

新的一年已经到来了,让我们继续行动吧!祝福新教育,祝福大家!

2014年春节,致新教育同仁<br>于北京滴石斋

# 每一个明天都用希望铸就

亲爱的新教育同仁：

9月10日,到了。我们共同的节日,又到了。

每个教师节,都让我尤感自豪,因为我这一生,与教育是如此有缘：童年,身为小学教师的父亲曾给我巨大的影响；大学,不仅所学专业是教育,当年毕业之后就留校任教；工作,从大学校园意外走进政府机关,但是所负责的工作范围,从未离开过教育……甚至就连"教师节"这个日子,都与我所在的中国民主促进会的倡导密切相关。

今年,是第三十个教师节。今年,也是新教育实验萌生的第十五个年头。从一种纯粹的教育思想,到一种稚嫩的教育行动,到如今,新教育实验正值青春年少。

是谁让青春的热血,蓬勃为耕耘的力量？是你们,我亲爱的新教育同仁！

我当然知道,现实中,教育置身于一个不尽如人意的大环境中。中国教育正和这个转型的时代一起,不仅陷于千年教育沉疴的困扰，同时又面临着未来的挑战。

但是，我看见你们在艰辛劳作的同时，尽情地歌唱。你们在用行动告诉我：乐观是一种心态，其实与境遇无关。正是这种乐观的行动，你们艰辛地创造着幸福，也痛快地享受着幸福，同时在这过程之中，将幸福的种子播撒到了更多孩子、更多父母、更多同事的心间。

是谁让年少的痴狂，沉淀为志向的坚定？是你们，我亲爱的新教育同仁！

所有狂热的梦想，都会遭遇现实的冰冷。但是，追寻经历了挫折，你们没有沉沦。我看见你们捧起了书籍，在心灵里继续播下希望的种子，在教室里继续绽放梦想的花朵。我看见你们坚持行走，用心探索，永不放弃。宁肯碰壁也不面壁，宁肯在路上双脚泥泞，也不肯在心中垒起高墙逃避生活。

当然，处于青春期的新教育实验，也同样有着发展到青春时的阵痛。作为民间公益组织，缺钱、缺人等诸多困难，以及因为这诸多困难而日积月累形成的种种问题，来自内部的抱怨和来自外部的批评一直如影随形地始终伴随着我们。

我们不用青春的理由搪塞，我们也不为任何杂音而彷徨。那些真诚的建议乃至批判，我们始终视为最宝贵的财富。当一线老师给我发来五千字的谏言，而我回以九千余字的长信时；当新教育研究院严格推行各项规章制度，为此反复沟通、全力协调时……或许，这些努力并不能每一件都取得圆满的成效，但我们必须全力以赴地努力。因为我们对明天怀着热切的希望。

戴尔·卡耐基指出,无论是战争年代还是和平时期,积极的思维和消极的思维最大的区别在于:积极的思维考虑的是事情的因果关系,从而得出合乎逻辑的、建设性的计划;而消极的思维往往会导致心理紧张和精神崩溃。显然,希望既是积极思维本身,还会引发更多积极的思维。

我们对明天怀着热切的希望,因为每一个明天都是由希望铸就。那些绝望者,止步于今天,留在了昨天,而无法拥有明天。

我们更知道,希望是颁发给努力的奖品,努力是实现希望的唯一路径。所以,不努力的人,与希望无缘。希望,如果不去努力,就会收获绝望。

教育,正是一项播种希望的事业,教师,理应是满怀希望的人。

亲爱的新教育同仁,让我们继续前行,把更多希望播种在自己心中,把更大努力扎根于自己身上吧。有希望就有道路,让我们扎扎实实地探索,在这条希望之路上,欣赏教育的无尽风光!

教师节快乐!

2014年教师节,致新教育同仁<br>
于北京滴石斋

# 爱教育就是爱自己

亲爱的新教育同仁：

2015年的钟声敲响了。岁月的年轮刚刚又画上了一个圆。

辞旧迎新的时刻，也是温故而知新的时刻。回忆过去的一年，不是一些宏大的、激动人心的数据鼓舞着我，却是一些琐碎的小小片段，让我感到持久的温暖。

我想起一个新教育的孩子。刚走进小学半年，天真的孩子告诉我，他最喜欢上学，最喜欢和小朋友一起读书，他最喜欢的人是妈妈、老师、爸爸。他的妈妈在一旁含泪笑着解释：因为孩子患有一种先天疾病，加上父母不懂正确的教育理念，此前的家庭教育恶化了孩子的病情，是老师半年中的帮助，不仅改变了孩子，整个家庭也随之改变了……

我想起一位新教育的教师。她是新教育个体户，单枪匹马在教室里开展实验项目。她说，我不是为了其他人在做新教育，我是为了我自己，尽管我的孩子已经读大学了，可我从这样的教育中体会到自己和学生一起成长，这让我觉得特别幸福……

我想起一位新教育的校长。他所在的县城初中是当地生源最差的学校，从建校之初践行新教育已近六年，各项考核指标全面超越其他学校。他说，比分数更重要的是，我们全校师生的幸福感远远高出其他学校……

我想起一位教育局长。他说，他考察了近一年，感到新教育充满理想、饱含人性、面向平民、促进幸福，既有理论引领又有具体操作指导，这些特点强烈吸引着他和他的团队……

是什么让这些人品尝到了教育的完整幸福？是因为新教育实验吗？

我想，或许更本质的一点，是因为爱。

这种爱，是对生命的珍惜，对自我的珍重。这种珍惜与珍重，转变为对教育的渴望，最终体现为对新教育的热爱——因自爱而自强，而努力追寻；通过自我教育，改变了自己；通过美好自己，最终美好了世界。

爱教育，就是爱自己的最好方式，就是爱世界的最佳办法。

因为爱教育，才走到了探索好教育的路上，我们才在新教育里相遇，我们才共同创造出新教育，我们才共同拥有了新教育。

因此，在过去的一年中，我们和以往每一年一样，既沐浴着阳光，也经历过风雨。我们始终坚持"行动，就有收获"的信条，无论顺境还是逆境，我们的耕耘从未懈怠。

因此，尽管我们努力控制实验的规模，可仍然已经发展成由四十九个实验区、二千二百四十多所实验学校、二百三十余万师生组成的一个追寻教育理想的大团队。

因此,尽管我们并不曾刻意去追寻,可我们已经引起国外学术界的关注,新教育理论著作已经被翻译为英、日、韩、阿拉伯等文字。2014年,新教育实验入围卡塔尔基金会评选的 WISE 教育项目奖（WISE Awards)十五强,是中国唯一入围的项目。

回顾成绩,并不是为了炫耀收获的果实,而是为了盘点劳作的经验,从而能够更好地享受劳作的过程。因为人生的幸福在过程之中,而不在终点之处。

那么,什么是我们值得带入新一年的经验呢?

在新年的开端,让我们把这个最简单也最美好的字,带入新的一年吧:爱。

热爱每一个到来的日子,热爱每一个相遇的人,让我们在新教育中探索最美好的教育,让我们在新教育中进行最好的自我教育,用2015年的百花,酿造出新一年的蜜糖,让我们继续行动!

2015年元旦,致新教育同仁<br>
于北京滴石斋

# 爱是教育的火焰

亲爱的新教育同仁：

对我而言，教师节是比元旦、春节更让我感觉亲近的节日，而今年教师节的热度又格外不同。因为就在半个月之前，我梳理、写作、打磨整整两年的新著《致教师》刚刚出版。这是在繁忙的本职工作之余，我挤出时间回答一线教师的问题，将那些有代表性的问题和我的思考编撰而成的一本书。最近这几天，我的媒体朋友们、教师朋友们正在围绕这本《致教师》和我密切交流着。许多人会问同一个问题：为什么会写这本书？

答案其实很简单，就一个字：爱。

我发起新教育实验，是因为对教育的爱，新教育实验能够点燃一群又一群人的心灵，是因为新教育实验以教师发展为起点的对教师的爱，因为这种爱，我有太多话致教师。

爱对于教育的价值和意义，无数教育家都从各自的角度解剖过，分析过，描述过。身为作家的列夫·托尔斯泰也说："如果教师只爱事业，那他会成为一个好教师。如果教师只像父母那样爱学生,那他会比那种通晓课本,但既不爱事业,又不爱学生的教师好。如果教师既爱事业,又爱学生,那他是一个完美的教师。"我想,无论爱事业、爱学生,还是既爱事业又爱学生,对于教育来说,爱就是火焰。缺少爱的教育,即使有再多的知识,也只像星光一样璀璨却遥远,无法像火焰一样温暖人。

所以,亲爱的新教育同仁,我看见在你们身上,爱的火焰正在熊熊燃烧——

这种爱,以理解为核心。无论对于人还是事,只有深刻而真诚的理解,才能产生持久而坚定的爱。如果缺少对教育的真正认识,缺少对学生的根本信任,爱就很容易昙花一现,很容易在现实的挫折中败下阵来。因此,我们深刻理解新教育的理念,才如此并肩前行着。

这种爱,以尊重为前提。无论是对学生、对生命的尊重,还是对教学规律、对知识本身的尊重,因为有了尊重,才真正留出了成长的空间。正因为这样,我们才能够百花齐放,成全了不同师生的不同美丽。

这种爱,以智慧为燃料。爱是激情,可以一触即发,而一团火焰要想持久地燃烧,必须有着足够的燃料。智慧让我们以理性的心,控制着火苗的大小强弱。所以,我们呼唤着张弛有度,我们提倡着科学思维,我们不断学习着,以更多的侧面思考,以更好的方式落实。

这种爱,以宽容为润滑。人形形色色,事万万千千,人生没有标准答案。再多的情感和再足的理性，也无法确保我们遭遇的每一个人、我们所做的每一件事都不犯错误。因此，我们尽可能严格要求自己的同时，也在足够宽容他人，这样让爱的齿轮不被错误磨损。

这种爱，以行动为基石。我们一直强调行动，行动既在表达爱，行动也在增加爱。爱的行动，是一种力的双向作用。所以我们把满腔的爱，用到日常生活的一言一行之中，所以我们才欣慰地看见，我们的生活日复一日地更加美好，更加坚固。

亲爱的新教育同仁，正是因为有了你们爱的教育之火，新教育实验的星星之火才得以默默点亮着祖国的大江南北。我甚至想，是这种对教育的爱，让我们的教育生活，让我们的整个人生，散发出不一样的温暖和光彩！

教育，就是将温暖与光明传达给他人的行动。让我们继续进行这场火焰的接力吧，让我们努力把温暖与光明传给更多人，让我们共同努力！

衷心祝福教师节快乐！

2015年教师节，致新教育同仁<br>于北京中日友好医院

# 好学近乎知

亲爱的新教育同仁：

又是一年教师节。在今年的教师节前，有两件事情让我感触很深。

一件事发生在8月的西藏。我去世界屋脊考察，在拉萨见到一位新教育实验学校的年轻校长。我问他办学有什么困难，他告诉我，现在倒是不差钱，最大的困惑就是没有办法激发起教师学习的激情和愿望。在高海拔地区，工作二十五年左右就可以退休了，许多教师到了四十五岁左右就没有动力，不想再学习了。如何调动他们学习与成长的积极性，是他考虑得最多的事情。

另一件事发生在9月2日晚。这天晚上八点，在新教育实验网络师范学院的新学期开学典礼上，来自全国各地的九百多名老师相聚在一起。他们有的已经工作三十多年，有的刚刚参加工作，但是都提交了相关文章进行申请成为网师的学员。或许外人难以想象的是，网师的学习不能提供相关的学历，也没有提供教师培训的学时证书，这样一群人在这里读书、听课、交流、分享，纯粹就是为了给自己充电,让自己成长。更让外人难以想象的是,网师所有的人,从讲师到学员,从教务人员到学习组长,都是志愿者。当然,我也是其中的一位志愿者讲师。

两件事的对比,让我想得很多。我曾经说过,我是个集学生(受教育者)、教师(从事教育者)、教育研究者和教育管理者于一身的人,命运注定了我这辈子与教育有缘。其中,我最专注的角色是教育研究者,我最自豪的角色是教师,而我最喜欢的角色,是学生。学生这个角色,使我感到年轻,感到充实,感到生命洋溢着一股永不止息的奋进动力。四十多年来,我正是在"学生感"的激励下,在师长们的扶持和指导下走过来的。

学习之所以能够让我们快乐、喜悦、幸福,是因为它能够让我们在精神世界里徜徉,领略最美的风景。尤其是我们在物质世界中感到迷惘困顿的时候,学习更能够让我们在精神世界中找到慰藉。所以,当我们把学习当作任务,当作压力的时候,学习就失去了魅力,失去了趣味,就异化成让我们恐惧和厌恶的事情,这其实是我们丧失了一个获得成长、体会幸福的机会。

这是一个学习看起来非常便利的时代,我们被各种各样的信息裹挟着,被动地接受碎片化的信息。但是,作为教师所需要的学习,又和一般学习不完全相同。孔子说:"好学近乎知。"好学,自然就乐学,自然就能够成长。同时,这里说的知,不仅指知识,也指智慧。作为教师,教室就是我们的一亩三分地,就是我们生命扎根的所在。我们如何缔造一个完美教室?如何让师生的生命成长?如何拥有一种幸福完整的教育生活？这些自然离不开学习。在你的教室里正在面临的难题，在别人的教室里也许早已经解决过了。教育的知识，教育的智慧，就在那些伟大的教育著作之中。

新教育把职业认同和专业发展视为教师成长的双翼。因此，职业认同需要学习，只有学习才能明了教师一职的价值意义；专业阅读就是学习，阅读是最简便的自我教育；专业写作更是深度学习，明晰的思考往往从写作开始；专业交往也是学习，就像新教育网师里，网络学习和网友交流一体，友情伴随着学习逐日递增。这种基于专业的学习，能够简便而积极有效地改良工作，改善生活，改变自己。

学习就是一座桥梁，学习把我们与过去、现在、未来连接起来，把我们与外部的世界连接起来。2010年6月，郝明义先生曾经送我一本他的著作《越读者》，在书的扉页写着这样一句话："除了爱情，没有事情像阅读这样让我们觉得，迟来的开始也可以如此美好。"是啊，我们生活在物质世界里，但归根结底我们所有的感受，其实是一种精神世界里的存在。世界上还有什么事情比读书学习更加美好呢？

亲爱的新教育同仁，亲爱的老师，在这个属于我们自己的节日里，学习，是我们送给自己的最好礼物。让我们开始享受学习的幸福吧，我们自然会创造教育的幸福！

2016年教师节，致新教育同仁<br>于北京滴石斋

# 学力就是创造力

亲爱的新教育同仁：

新的一年又如期而至。往年写新年信，还会有一段时间的斟酌，不知道为什么，今年在准备给大家写这封新年信的时候，标题一下就跳了出来——学力就是创造力！

或许，这个标题的出现，跟我刚刚看见的一则新闻有关。

不久前，李嘉诚出巨资推动成立了广东以色列理工学院。八十七岁的李嘉诚在奠基仪式上说："创新力是无法模压的。"希望大家能够"让今天成为明天奇迹的开始"。

作为亚洲首富，李嘉诚的人生就是一个奇迹。他的奇迹是如何开始的呢？曾经有外商问过李嘉诚类似的问题。李嘉诚的回答是："靠学习，不断地学习。"

酷爱学习的李嘉诚有着动人的读书故事。早在青年打工期间，他就坚持"抢学"。事业有成之后，他又聘私人教师求学，每天早晨七点半上课，之后再上班。每天晚睡前更是他自学的时间，因为读书太入迷不小心会到凌晨，他常常设好闹钟，不是提醒自己起床，而是提醒自己睡觉。

所以李嘉诚说："在知识经济的时代里，如果你有资金，但缺乏知识，没有最新的讯息，无论何种行业，你越拼搏，失败的可能性越大；但是你有知识，没有资金的话，小小的付出就能够有回报，并且很有可能达到成功。现在跟数十年前相比，知识和资金在通往成功的道路上所起的作用完全不同。"

对于经商，学习尚且如此重要，成为首富，还如此坚持学习，而教育本身就是学习，教师自己就应是榜样，学习不更是不可或缺吗？

或许，这个标题的出现，也与我最近对于未来教育与学校的思考有关。

其实，在人类的早期，教育与学习几乎是同一个概念，那时没有专门的教导和哺育，人们在生产生活实践中，一边行动着，一边向前辈学习行动所需掌握的知识与技能。即使是有了专门的教育机构以后，学习仍然是教育最重要的内容，教育最重要的任务以及衡量教育成败的重要标准，就是帮助学生形成学习的兴趣、能力和习惯。

两千多年前，孔老夫子曾经发出过"学而时习之，不亦说乎"的感慨，随着互联网时代的到来，他的感慨将成为新时代网络居民的生活方式。未来的学生完全可能是在家里学习，在图书馆学习，通过网络来学习，通过团队来学习，自己来解决学习过程中大部分的问题。未来的学生一人一张课表，不必按部就班地学习各门课程，而是基于个人兴趣和问题解决需要而进行自主性学习，建构自己的个性化的知识体系。

在未来的社会，学力将比学历更重要。对于学生来说如此，对于我们自己来说不也是如此吗？学历只证明着过去，学力才意味着未来。美国教育界曾经流行一句话：谷歌上能够查到的东西不需要在课堂上教。这句话值得我们深思，如果我们不能够成为一个善于学习的人，我们不仅会被时代淘汰，也会被我们的学生抛弃。

幸运的是，时代给我们提供了许多学习和成长的机会，无论是网络上的慕课学习，还是传统的阅读自学，甚至许多正规大学也开设了网络课程，学习之后可以积累学分……总而言之，一个真正有志于学习的人，尤其是一位真正有志于学习的教师，肯定能够走出一条适合自己的学习之路，从而走上一条风景最美好的人生之路。

最让我自豪的是，亲爱的新教育同仁，在许许多多场合里，我都曾听过这样的评价："参加新教育实验的老师，最大的特点就是充满激情，热爱学习！"最让我开心的是，从2005年以来，每年《中国教育报》评选的"推动阅读十大人物"中，总有我们新教育人的身影，新教育人是一群酷爱学习的人！

是的，新教育实验，是我和大家在共同创造的伟大事业。真正的创造，不是空穴来风，不是拍拍脑袋想几个新鲜词，而是广泛汲取前人的智慧，应对今天的挑战。正如陶西平先生说的："新教育的'新'到底新在什么地方？……不是除旧布新的新，而是推陈出新的新。"没有良好的学习，就不可能有真正的创造，没有丰沛的学力，就不可能有蓬勃的创造力。

因此，新教育实验的探索之路，也就是我和大家共同的学习之路。

尤其在刚刚过去的一年，我在连续六年担任新教育实验网络师范学院的院长之外，又亲自在网师里开设了"新教育通识课"，每个月都要和学员们共同探讨、学习。这些学员基本都是老师，大家来自天南地北，来自城市乡村，来自教学一线……我们一起并肩学习着。

我常想，我并不是一位优秀的老师，但我绝对是一个勤奋的学生。在过去一年的不断学习中，我特别深切地感到：来到我们面前的，不是新的一年，而是新的时代。在这个新的时代里，教育工作者应该以自我学习、不断创新作为自己新的使命。真正的教育，也是教师与学生一起学习、一起创造、一起成长的过程。

亲爱的新教育同仁，智慧就是生产力，学力就是创造力。让我们一起学习吧，不断探寻新知，以新教育创造我们的新一年，以不断地学习创造生命的奇迹！

2016年元旦，致新教育同仁
于北京滴石斋

# 让思考为行动导航

亲爱的新教育同仁：

迎接新年的第一缕曙光，总让人心生感慨，既满怀对一年时光匆匆流走的留恋，又满怀对新的日子的期待。

在2016年即将结束的时刻，我收到了一份特别的礼物，一本名为《心灵深处点盏灯》的书。它是一本评论书的书，是我写的《致教师》一书的评论集，汇集了专家学者、一线教师、匿名网友等不同读者朋友的近百篇评论文章。

当我阅读这些文章时，就像看着飞溅的思维火花，心中感动而振奋。写作是对思考的梳理和固化，或许我写的《致教师》只是一块石头，但是，读者们的思考就像巨锤。石头和巨锤在相遇中迸发出的火花，就为世界增加了一丝光亮。

人之所以成为人，是从思考开始的。

人们的思考，总是从天性出发，也在思考中不断呈现自己的天性。所以，当我们还是孩子的时候，对世界会有许多奇思妙想，那些都源自生命最初的渴望。所以，从教育的角度，当我们关注对方的思考,才是开始关注到教育本身,才可能主动开始教育。

人的精神成长,是从思考开始的。

就像大家所知道的那样,这些年来,我一直在强调阅读对于精神成长的意义,新教育实验也一直把"营造书香校园"作为十大行动之首。阅读正是提供思考的原材料。孔子强调的"学而不思则罔",正是对学习中思考这一环节的关注。如果不思考,再多阅读都只是原材料的堆砌,而不是原材料的消化。教育所要做的第一步,就是为人们提供思考的方法。

精确的思考,是从写作开始的。

没有写作,往往就没有思考的习惯和动力,我们就很可能拿着一张教育的"旧船票",每天重复昨天的故事。写作是最好的思考训练,写作帮助我们更理性地认识自己,认识生活,面对未来。哈佛大学对本科生要求的唯一一门必修课就是写作课,叫Expository Writing。清华大学经济管理学院从2009年开始设中文写作课,并且把这门课程视为"落在实处的与批判性思维相关的课程"。而我们新教育实验强调的专业写作,也是希望让教师学会反思自己的教育教学行为,学会通过写作与学生共同编织有意义的生活。

人的心智的成熟,是从独立思考开始的。

"独立思考"这四个字,说起来简单,做起来非常艰难。人是社会化的动物,小到生活习惯,大到习俗法律,从行动到思考,其实都在无形中接受周围的影响。只有独立思考,才能确定自我的主体意识,才能在思想的弱水三千之中,只取自己最喜爱的一瓢，才能最终成为自己。教育，从更深层次上所要做的，是为人提供独立之根本——正确的价值观、思想观。

深刻的思考，必须以行动为目的。

哲学家埃德蒙·伯克曾经一针见血地指出："虚伪喜欢躲藏在最高尚的思考之中。"所以，在强调思考时，我们特别需要注意：思考不是结果，而是过程。如果思考仅仅是思考，那么，我现在还是大学里的学者，以记录和传播思考为乐，而不会发起新教育实验。思考就像导航仪，目的是为了准确地为行动定位。生活的纷繁复杂，意味着我们的行动也有着无数可能，必须运用思考定位，才能在有限人生中做出最有意义的行动。对于教育来说，思考和行动的关系更是如此，如果只有思考而没有行动，就根本不存在教育。

亲爱的新教育同仁，在这新一年的第一天，特别把这些关于"思考"的思考和大家分享。在新教育的路上，只有娴熟的思考，才能最大限度地节约时间；只有正确的思考，才能最为准确地瞄准方向；只有深刻的思考，才能最为有力地坚持前行。

愿我们在新的一年里，以思考促进行动，以行动滋养思考，让思与行结合，让思考为行动导航，让我们继续并肩前行在幸福完整的路上！

2017年元旦，致新教育同仁<br>于北京滴石斋

# 坚持是恒久的享受

亲爱的新教育同仁：

时间过得好快呀，还清晰记得去年给大家写新年信的情形，转眼间又是教师节了。

时光滴水穿石，在这一年中，我们做了什么？我们得到了怎样的成长？我们抵达了怎样的目的地呢？

法国著名微生物学家巴斯德曾经说过："我达到目标的唯一的力量就是我的坚持精神。"这里所说的"坚持精神"，就是新教育成功六字诀"信望爱学思恒"中的"恒"。

多年没有看电影的我，在今年7月阴差阳错地看了两场电影：《冈仁波齐》和《摔跤吧，爸爸》。

《冈仁波齐》讲述的是西藏普拉村村民尼玛扎堆与村民们朝圣的故事。为了完成父亲的遗愿，尼玛扎堆决定去拉萨和神山冈仁波齐朝圣。一路上经历了无数磨难与坎坷，恶劣的天气、车子的毁坏、婴儿的新生、老人的去世，但他们从未动摇信念。这是一个信仰的故事，也是一个坚持的故事。

《摔跤吧，爸爸》是根据真实故事改编的电影，讲述了一个父亲为自己的摔跤梦想奋斗的故事。马哈维亚·辛格·珀尕曾经是国家摔跤冠军，因生活所迫放弃了摔跤。他发现女儿们摔跤上的潜能，决定像培养男摔跤运动员一样来训练自己的女儿。在许多嘲笑、非议、磨难中，他毫不畏惧，女儿们最终赢得了世界金牌。这是一个梦想的故事，也是一个坚持的故事。

坚持，说起来容易做起来难。俗话说，"行百里者半九十"。为什么走一百里路走了九十里才算走了一半？因为绝大多数人是走不完那最后的十里路的。据说苏格拉底曾经给自己的弟子布置过一道作业，让他们每天甩手一百下。一个星期后，他问有多少人还在坚持做，百分之九十的人都告诉老师自己在坚持。一个月后，只有一半的人在坚持。一年后，只有一个人在坚持，这个人就是柏拉图。

许多新教育的老师也记得"朱永新成功保险公司"的故事。2002年，我曾经在教育在线网站发过"朱永新成功保险公司"的帖子，激励教师们坚持写作，记录自己的教育生活，每天一千字，坚持十年。事实证明，坚持的老师并不多，但凡是坚持下来的老师基本都已经成为佼佼者。

坚持的最大敌人是借口。坚持，要学会不找借口，因为有各种各样的理由让我们放弃。如我们想锻炼身体，雨雪天气往往就会成为借口；我们想戒烟减肥，朋友聚会往往会成为借口；我们想读书写作，工作忙碌往往会成为借口。有了一个借口，就像防洪堤被冲开了一个缺口；有了一个借口，就会不断为自己寻找新借口。锻炼身体，雨雪天气不能外出，可以在室内进行；戒烟减肥，可以让朋友成为见证和监督的力量；偶尔加班加点，也可以尽量挤出时间读书写作。总之，不给自己任何借口，是坚持的关键。

坚持的最好朋友是习惯。坚持，要学会养成习惯。习惯的养成是一个漫长的过程，习惯的改变也是一件慢功出细活的事情。无论培养新习惯也好，改变坏习惯也罢，都没有什么"神药"和快速疗法，这不是一个毕其功于一役的百米冲刺，而是细水长流、水滴石穿的过程，是一个需要意志与坚持的长距离马拉松。我的父亲让我每天五点半起来写毛笔字，虽然后来没有成为书法家，但养成了我早起的习惯。几十年来，让我每天有两三个小时的读书写作时间。最近几年我开始了自己的"重读经典"的计划，五年时间就读完了陶行知、叶圣陶、苏霍姆林斯基、蒙台梭利的全部著作，现在正在读杜威的著作。我的读书笔记每天早晨通过微博与网友分享，将要结集出版十余部"朱永新领读"的系列著作。早起的习惯，几乎让我忘记这是"坚持"的力量。

许多人不是不想坚持，却觉得生活中各种诱惑实在太多。人的本性一般都是趋利避害，喜欢直接的感官的即时的享受，诱惑之所以能引诱我们，是因为它们都能较方便、直接、及时地给我们带来快乐。相对而言，凡是需要坚持的活动，如读书、写作、运动等，虽然也是享受，但是与美食、影视、聚会等当下就有反馈的快乐相比，需要更为长远的时间才能显现。

所以，抵制诱惑，需要心理的定力，需要理性的光芒，只有理性地思考与践行，才能超越当下的、短期的快乐，从坚持中得到恒久的享受。坚持，是我们一生取之不尽用之不竭的财富，是一种宁静而绵长的幸福。愿我们每一位教师都能永久享受这种恒久的幸福，传播坚持的力量。

2017年教师节，致新教育同仁

于北京滴石斋

# 迎接"人机共教"的新时代

亲爱的新教育同仁：

刚刚过去的2017年，无论中国还是世界，都发生了巨大的变化。从全球的角度看，也许最重要的事件，就是智能机器人的重出江湖。

虽然机器人和人工智能都不是新鲜的产品和概念，但它们集中在2017年爆发，还是引起了海内外的广泛关注，以至于《亚洲周刊》把2017年的风云人物，颁给了机器人。

机器人在这一年的惊艳亮相，代表性事件就是5月份发生的阿尔法狗（AlphaGo）三场连胜人类的围棋大师、世界围棋冠军柯洁。接着，在10月份，阿尔法狗的升级版AlphaGo Zero在没有人类导师的情况下无师自通，通过不到二十四小时的自我对弈、强化学习，就轻松击败了包括国际象棋、将棋和围棋在内的三大棋世界第一AI，攻陷了人类智力游戏的高地。

在医学和法律两个同样需要高智慧的领域，智能机器人也出手不凡。

如在医疗诊断方面,国防科技大学彭绍亮教授及其团队研发的超算医疗机器人,对 100 份病历的批量临床诊断,只花了 4.8 秒,平均单个病例需要的时间仅为 0.04 秒。经过对比研究,智能机器人的诊断和专业医生做出的诊断结论一致度达到 100%。

在法律事务方面,美国拥有约九百名律师的 Baker & Hostetler 律师事务所启用了人工智能机器人,负责协助处理企业破产相关事务。而由志愿者共同研发的一款可以借助 AI 免费给人做法律指导的聊天机器人,也已经在全美五十个州上线。据称,这种机器人律师在两年时间内帮人打赢了大量交通违法官司,有超过三十七万张违规停车罚单被交管部门撤销。

智能机器人的汹涌而来,对人类社会究竟会产生怎样的影响?对教育究竟会带来怎样的变化?

有人预测说:"未来 10 年,大部分人类只需思考 5 秒钟以下的工作都会被人工智能取代,从比例上来说,未来 10 年人类 50% 的工作都会被取代,比如助理、翻译、保安、前台、护士、记者、会计、教师、理财师……"

这样的预测有些耸人听闻。对教师被列在被取代的职业之中,我更是不敢苟同。前不久英国发布的一个报告也预测,按照失去岗位的可能性来划分,从 100 到 0,在 300 种将受到失业威胁的岗位中,教师是排在倒数第 2 位,被淘汰的可能性是 0.43%。

智能机器人可以帮助医疗诊断、帮助律师事务,但要真正取代，几乎是不太可能的事情。同理，未来的智能机器人会帮助教师更好地从教，未来的教育也会进入"人机共教"的新时代，但教师职业不会消失，也不会被智能机器人取代。

当然，教师作为一种职业不会被取代，并不意味着所有的教师都不会被淘汰。教师要想不被机器人淘汰，这就需要我们能够真正看清教育与学校变化的格局与趋势，需要我们更加深刻地理解教育与教师的本性与特质。其实，关键是做到两条：一是学会做智能机器人做不到的事情；二是学会与智能机器人共处，让智能机器人为我所用。

首先，要学会做智能机器人做不到的事情。究竟哪些事是智能机器人做不到的呢？

在许多人看来，智能机器人似乎无所不能，其实智能机器人也是有"软肋"的。它的"软肋"就是它不可能具有人的情感交流和人文关怀，不可能具有真正的人的创造性与独特性。棋艺水平再高的阿尔法狗眼里无疑是"见棋而不见人"的，而教育恰恰是"人的事业"。怀特海曾经说过：在教育过程中，"一旦你忘记了你的学生是有血有肉的，那么你就会遭遇悲惨的失败"。苏霍姆林斯基也认为，教学不是冷冰冰地把知识从一个脑袋装进另外一个脑袋里，而是师生之间无时不在的情感交流。所以，未来的教育会更具情感性和互动性，未来的教师也应该增强自己的亲和力，努力成为学生的知心朋友，成为学生的成长伙伴，走进学生的心灵世界。

此外,智能机器人的逻辑思维和数据处理能力非常强,但是教师的工作往往是非预设、非逻辑、非线性的,教育过程中的各种偶发事件,各种力量的平衡,需要高度的创造性和艺术性。

其次,学会与智能机器人共处,让智能机器人为我所用。未来的人类一定是一种新型的人机结合体,人类会借助于智能机器人,变得更加聪明、更加强大。

美国教育界曾经流行一句话:谷歌上能够查到的东西不需要在课堂上教。这句话虽然有点夸张,但是其本意所指的传统的以知识传授为主体的课堂教学,的确需要转型。这样的转型,对教师的要求就更高了。未来的教师,会从现在的大量的重复性的、简单的、烦琐的劳动中解放出来,不必再用大量时间批改作业,不需要在课堂上喋喋不休进行知识性传授,也不需要在课后进行大量的模仿性训练、重复性练习,而是能够娴熟地运用智能机器人,娴熟地获取各种教育资源,利用各种数据处理的方法与技术,准确分析教育教学中的各种案例,及时处理应对各种问题。

"脸书"的创始人扎克伯格曾经预测,未来的教师将会成为自由职业者。这句话其实意味着另外一个事实,也就是说,如果一个教师无法做到以上两点,他将被时代所淘汰。两百多年前,德国教育家第斯多惠在《德国教育培养指南》中曾经说过,"凡是不能自我发展、自我培养和自我完善的人,同样也不能发展、培养和教育别人"。现在看来,这句话更像是针对智能化时代的教师说的,因为几十年前,许多老师在接受完系统的教育训练以后,基本能够胜任教师职业,而现在,教师唯有不断学习,不断成长,才能适应"人机共教"的新时代,才能创造"人机携手"的美好未来。

2017年岁末,致新教育同仁

于北京滴石斋

# 让传播美好成为本能

亲爱的新教育同仁：

又是新的一年。时光向我们铺开了新的画卷。回望过去的一年，你一定和我一样有许多感慨吧？

我相信，对于任何一个人来说，过去的一年，肯定有幸福也有痛苦，有成功也有挫折，有泪水也有欢笑。当然，也有美好或者丑陋。

具体到我们每一个人的生活之中，这一切就像白天和黑夜、太阳和月亮，都是永恒存在的。不同的只是它们在生活中所占据的比例不同，就把我们的生活调整为酸甜苦辣咸的百般不同滋味。

教育是什么呢？从某种意义上说，教育其实就是通过各种方法，有意识地调整生活中各种滋味的比例，努力创造自己喜爱的生活滋味的过程。

教育让我们首先从过去之中，撷取一些记忆、选编一些事物。法国社会学家涂尔干说："面对人类成熟的思想文化，教育的责任就是选编。"历史中沉淀的那么多美好,是人类一代代积累所得。

教师就像是厨师,把这些选编的素材,进行搭配、进行烹饪。于是,同样的原材料,经过不同的手,捧出不同的食物。教师的作用,不仅是对已有美好的传播,而且是对新生美好的创造。

教学就是我们将这些食物,不仅自己品尝,而且馈赠他人。在这样教学相长的过程,通过共享与分享,让自己的身心强健,让他人也因此强壮。教学的过程,是师、生、亲的多方成长,是一段美好的旅程。

这样,美好的教育,就能在年轮画下一个圆圈的时候,让每一个人感觉圆满,并且心满意足地站在一个新的起点上。

亲爱的新教育同仁,新教育实验倡导"过一种幸福完整的教育生活",正是为了传播那些选编的美好,从而在传播中创造美好。

新教育实验一直在努力汇聚各种美好。我们不仅仅向传统中的美好致敬,并且深刻汲取营养;我们同时珍爱来自一线的美好,重视那些活生生的当下;我们也在不停向世界各地的探索者学习,把异国他乡的美好,或嫁接或移植,丰富我们的教育家园。

对于我们每一个个体而言,传播这些美好,就应该成为我们自觉的选择。

之所以新教育实验能够星火燎原,从本质来说,就是因为有着一个又一个的新教育人在自觉传播美好。在大江南北,无论是一线的教师,还是各级教育管理工作者,或者是父母朋友,他们因为真正践行着新教育实验,就让自己的生活变得更为美好起来。他们所传播的新教育实验，言行合一，这样的传播具有极大的感召力和吸引力。

同时，这些传播新教育实验的践行者们，因为选择了传播美好，意味着更加自觉地要求自己，所以更加迅速地成为美好。

每个人都不完美，传播美好并非意味着自己没有缺陷。但是，因为传播美好，自己会更加重视修炼自我。生活也不会完美，传播美好并非意味着自己的生活不需要改变。但是，因为传播美好，哪怕置身困顿之中，也永远朝向明亮，以乐观积极的心态面对教学中的重重挑战。

就像那个坚持"做一个让世界变得更美丽"的"花婆婆"那样，不断传播美好，终生坚持行动，本身就在创造美好，我们自己也会变得更加美好。日复一日的坚持，朝朝暮暮的耕耘，美好的传播自然也会收获更多美好：个人的成长，事业的成就，家庭的成功……

我一直说，哪怕戴着镣铐，也能跳出精彩的镣铐舞。任何追寻梦想的行动，都是对现实的改写，当然会遇到阻力。作为教育工作者，我们从事的就是传播美好、创造美好的工作，如果能够把传播美好变成本能，我们的努力将会事半功倍。以美好为目标去行动，又以行动传播美好，我们自己就能够从生活之中收获更为丰厚的幸福。

亲爱的新教育同仁，年轮一圈又一圈划过，时光在不断涤荡着自我。一年又一年，一次又一次，我们把每一个新年视为一次新的启程。

那么,在前行的起点,在这时光的初始处,请不要忘记,带上一个美好的心愿,带上一种美好的心境,以传播美好的行动,不断去播撒这些美好的种子吧!这一切,让我们自身变得更加美好,让世界变得更加美好,2019,就是我们必须去创造的更加美好的一年!

2018年岁末,致新教育同仁

于北京滴石斋

# 让教育沐浴人性的光辉

亲爱的新教育同仁：

每一个早晨，都是一天中最宁静的时刻。在书房中的早晨，心灵更是格外平静。

在新年的曙光即将到来的一刻，我们或许应该问自己：教育的光辉，又因何而来呢？前些天，我与冯骥才先生做了一个闭门对话，我们共同关注的重要问题，就是：教育究竟是干什么的？教育究竟有何用处？好的教育究竟应该是什么模样？

冯骥才先生说，做教育的人，如果不把这些基本问题搞清楚，就会迷失方向。

我认为，教育最重要的是两件事，一是让人成为人，二是让人真正拥有幸福。

人类和其他所有动物相比，本能要少得多。刚出生的小牛小马就会站立、行走、奔跑，人类却要经过漫长的哺育才能独立生活。人类的绝大多数能力，都是在后天教育中形成和发展起来的。更重要的是，人是一个符号性的动物，只有通过教育，才能掌握符号，才能拥有精神生活，才能成为一个真正意义上的精神的人。正因此，德国哲学家康德说："人只有通过教育才能成为人。除了教育从他身上所造就出来的东西，他什么也不是。"

同时，人的意义，自然不仅仅是活着。亚里士多德说，幸福是人的最高目的。人活在这个世界上最重要的使命是什么？最重要的任务是什么？其实就是"幸福"两个字，这是我们每个人一生追寻，但又经常被我们忘记的事情。教育一方面教人拥有创造幸福的能力，一方面教育生活就应该是幸福本身。所以，新教育学校常常在最醒目的地方亮出我们的宗旨："过一种幸福完整的教育生活。"

教育最重要的两件事，都交汇在一个根本上：人。

作为一线老师，我们有着许多无奈。面对各种各样的考试评价，面对各种各样的矛盾遭遇，尤其是面对未来人工智能社会的挑战，我们究竟应该如何处理，才能让我们的内心充盈而幸福？

我想，唯一的答案，就是让教育沐浴人性的光辉。让教育沐浴人性的光辉，就是要善待我们自己。真正的善待自己，是珍惜时间，张弛有度，让人生丰盈。发现教师职业魅力，做一个善于享受教育生活的人；培养更健康丰富的爱好，做一个有生活情趣的人；与学生一起成长，做一个在教育过程中不断进取的人；不断挑战自我的最高峰，做一个创造自己生命传奇的人。

让教育沐浴人性的光辉，就是让我们善待学生。把学生作为一个真正的人看待，让学生能够张扬自己的个性，发挥自己的潜能，成为更好的自己。在我们教室里的学生，首先是活生生的生命，我们应该从生命的角度考虑，如何帮助他成为一个人，一个有理想有激情有智慧的人，一个能够适应社会并且受人欢迎的人，一个挖掘自身潜能张扬不同个性的人。

让教育沐浴人性的光辉，我们还要努力把教育的温暖传递给社会。许多问题，归根结底是教育的问题。尽管我们任何一个人，作为个体的力量都是有限的，但是，再渺小的个体，都能够温暖身边的人。所以，当我们让所有和我们相遇的人，都能够感受到我们的美好和温暖，这也是让人与人之间、让全社会变得更美好、更温暖的有效方式。

有人性的人是明亮的，有人性的教育是光明的。让教育沐浴人性的光辉，我们的今天将会更加幸福，我们的明天将会更加美好，我们的世界将会因此璀璨。

亲爱的新教育同仁，我们，正是为了这样的教育，成为幸福的行动者。

在新的一年，让我们继续为此奋斗着！

> 2020年第一个清晨，致新教育同仁
> 于北京漓石斋

# 教师的心是家国之花

亲爱的新教育同仁：

中秋,是庆祝家庭团圆的佳节。国庆,是庆祝祖国诞生的良辰。中秋与国庆碰撞，家国情怀，就成为最美的火花。

家是最小国,国是最大家。从小家到大家，正是教师为两者之间搭建起桥梁。

2020年，全世界都在席卷的疫情中沦陷。迄今仍然有太多国家,深陷灾难。2020年,中国创造了太多的奇迹。每一个奇迹的背后，都是我们中国人并肩奋斗的结果。

其中自然有着我们，亲爱的老师们。

很多年前，我在一首诗中写过："教师,不是园丁／教师本身应该是一朵花儿／教育是师生互相作用的过程。" 在这个特别的国庆之日，我还想对此进一步阐释——

教师的心,就是家庭之花。

每一个人的精神之门，都是由教师开启——父母,正是孩子的首任教师；教师,则是孩子的智慧同伴。生命是由一代又一代的陪伴而成长，希望是由一颗又一颗的心灵点亮。我们自己是在教师的陪伴下成人，我们的孩子是在教师的呵护中成才。教师的心，是每一个家庭的希望之花。

教师的心，就是祖国之花。

自孔子缔造儒家学说开始，"修身齐家治国平天下"，代代相传，就已经把中国的教育，更深地扎根在生活之中，更广地拓展到社会之上。所以，教师的心，正是孔子之心，是我们的传统文化之花，是我们的祖国之花。从疫情初起时一方有难八方支援的助力，到疫情之中严于律己的举国隔离，到疫情后期勤勉奋进的经济重启……所有奇迹，无一不是源自一颗又一颗心散发的芬芳。

在家庭和国家之间，还有一个"家"，比家大，比国小，那就是每个人的家乡。

家乡是一个扩大的家庭，也是一个具象的国家。每个人从家庭到家乡到祖国，这是精神上的三级阶梯，让我们更上一层楼，看见更辽阔的世界。

而每年 7 月召开的新教育年度研讨会，今年的时间，因为疫情改在了 10 月 24 日、25 日举行，地点，则是我的家乡——江苏大丰。

据以往的经验，每举办一次年会，对当地的教育都有着巨大的促进作用。我特别希望，在 2018 年已经荣获教育部国家级教学成果一等奖的新教育实验，能够通过这一次会议的举办，为家乡教育注入新的智慧,新的力量。

为此,我专门为筹备会议的各位领导和各位老师写过一封长信,再一次强调我心目中新教育年会的特点：是一个扎扎实实而非轰轰烈烈的大会,是一个科学务实而非个人崇拜的大会,是一个节俭朴素而非华丽铺张的大会,是一个激荡思想而非罗列拼凑的大会。

——我真切而迫切地渴望这一切成为原则,能够贯彻到具体行动中,正如我满心期待着,在我家乡的土地上,有着无数一线教师,因为新教育而幸福绽放。家乡的教育,因为新教育而幸福完整。

亲爱的老师们,心扎根的地方,就是我们的家；家所在的地方,就是我们的国。教育正是扎根的事业。

亲爱的新教育同仁,让我们把自己的根深深扎在热土之上吧！让我们一起更深地思考,更多地耕耘,更好地创造吧！

当我们每一位老师都心花怒放,我们的此刻就一定幸福完整,我们的明天就一定更加辉煌,而在今天,在这个双节齐至、举国欢庆的美好日子里,让我们的笑容舒展,让我们的心灵绽放！

2020年国庆节清晨,致新教育同仁

于北京滴石斋

# 用理想规划人生的选择

亲爱的儿子：

有时候想和你当面聊聊，怕一下子说不透彻，还是写这封信和你谈谈心吧。

其实，人与人之间绝大部分的矛盾、纠纷，都是由于沟通不畅造成的，亲人之间也不例外。我们虽然经常有见面的机会，但真正共同的活动和深入的交流并不太多，所以，也多少有些像"生活在同一个屋檐下的陌生人"。所以，这两年我们围绕你今后职业的争论，就很正常了。不过，这封信的内容，并不是再一次的劝说，而是一次梳理后的沟通，只是想把我的想法完整地告诉你，便于你参考。

有人说，人生就是努力加机遇。努力，是不断完善自己，加强自己的实力；机遇，是各种各样的机会来临时，能够及时把握。但是，如何辨别机遇、把握机遇呢？这里就涉及选择，选择的眼光，选择的勇气，选择的魄力。

所以，从另外一个角度来说，人生就是选择。从小的角度来看,吃饭时你选择哪些菜肴食物,会直接影响你的健康;生活中你选择什么样的朋友,会直接影响你的幸福。从大的角度来看,人生有三个最重要的选择:专业、婚姻、职业。

人生第一次相对重要的选择是专业。

专业本来不是那么十分重要,而且在选择专业的时候我们自己的人生观、价值观、职业观还没有真正形成,所以,在发达国家,大学的前两年一般是不分专业的,让学生有比较多的时间熟悉和选择不同的专业。而且,即使选择了专业,也可以根据自己的兴趣等及时转换变化。在学生毕业的时候,用人单位也不是特别严格地强调"专业对口",而是根据学生的"学力"来录用人才。但是,我们的大学往往与职业联系得非常紧密,而且在学校中转专业比较困难,毕业时用人单位也相对比较强调"专业对口"。这样,选择专业就显得比较重要。

可能你一直到现在对选择的专业仍然"耿耿于怀"。在苏州中学国际班学习的时候,你学的是理科,成绩也不错。如果当时学一个理工科专业,成为一个工程技术人才,其实也是不错的选择。或者,选择一个比较时髦的专业,什么金融啊、国际贸易啊、税收啊,法律啊,等等,就业也更加容易。甚至,选择一门外语,以后做外交官,也是非常好的选择,因为你有学习语言的天赋,在高中阶段,你几乎没有花多少工夫,就把大学的四六级英语考试通过了。

但是,你最终选择了文学。这里面虽然有我们的参谋,有学校的建议,但最终的决定权,我们是交给你的。后来你认为文学是一个"无底洞",无边无际,很难成为真正的专家,甚至产生了把文学作为职业的恐惧,让我一度感到很不解。一直到两年前的一次晚餐时,你说了一个我从来没有注意到的事实。你说,去南京大学读书的时候,同学们读过的许多书籍自己没有读过。你说,你们老师说,有些同学甚至可以做另外一些同学的老师!我突然醒悟过来:这可能就是你觉得中文是个无底洞,觉得做学问很困难的潜在心理原因。

我遗憾知道得太晚。其实,我读大学的时候,与你遇到的情况也有几分相似呢,而且,程度还要严重得多。

作为恢复高考第一届的大学生,我们同学之间的差距比你们更大。这个差距不仅是年龄与经验的差距,更是基础与学力的差距。有些"老三届"的学生,英语之流利,不在一些老师之下;有些同学处理问题的能力,连班主任老师也不得不叹服。至于读书,课堂内外,他们谈到的书目,我基本上都没有看过。

这样的情况下,说没有压力,那是假的。我想,感觉到压力,才是每个有进取心的人的正常心理。所以,我没有灰心,更没有放弃。经历与经验,需要时间的磨砺,好在我比他们年轻,有更多的时间自觉地磨炼自己。读书与学习,也是需要下苦功夫的,好在我比他们精力旺盛,可以挤出更多的时间阅读思考。更重要的是,他们本身就是我最好的老师,随时可以向他们请教。

就这样,四年的大学生活,我没有虚度。我是图书馆借书最多的人之一，虽然许多书看了不甚了了，许多书当时根本看不懂，但是基本上把想看的经典名著都找来看了。特别是，在读书的过程中，渐渐明确了自己的人生方向——教育。

你说这件事情的时候，虽然没有抱怨我。但是，言外之意是清楚的，如果你在童年和少年的时候，能够读到更多的经典名著，可能会学得更加轻松、更加主动、更加积极。

的确，那个时候，我虽然是一个教育学者，虽然也知道阅读对于童年的意义，虽然也找过许多书让你读，但是总的来说还是不够自觉不够系统。同时那个时候，也是我人生最关键的时候，为了在大学站稳脚跟，为了在学术上有所成就，我几乎把所有的时间都用在科研教学上，在你的身上投入的时间与精力多少是不够的。

不过这也和我的教育理念有关。在教育上，我比较主张顺其自然和尊重个性。虽然我为你的童年找来的那些书不够系统；虽然你学手风琴、学书法画画等，更多是随你的兴致，没有让你有意识地坚持下去；虽然上中学以后，因为你选择的是理科班，大量的作业、练习，也不忍心再督促你读许多课外书，除了坚持写作外，你也没有更多的课外兴趣活动了，但是，记得你在上小学之前，就已经把《上下五千年》《三国演义》讲得滚瓜烂熟了，你的长期积累相较于一般同龄人而言，仍然是相当可观的。不说别的，仅从你的文学创作里，就能看出一二。

你说，文学专业，尤其中国文学是一个无底洞。我得告诉你，任何一门学问都是"无底洞"。人类发展到今天，要想成为古代或者文艺复兴时期百科全书式的专家，几乎是不可能了。学问是没有止境的，读书也是没有止境的。但是，只要你做，就没有迟的时候。

你已经选择了文学，而且从本科一直念到博士，轻易地放弃它，自然是划不来的，人生能有几个十年？记得我在大学教书时，许多毕业生告诉我不想当老师。我对他们说，如果有这样的想法，能够不当自然更好。因为如果不想当而勉强去当，肯定是当不好的。但是，如果无法选择，就要努力适应，挖掘教师职业的内在魅力。教师职业的复杂性、创造性，教师职业的时间和空间，是其他职业无法比拟的，爱上教师职业可以有更多的理由。而文学的优势，也是其他学科无法比拟的。最起码我一直认为，一个人把文学作为职业，把阅读那些优美深邃的文字作为自己的生活，是多么惬意的事情啊！

儿子，其实我很羡慕你读文学专业呢。一个能够把读书作为专业的专业，一个可能把人生、职业、闲暇、志趣等高度整合的专业。文学就是人生。每个人直接经历的世界总是有限的，文学，就是为我们打开了世界和人生的另外一个窗口。我们的人生观、价值观，在很大程度上是受文学影响的。

前不久读到一个故事。说一个死刑犯在临刑前的早晨还在全神贯注地读书。众人不解。他说，人生，就是在活着的时候，做值得做的事情。精神的修炼，是最值得做的事情。儿子，这精神修炼，也是一辈子的事。

人生第二次相对重要的选择是婚姻。婚姻，看起来是一个男人与一个女人的结合。奇妙的是，世界之大，为什么你会选择那个独特的"他（她）"呢？古人说，千里姻缘一线牵。但其实，婚姻也是选择的结果。

在你大学期间，无论是我们作为父母，还是许多叔叔阿姨，就已经在悄悄地为你寻找合适的女朋友了。当我们一次次地为你安排约会，你一次次地敷衍对付，我们就知道，婚姻不是我们能够安排的了。我们只能告诉你，婚姻是人一生的终身大事，选择一个什么样的人与自己生活在一起，很大程度上决定着自己的未来。因为，结婚以后的人生之路，是夫妻双方共同去走的。你未来的妻子是否有理想的情怀，是否有善良的心灵，是满足于过过小日子，还是要挑战人生做一番事业，都会直接影响到你未来的发展。

当我们发现，其实你自己已经有了意中人之后，我们也尊重你的选择，正如你当年选择文学一样。在你们走进婚姻的殿堂时，我用你们两人的名字做了一副对联：

上联——只研朱墨作春山，
下联——妙手任镱著文章。
横批——读写绘人生。

上联是讲绘画的，用最好的朱墨颜料绘就最美丽的自然山水,希望朱墨成为任镫的人生最好的颜料,帮助她实现自己的画家梦想;下联是讲写作的,借了李大钊"铁肩担道义,妙手著文章"的名联,希望任镫成为朱墨新作品的最重要的灵感来源,美好的情感会催生美好的作品。一个写,一个绘,但是,无论是作家还是画家,没有阅读都是走不远的。每个人的成长都有着自己的小环境,也就无法避免局限。我的父亲也是一位老师,一位曾经教过音乐、数学的小学老师。我不知道他是否认识到早期阅读的意义,但是我知道,即使他认识到,那个年代,那个在时间上空间上都没有可能读书的时代,也不可能让我有大量阅读的机会。虽然我住在母亲的单位——一个乡镇的招待所里,南来北往的客人随身携带的图书,成为我少年时代的精神营养,但那些当然更是非常不系统的。从所受的局限来说,我当然比你的局限更大。那么,我走过的路,也应该能充分说明,一个人只要愿意向前走着,就总会越来越多地突破自己的局限。

人生第三次相对重要的选择是职业。你已经是博士三年级了,选择职业,不可回避地来到了你的面前。凭你的个性,可以考公务员;凭你的写作能力和资源,可以当记者;凭你已经发表的作品的水平,你自己曾经提出,干脆做一个自由写作者……这些职业,你都可以胜任,而我则一直建议你选择到大学教书,等等。对于职业的问题,我们有过无数次讨论甚至争论,虽然现在还没有结论,但是,许多问题还是在讨论争论中逐步清晰起来。

这样的过程中,我常常回忆起你离开家,去南京读大学的那一年,在你离开家的那一天,我曾经给你写过一封信。

我在那封信里说,我知道我们在那一天可能会有一个无眠的夜晚,我非常想与你面对面地好好畅谈一次,但是我们之间似乎不熟悉这样的方式,所以,我选择以写信的方式与你做一次心灵的对话。虽然我们父子平时的交流并不多,但是我们是在用我们的形体语言在说话,在互相影响着。我是一个感情世界非常丰富的人,虽然很少有时间能够真正表露自己的感情。

也是在那封信里,我告诉你,其实,真正要读的是人生这一部大书,真正要带在身边的是人生的理想。

你的行囊里什么都可以少,就是不能少了理想。只有理想,才能够让你不断地给自己以激励;只有理想,才能够帮你克服现实生活中的各种困难。

所以,或许此时此刻你更应该想一想:我是谁?我为什么来到这个世界?我向何处去?这些最基本的问题看起来非常简单,却是值得你用一生的时间去思考的。你是你自己的主人,从现在开始,你应该学会自己去选择,自己去面对,自己去承担。不要轻易地放弃任何一个机遇,也不要轻易地做出一个承诺。

归根结底,我不能期待你今后一定从事什么职业,我认为这并不重要。是金子总要发光,只要你拥有理想,你迟早会找到自己的道路。

我一直认为自己是现实的理想主义者,也就是说,我认为理想如果不能踩在现实的大地上,最终恐怕会成为梦幻一场。但是如果没有理想,一个人活着,也不过是行尸走肉。

从1999年开始,我在阅读中受到启迪,开始深入思考我们的教育问题,开始尝试着把我的教育理想耕种到现实的土壤里,到了2000年《我的教育理想》一书诞生,我的教育理念有了雏形,直至2003年第一所新教育实验学校挂牌,我离开书斋深入到第一线的教育生活中……随着新教育实验的启动,营造书香校园等行动的开展,很多师生的生活乃至生命,都因此得以改变,我也能够感觉到理想在我的身上不断成长,我也感到自己的生命因此有了意义。

我是你的父亲,但每个人的理想只可能由内心萌动,我也同样不可能把我的理想放进你精神的背包。在你面临所有人生的选择时,我如果只有一句话要说的话,那就是:儿子,请用理想指引你的方向。

儿子,人是不自由的,因为许多事情我们无法选择。所以,人生会有太多的无奈,太多的遗憾。但人又是自由的,因为最终我们是自己命运的主人,是自己生命故事的书写者。不抱怨,不放弃,才是最好的人生姿态。

有太多人感慨过,如果人生能够从头开始,他就会有另外一种人生。是的。可人生无法从头开始。正因为人生无法从头开始,现在的每一刻都能成为新的开始。努力让自己的人生更自觉、更主动、更积极,就从现在开始。

人生就是选择。选择对了,事半而功倍。人是要对自己的选择负责任的。无论是专业、婚姻，还是职业。所以，希望你细细思量，认真考量。

人生是需要设计的。为自己选择的过程，就是一个设计的过程。自觉地行走，与浑浑噩噩地混日子，会有完全不同的人生。我，当然希望你成为一个自觉的人。

亲爱的儿子，不要为你的过去遗憾，更不要为你的过去后悔。你有你的优势，你有你的特长，你的细腻、你文字的美丽……你拥有许多同龄人不具备的优势。有些人，眼里只看到自己不如别人的地方，总是自怨自艾，没有生活的激情和梦想；有些人，眼里只看到自己超越别人的地方，总是盲目自信，把握不好人生的方向。希望你不要自卑也不要自傲，好好规划你的人生，好好发挥你的优势，不断阅读，不断反思，你一定能够走得很远。

有缘做父子，是缘分也是福分。无论你走到哪里，只要你需要，我总会出现。为你祝福，为你喝彩，为你加油。

*永远爱你的爸爸*
*于 2014 年春*

# 第五辑　享受着教育幸福

享受着教育幸福，
你就多了一种生活的诗意
你能从平凡中品味出伟大，
从失败中咀嚼出成就
你能读懂每一个孩子的脸庞，
走进每一个孩子的心房
你会惊奇地发现：
幸福从此熙熙攘攘

# 甲子共和正青春（外一首）

谁言元夜少花灯，

百姓心头朗照明。

多难兴邦民有意，

流年不利疫无情。

哨声吹醒强国力，

众志凝成保升平。

扫荡妖氛终必胜，

时艰共克赖群英。

——2020.02.08 元宵节，步徐锋先生原韵

月圆梦圆事事圆，

国兴家兴教育兴。

五二人生来无多，

甲子共和正青春。

## 2007 年感怀之一

人生匆匆已半百,

蓦然回首双鬓白。

世事沉浮过眼云,

唯有教育难忘怀。

(五十感怀)

## 2007 年感怀之二

校园纵然舞彩旗,

笑靥不再伴孩提。

琅琅书声为考试,

哪有闲情去射鹂。

夏夜苦读秉烛火,

秋日愁思走丸泥。

人生匆匆五十载,

童心仍为梦痴迷。

(永新醉酒中和丙辰兄生日感怀)

## 2009年新年感怀诗

光阴似箭日如梭,
万事从容且放歌。
身寄燕京念师友,
片语传情思似波。

## 2010年新年感怀诗

爆竹声声催征途,
旧友新朋相携扶。
岁月易老情不老,
且寄思念到五湖。

## 2011年新年感怀诗

牛犁翻浪趁春光,
虎翼腾云喜众骧。
风雨躬耕心未悔,
惯于原野拓新荒。

## 2012年新年感怀诗

兔归蟾府蛟龙出,
追梦不觉岁又暮。
何曾因难轻言弃,
高朋庆酒催行路。

## 2013年新年感怀诗

十年点灯未曾倦,
天龙地蛇春渐喧。
瑟瑟秋送夏远时,
盏盏柿红又满园。

## 2014年新年感怀诗

银蛇漫舞恋安泰,
骏马驰骋逐春来。
擦星何须怨浮尘?
筑梦杏坛冰心在。

## 2015年新年感怀诗

马蹄声远羊咩近,
霜染双鬓映丹心。
桃李不言芬芳溢,
集智聚力又一程。

## 2016年新年感怀诗

风雨兼程羊咩远,
复兴路上大圣援。
取经何需金箍棒,
丹心一片不言倦。

## 2017年新年感怀诗

申猴行者未敢怠,
金鸡报晓唤春来。
书香致知行致远,
痴心追梦十六载。

## 2018年新年感怀诗

金鸡鸣罢犬声临,

又是一轮本命年。

回望来路应无悔,

再踏新程铭初心。

## 2019年新年感怀诗

犬追祥云去,猪拱福门来。

朝起吟诗文,暮临徉书海。

追梦十八载,未有半分倦。

杏坛耕耘乐,携手向未来。

## 2020年新年感怀诗

金鼠接亥至,

红梅一岁开。

老童逢甲子,

新梦总萦怀。


少小思逾海,

盛年筑杏台。
孜孜明大道,
初心向未来。

## 2021年新年感怀诗

鼠去金牛献瑞来,
红梅傲雪笑颜开。
壮心未减青春志,
唤取东风情满怀。

# 教育是一首诗

教育是一首诗
诗的名字叫青春
在躁动不安的灵魂里
有一个年轻的梦

教育是一首诗
诗的名字叫激情
在春风化雨的课堂里
有一脸永恒的笑

教育是一首诗
诗的名字叫热爱
在每个孩子的瞳孔里
有一颗母亲的心

教育是一首诗
诗的名字叫创造
在探索求知的丛林里
有一面个性的旗

教育是一首诗
诗的名字叫智慧
在写满问题的试卷里
有一双发现的眼

教育是一首诗
诗的名字叫未来
在传承文明的长河里
有一条破浪的船

# 新教育的种子

我是一粒种子
一粒新教育的种子
我来自理想与激情催开的花儿
我无法选择我落到怎样的土壤
——富饶还是贫瘠,北国还是南方
无论把我埋得多深,我终将穿越泥土
向着明亮的那方

我是一粒种子
一粒新教育的种子
我是信念和坚韧孕育的果儿
我无法选择我面对的天空
——晴朗还是阴霾,湛蓝还是灰蒙
无论暴雨风霜,我早已对岁月承诺
让自己的生命绽放

我是一粒种子

一粒新教育的种子

为了那一次灿烂地绽放

我必须用一生的修行来涵养

——吸取土地的养料,抚摸太阳的光芒

无论冬季多么漫长,草长莺飞的春天

早已藏在我的心房

我是一粒种子

一粒新教育的种子

我有无数次前世今生的轮回

但是我最看重当下的力量

——曾经化为淤泥,换来今日芳香

无论遭遇什么,我都坚信自己

一次比一次芬芳

# 新 孩 子

新新的一天
有一个新新的孩子
背起新新的书包
呼吸着新新的空气
走进新新的教室

新新的伙伴
个个都是那么活泼调皮
新新的老师
人人都像爸爸妈妈温馨亲切
新新的校园让新新的孩子充满好奇

新新的课堂
开始了新教育的晨诵
一首首美丽的诗歌

呵护着一个个新新的孩子
擦亮了一天天新新的日子

经过了许多新新的日子
穿越了许多新新的课程
新新的孩子拥有了许多新新的力量
新新的孩子增添了许多新新的词语
新新的孩子发现了新新世界的神奇

哦,新新的孩子
在你们的身上,我终于看见——
政治是有理想的
财富是有汗水的
科学是有人性的
享乐是有道德的

哦,新新的孩子
在你们身上,我终于看见——
一个新新的中国
一个新新的未来
一个新新的世界

# 追 梦 人

在那片教育的天空下
有这样一群
追寻梦想的人

那创办阿博兹海姆学校的雷迪
那书写巴学园奇迹的小林宗作
那迄今不衰的蒙台梭利儿童之家
那坚守教育即生活的杜威芝加哥实验学校

他们都有一个共同的名字——
新教育

在这片古老的大地上
有这样一群
播种理想的人

那拎着水桶和抹布的擦星族

那用诗歌开启新的一天的老师和孩子们

那不抱怨不放弃让生命在教室开花的人

那坚信"只要上路,就会遇到庆典"的"犟龟"们

他们也有一个共同的名字——

新教育

新教育

是追梦人的名字

追梦人

是新教育人的姓氏

他们坚信

改变从阅读开始

无限相信师生的潜力

与人类崇高精神对话

教给学生一生有用的东西

他们努力

改变教师的行走方式

改变学生的生存状态
改变学校的发展模式
改变教育科研的范式

他们永远不会孤单
因为那些"尺码相同的人"知道
相逢何必曾相识
同是天涯追梦人

他们永远不会停步
因为行动就有收获
坚持才有奇迹
早已经写上他们的旗帜

新教育
追梦人
这个朴素的词语
这粒神奇的种子
这份久远的期盼
这串未来的足迹
……

# 教室,我的家园

教室,我的家园

一个不大的地方

安放了三尺讲台

也就安放了我的灵魂

从这个港湾出发,可以抵达遥远的地方

教室,我的家园

一个不大的地方

聚集了一群孩子

也就聚集了我的梦想

从此我心无旁骛,为了梦想飞翔

教室,我的家园

一个不大的地方

我在这里播下种子

也就播下了明天的希望

那些生命的花儿,将在春天里绽放

教室,我的家园

一个不大的地方

我在这里轻吟低唱

唱的却是一曲天地玄黄宇宙洪荒

英雄和圣贤的声音,在歌声中回响

# 享受着教育的幸福

生活就是教育

教育就是生活

生活离不开教育

教育创造新生活

你如何理解生活

你就将拥有怎样的生活

你如何理解教育

你就将拥有怎样的教育

你的眼里没有色彩

你的生活就不会缤纷

你的心里没有阳光

你的教育就不会辉煌

有人面带微笑拥抱每一轮新的太阳
有人心怀烦恼拒绝每一个美的希望
拒绝会换得拒绝,拥抱会赢来拥抱
你的一切实际上都是自己酿造

有一种态度叫享受
有一种感觉叫幸福
学会面带微笑才能享受生活
懂得播种快乐才能收获幸福

那么,亲爱的老师
让我们面带微笑,让孩子的心田充满阳光
让我们播种快乐,让学生的明天更加辉煌
让我们,也把微笑和快乐贮满自己的心房

享受着教育幸福,你就多了一双发现的眼睛
每一个孩子的潜能就会激情迸射
每一个孩子的个性就会轻舞飞扬
而你,也就如同插上了飞翔的翅膀

享受着教育幸福,你就多了一份快乐的心情
你会把每一个挫折看成是考验

你会把每一种困难看成是磨炼

你时时刻刻都会听到花开的声音

享受着教育幸福,你就多了一股创造的激情

你会把每一堂课精彩地演绎

你会把每一句话精心地锻造

你会把校园变成追求卓越的教育梦工场

享受着教育幸福,你就多了一种生活的诗意

你能从平凡中品味出伟大,从失败中咀嚼出成就

你能读懂每一个孩子的脸庞,走进每一个孩子的心房

你会惊奇地发现:幸福从此熙熙攘攘

# 走在教育的路上

我是一个行者

步履轻盈,在教育的路上

我的脸上带着笑容

我的心中充满阳光

我的行囊中为教育准备了一切

理想、智慧、激情、诗意和力量

我是一个行者

披星戴月,在教育的路上

我计划着行程,思考着方向

中国教育缺什么

义务教育谁买单

民办教育路何方

我是一个行者

跋山涉水,在教育的路上
我的使命是探索,是发现
在人迹罕至的地方寻找风景
我用生命去融化,去燃烧
使平凡流逝的岁月充满春光

我是一个行者
行色匆匆,在教育的路上
我走遍了祖国的天涯海角、四面八方
似布谷,在孟夏望田惜雨时劝耕催种
如杜鹃,于沧桑荒芜沼泽里珠泣哀鸣
像云雀,喜翰墨香满华夏日开心歌唱

我是一个行者
日夜兼程,在教育的路上
遍访教育名胜,饱览世纪风光
我要把游记献给我的母亲
我要把幸福融进我的天堂
我相信,五千年的文明一定会再度辉煌

# 教育的理想与理想的教育

　　教育是神圣而崇高的,教育是育人的事业
　　教育的使命让人从无知走向睿智,从幼稚走向成熟
　　教育的最高境界是养成自我教育的人生
　　教育需要激情,需要全身心投入与无私奉献
　　教育需要诗意,需要洋溢着浪漫主义的情怀
　　教育需要机智,需要把握每一个转瞬即逝的机遇
　　教育需要活力,需要以年轻的心跳昂奋地工作
　　教育需要恒心,需要毫不懈怠地追求与持久探索
　　激情、诗意、机智、活力、恒心的源头活水是崇高理想

　　理想也是神圣而崇高的,理想是行为的动力
　　理想是人与动物的界限,理想使人成为世间万物之灵
　　理想是伟大与平庸的分野,理想使人与众不同
　　理想产生激情,激情使理想的主旋律铿锵有力
　　理想产生诗意,诗意使理想的调色板光彩照人

理想产生机智,机智使理想的追求充满智慧的美感
理想产生活力,活力使理想的实现拥有了源泉
理想产生恒心,恒心使理想的探索成为快乐的进程
激情、诗意、机智、活力、恒心使理想变为美好的现实

教育因为有了理想而更有激情,更有目标
教育的理想是为了一切的人
无论是城市的还是乡村的
富贵的还是贫贱的,聪慧的还是笨拙的
教育的理想是为了人的一切
无论是生理的还是心理的,
品德的还是知识的,智力的还是情感的
理想因为有了教育而薪火相传,色彩斑斓

理想的教育是个人潜能的发挥
让每一个学生扬起希望的风帆
让每一个教师领略教育的趣味
让每一个父母享受成功的喜悦
理想的教育是民族利益的福祉
让每个人接受从生到老的全程教育
让每个人体验到地球村的绝景佳色
让每个人生活在宁静与和平的永恒时空

教育的理想要坚持面向现代化

引入现代观念和技术,领略网络教育的无限风光

教育的理想要坚持面向世界

融入世界教育的大潮,与世界教育的脉搏一起跳动

教育的理想要坚持面向未来

捕捉地球上每个角落的信息,迎接新世纪的晨曦

理想的教育要有舆论支持

营造一个全社会尊师重教、理解和支持教育的氛围

理想的教育要有经费投入

确保超前增长与合理使用,为可持续增长保驾护航

理想的教育要有立法保障

建立完整的教育法体系,创造良好的教育法制环境

理想的教育要有科研指导

发挥决策、解释、批判和辐射功能,步入科学轨道

在新世纪第一缕阳光投来的时候

我们需要教育的危机感和忧患意识

只有对未来有忧患意识的民族

才会奋力拼搏,战胜危机,摆脱和超越困境

我们需要教育的自信心和崇高理想

只有对未来有崇高理想的民族

才会消除恐惧,抛却悲观,乐观地拥抱未来
教育的理想与理想的教育都需要创新
创新是一个民族进步的灵魂
是国家强盛的动力,是人才成长的基因

我相信教育的理想一定会奏响中华民族新的乐章
我相信理想的教育一定会结出华夏文明新的硕果

# 教育需要思想的光芒

教育需要思想的光芒

走出经验的泥沼,迎接理性的朝阳

再不能用一张教育的旧船票不断重复昨天的故事

也不能把一张教育的旧乐谱不停地老调重唱

教育需要思想的光芒

倾听不同的声音,研究发展的方向

使决策的过程充满科学的精神

政策就会闪烁着智慧的光亮

教育需要思想的光芒

追寻先贤的踪迹,阅读大师的华章

把人类的教育智慧储满自己的心房

幸福和快乐就会写在教师的面庞

教育需要思想的光芒
用民主理念浸润,用科学精神管理
校园就会成为师生彰显才华的天堂
学校就会演奏出激越高昂的《英雄》乐章

教育需要思想的光芒
抛弃溺爱与纵容,拒绝辱骂与棍棒
让家人在书香的熏陶下快乐地成长
让孩子从人生的第一个港湾扬帆起航

教育需要思想的光芒
呼吸自由的空气,倡导争鸣的风尚
让实践拥抱理论,让理论走出书房
真正的教育家一定会在新世纪闪亮登场

# 追寻先贤的踪迹

追寻先贤的踪迹
流连于东西方教育文化交汇的源头
在沧桑变幻的争斗、渗透与融汇的印记里
我体味着先贤风雨血泪里的沉重和艰辛

追寻先贤的踪迹
伫立于山海工学团的旧址内
在陶行知"知行合一""爱满天下"的遗训前
我再沐"捧着一颗心来,不带半根草去"的万世清风

追寻先贤的踪迹
来到晏阳初医治"贫、愚、弱、私"的河北定县
在一首首激昂慷慨间难掩其迷惘困惑的跌宕曲律中
我读出了这位虔诚基督徒平民教育的信念

追寻先贤的踪迹

探访湖南农民运动讲习所的原址

在花木扶疏、青石铺就的静谧院落里

我阅读伟人的文献,接受崇高的洗礼

追寻先贤的踪迹

走近了黄炎培、叶圣陶、陈鹤琴等人的身边

在这些坐而论道、起而力行的实践型学者的奋斗中

我看到了中国教育曲折的历史与蕴藏的希望

追寻先贤的踪迹

感叹于泥泞里深埋的执着、努力和坚强

足迹的尽头分明是理想、激情与诗意哟——

我会继续跋涉,永不停息,朝着那神圣的远方

# 聆听大师的声音

沐浴着五千年的文明
我走近教育大师的身边
在汗牛充栋的典籍中间
我聆听他们智慧的声音

我聆听孔子
他的"有教无类"开创了私学的先河
他的"性近习远"张扬了学习的意蕴
他的"学而不厌,诲人不倦"指引着历代教师前行

我聆听《学记》
从"化民成俗其必由学"到"建国君民教学为先"
从"长善救失""教学相长"到"教之所由废""教之所由兴"
千余字的"微言"却道出了教育的"大义"

我聆听韩愈

他说:"业精于勤而荒于嬉,行成于思而毁于随"

他说:"师者传道授业解惑,弟子不必不如师"

一篇《师说》已成为历代多少教师的职业指南

我聆听朱熹

《白鹿洞书院学规》是古代学校管理的条例

《朱子读书法》至今不减当年的风韵

著名的"鹅湖之辩"仍然为知识分子们怀念

我聆听大师

我了解了科举的创立与变迁

我把握了书院的特色与贡献

我渴望:古老的教育思想能够不断发展,历久弥新

# 阅读的力量

莎士比亚说

书籍是全世界的营养品

生活里没有书籍就好像没有阳光

智慧里没有书籍就好像鸟儿没有翅膀

狄金森说

没有一艘船能像一本书

也没有一匹马能像一页跳跃的诗行

把人带向远方

卡莱尔说

书籍,这所当代真正的大学

横卧着整个过去的灵魂

使我们做内心的反省,是她最主要的影响

爱迪生说

书籍,是天才留给人类的遗产世代相传

更是给予那些尚未出世的人的礼物

阅读之于精神,正如身体之于运动的力量

爱默生说

读书时

他愿在每一个美好思想的面前停留

就像在每一个真理面前停留一样

赫尔岑说

书是一代人对下一代精神上的遗训

是行将就木的老人

对刚刚开始生活的年轻人的忠告和宣讲

是啊

那些伟大的书籍

她是那样的诡秘、神奇

她是那样的博大、深邃、不同凡响

一个人的精神发育史

就是他的阅读史

一个民族的精神境界
取决于他有多少人把书本装在心房

一个没有阅读的学校
永远不可能有真正的教育
一个美丽的城市
一定有漫城飘溢的书香

书像睡美人
静静地躺在图书馆里,依偎在书架上
等待着我们怀着爱慕
用心灵相拥,用思想相伴

书像好朋友
是最有耐心和最令人愉快的伙伴
与读者终身相随
用真理为我们指路,用睿智为我们导航

书,是人生最重要的里程碑
让我们从这里出发
去穿越那些伟大的灵魂
去拥抱生命中每一次的绽放

# 让爱陪教育一起走

无数次,我思考教育的真谛
多少回,我探寻教育的源流
三位老人的话语,一直回响在我的心头
夏丏尊说,教育没有爱,就像池塘没有水
冰心说,有了爱,就有了一切
霍懋征说,没有爱,就没有教育
我终于明白一个真理
——让爱陪教育一起走


让爱陪教育一起走
面对日益变暖愈发拥挤的世界
面对苍茫的宇宙
我们遥望康德的星空,聆听哲人的问说
内心深处的道德律令

将我们对自然的热爱

对蓝天白云的恋情

装进孩子们一个个小小的火柴盒

让爱陪教育一起走

面对不同的种族,不同的国度

面对不同的语言,不同的肤色

我们用爱在孩子的心中树起一座通天塔

祈祷硝烟不再,战争远离,没有争斗

我们用三尺讲坛,用教鞭黑板,用电脑笔墨

在孩子的心田,在战争与和平的边缘

拉出了一根细细的红线,隔离暴力、仇恨与恶

让爱陪教育一起走

在民族国家的旗帜高高飘扬的世界

每一个看似微小的课堂,都是我们爱国的道场

爱国,是每个公民应尽的义务

我们应该告诉孩子,曾经有一个时代叫汉唐

曾经有一件羽衣叫霓裳,曾经有一种精神叫大儒

我们既要问:国家能够为我做点什么?

我们更要问:我们能为国家做点什么?

让爱陪教育一起走

面对故乡的杨梅,故乡的人物,故乡的风土

面对母亲的记忆,长辈的坟茔,祖宗的风俗

家乡如一根风筝线把我们牢牢地系住

我们应该鼓励孩童,把故乡的景留在脑海

把故乡的情刻在心头,把对故乡的爱捧在手心窝

故乡的山水滋养了我们的童年,甩不掉的永远是乡愁

我们要用勤劳和汗水滋养那一片故土


让爱陪教育一起走

无论是你和他,他和她,你和我

无论是你们和他们,他们和我们,你们和我们

无论什么样的组合,只有缘分让彼此聚合

我们让学生记住圣贤的遗训,"三人行必有我师"

"己所不欲勿施于人","有朋自远方来不亦乐乎"

应该尝试用我们生命的火柴,划亮哪怕一厘米的空间

让每个接近过我们的人,都能感受到理解,宽容,和爱的温度


让爱陪教育一起走

家国自古难分开,有家才有国,家是最小国,国是最大家

家是人生的驿站,家是生活的港湾,家是爱的源头

爱家方能爱祖国,爱家才能爱天下

爱是儿女的呢喃,激励我们每一次的出发
爱是父母的叮嘱,令我们互相充满了牵挂
不需要多么富有和豪华
只要有爱,她就是我们最美的家


让爱陪教育一起走
爱让教育更明亮,爱让世界更精彩
爱是教育的符号和密码
爱如大海有广阔的胸怀
爱是每一颗心灵最真诚的语言
爱是温暖的怀抱让我们彼此互相依赖
爱是付出让我们总有无限的感动
爱满天下大爱无疆是我们永远的期待

# 走出教育的沼泽地

我希望,教育不再是一个沉重的话题

教育经费不再是杯水车薪

教师工资不再是画饼充饥

每个儿童都在美丽的校园学习、嬉戏

我希望,教育不再是一个沉重的话题

考试不再是主宰命运的魔棒

分数不再是评价一切的衡器

每个校园都有一面迎风招展的个性大旗

我希望,教育不再是一个沉重的话题

"假民办"不再是教育花园中争妍的"奇葩"

学校不再有什么高低贵贱、贫富优劣

教育世界充满着民主、平等的气息

我希望,教育不再是一个沉重的话题
教育论文不再是假话大话空话的堆积
教育写作不再是玩弄概念名词的游戏
让教育科研融入教师的生活、情感和诗意

我希望,教育不再是一个沉重的话题
网吧不再是暴力的乐园
电脑不再是游戏的工具
网络教育将成为提供海量信息的学习化社区

我希望,教育不再是一个沉重的话题
教育不再彷徨犹豫,发出无奈的叹息
教育不再步履艰难,重复昨天的故事
教育将向着光明走出那泥泞的沼泽地

# 走进心灵的深处

二十年前,一个阳光灿烂的上午
一个中年人,在课堂里讲述心理学的故事
他说:言必称希腊,心中不平加悲伤
他说:蜂蝶过墙去,却疑春色在邻房

二十年前,一个月光如水的晚上
一个年轻人,在教室里写下他的第一乐章
他想,他要开始走进心灵的深处
他想,他要进行没有终点的远航

于是,他与大师对话——
潘菽、高觉敷、刘兆吉、燕国材……
一个个灿烂的名字走到了他的身旁
一个个殷切的嘱托记在了他的心上

于是,他钻进故纸,青灯伴读
于是,他寻幽探秘,爬罗剔抉
他发现,中国也是心理学的故乡
他发现,我们也有那明媚的春光

于是,他加入了创业的团队
从第一本论文集到第一本教材
从第一次研讨会到第一套教参
都融入了他的青春、智慧和力量

他像一个在海边拾贝的孩童
在欣赏五彩缤纷的贝壳的同时
更陶醉于那一望无际的海洋
他知道,人的心灵比海洋更加宽广

于是,他走进了心灵深处
他学会了倾听智者的声音
他懂得了辨析心灵的轨迹
他扬起风帆开始了心理海洋的远航

# 沉默与言说

很多、很多年以前
孔夫子告诫——
"君子欲讷于言而敏于行"
于是,"少说多做"成为一道命令

很小、很小的时候
长辈们叮咛——
人只有一张嘴而有两只耳朵
于是,"沉默是金"时时铭记在心

后来,我们便学会了沉默
不敢言说,也不会表达
父母的话就是最高意志
师长的话就是无上律令

除了聆听,似乎没有选择
袖手旁观,一切相安无事
在我们心灵的世界中
有一座城堡,叫作沉默,叫作平静

春天,没有百鸟的歌唱
夏日,没有知了的清鸣
在我们心灵的原野上
沉默,成为唯一的风景

其实,生命需要更多风景
需要歌声飞向遥远的天边
这个世界更需要沟通
需要用语言来播撒光明

言说是思考的开始
说得精彩必须思考得精彩
言说是理解的桥梁
善于沟通才能消弭阴霾

言说是生命的权利
岂能够放弃我们的表达、对话和交流

言说也是生命的责任

有唇枪舌剑,才享快意恩仇刀光剑影

那么

把言说还给孩子

把课堂还给学生

让他们在言说中学会抨击与歌唱,学会放飞心灵

那么

把言说还给平民

用坦诚塑造个性

让他们在言说中表达自我与梦想,追求正义与公平

我的言说

算不上是一种美妙的歌吟

在百鸟和风的晨曦中

在浪漫与真情的交响里,我的梦想交给了黎明

# 小小的心眼

本来,我只想
要一棵小小的苹果树
你却给了我
整个的果园

本来,我只想
要一朵白色的云彩
你却给了我
整个的天空

本来,我只想
要一方半亩的土地
你却给了我
整个的世界

本来，我只想

要一间完美的教室

你却给了我

整个的校园

本来，我只有

一个小小的心眼

你却让我

掘出了世界上最富有的甘泉

生活对我如此慷慨

生命对我如此馈赠

一个小小的心眼

从此有了一个大大的教育梦想

让所有的生命幸福完整

# 校园里的守望者

我愿意做一个校园里的守望者
我守望孩子的心灵
我要让他们浸润春的甘霖、收获秋的黄金
在抑恶扬善中具有冬的冷酷、夏的热情

我愿意做一个校园里的守望者
我守望孩子的智慧
我要让他们善于阅读、长于发问、精于思考
在与人类崇高精神的对话中升华自己的理想

我愿意做一个校园里的守望者
我守望孩子的情感
我要让他们热爱生活、善待生命、珍惜自然
在追求理想、超越自我中张扬个性、释放激情

我愿意做一个校园里的守望者
我守望孩子的意志
我要让他们抵制诱惑、坚忍不拔、卧薪尝胆
在困难、挫折与挑战面前微笑地前行

我愿意做一个校园里的守望者
我守望孩子的交际
我要让他们学会尊重、懂得换位、拥有知己
在竞争与合作的大潮中搏击风浪、高歌猛进

我愿意做一个校园里的守望者
我要像霍尔顿一样
站在那悬崖边上
随时拦住每一个冲向深渊的孩子

# 我是教师

教师,不是园丁
教师本身应该是一朵花儿
教育是师生互相作用的过程

教师,不是蜡烛
教师不能牺牲为灰烬
以此去照亮自己的学生

教师,不是春蚕
教师的故步自封才会作茧自缚
心灵的成长来自每个季节

教师,不是人类灵魂工程师
没有谁的灵魂是机器
能用某种工艺任意修理完成

教师就是教师
与学生是互相依赖的生命
教师就是教师
每天都在神圣与平凡中穿行

我是教师
伟人和罪人
都可能在我这里形成
让人如履薄冰

我是教师
心底里喜怒哀乐翻滚
黑板上天高地远开阔
脚板下三尺讲台扎根

我是教师
这是一份职业
更是一个志业

我是教师
这是一份职责

更是一种使命

我是教师
时光缓缓显形
终见此生天命

我是教师
以现在求证未来
让生命幸福完整